다시 비웃는 숙녀

ふたたび嗤う淑女 by 中山七里

FUTATABI WARAU SHUKUJO

© 2019 Shichiri Nakayama

Original Japanese edition published by Jitsugyo no Nihon Sha, Ltd., Tokyo,
JapanKorean edition is published by arrangement with Jitsugyo no Nihon Sha, Ltd.
through Discover 21 Inc., Tokyo and JM Contents Agency Co.

다시 비웃는 숙녀

ふたたび嗤う淑女

나카야마 시치리 장편소설
문지원 옮김

블랙홀 6

다시 비웃는 숙녀

1판 1쇄 인쇄 2020년 7월 21일
1판 1쇄 발행 2020년 7월 29일

지은이 나카야마 시치리   옮긴이 문지원
책임편집 민현주   디자인 박진범   제작 송승욱   발행인 송호준

발행처 블루홀식스   출판등록 2016년 4월 5일 제 2016-000100호
주소 경기도 파주시 회동길 483-1   전화 031-955-9777   팩스 031-955-9779
이메일 blueholesix@naver.com

ISBN 979-11-89571-29-0 03830

차례

일러두기
본문의 각주는 전부 독자의 이해를 돕기 위한 옮긴이 주입니다.

후지사와
유미

I

"태초에 여성은 태양이었습니다."

그리고 여자만큼 인색하고 어리석은 생물은 없지. 길에서 소리 높여 말하던 후지사와 유미는 속으로 욕설을 퍼부었다.

"저희는 '여성 사회활동 추진 협회'입니다. 이전 정부, 그리고 현 정부는 하나같이 여성의 사회활동이 일본을 되살릴 기둥 중 하나라고 외쳤지만 단지 구호에 그쳤을 뿐, 직장에서는 반영되지 않고 있는 것이 현실입니다. 여성 여러분, 어떻습니까. 여러분의 직장 상사는 여성입니까? 아니죠, 아직까지 그런 곳은 적을 겁니다. 일본은 아직도 남성 우위 사회며 아무리 유능해도 여성이라는 이유만으로 승진에서 탈

락되고 남성 사원들을 보조하는 정도로밖에 취급받지 못하는 경우가 압도적으로 많습니다. 출산휴가는 어떻습니까? 출산 후 8주까지인 출산휴가는 제대로 지켜지고 있습니까? 임신 사실을 보고하자마자 상사의 태도가 돌변하거나 출산 휴가 후 복직하니 자리가 구석으로 빠져 있던 적은 없습니까? 육아 중 야근을 할 수 없는데도 출산 전과 똑같은 업무량에 곤란하지는 않습니까? 의욕적으로 일하고 싶은데 상사가 일을 주지 않은 적은 없습니까?"

평일 오후, 유라쿠초의 도쿄교통회관 앞. 쇼핑객과 회사원들로 북적이는 가운데, 모금함을 든 유미 일행을 쳐다봐주는 사람은 아무도 없다. 유미는 자신이 마치 길가에 굴러다니는 돌멩이 같다고 생각했다. 아직 막 6월이 되었을 뿐인데 햇빛은 유난히 뜨거웠고 화장은 땀으로 다 지워졌다. 목덜미를 따라 가슴으로 흐르는 땀줄기가 불쾌하기 그지없었다.

"여자라는 이유로 원하지 않는 일, 실적도 나오지 않는 일, 있어도 그만 없어도 그만인 일을 강요당하고 있지 않습니까? 계약직인데 매일 밤늦게까지 야근하는 게 당연해지고 정규직보다 늦게 퇴근하지는 않았습니까? 몇 년을 근무해도 매번 승진에서 미끄러지지 않습니까? 다른 업무, 성과를 더 낼 수 있는 업무를 할 수 있는데, 하며 속으로만 분통을 터뜨리지는 않습니까?"

유미는 목이 터져라 호소했지만 아무리 소리를 높이고 자극적인 말을 내뱉어도 주변에서는 썰렁할 정도로 반응이 없었다.

당연한 일일지도 모른다고 유미는 잠깐 생각했다. 자신의 입에서 나오는 소리는 어느 것 하나 직접 체험한 이야기가 아니며, 회원들의 고충을 자신의 문제처럼 공감한 적도 없다.

정규직이든 계약직이든 스스로 선택한 길이 아닌가. 그런데 이제 와서 도대체 무슨 낯짝으로 불평하는 거지. 여자라서 억울하면 업무 성과를 내면 될 일이지, 결국 자신의 능력이 부족한 걸 성차별 문제로 돌리고 싶은 것 아닌가.

출산휴가도 마찬가지다. 좋아하는 남자와 마음대로 섹스하고 아이를 낳아놓고서 그 아이를 키운다며 직장에 부담을 주는 것은 이기적이지 않나.

"정규직 전환제도가 있다고 해도 대학을 졸업해야 한다는 조건이 있다는 사실을 몰랐던 경우는 없습니까? 힘들게 국가시험에 합격해서 이직했는데 복지 일자리는 비정규직 고용뿐이라며 한탄한 적은 없습니까? 또 이번에 상정된 야근 수당 제로 법안*에 불안을 느끼는 분은 없습니까?"

지금부터가 하이라이트다. 직장 여성들의 고민을 들어줄 뿐 아니라 사회 제도와 악법에도 꿋꿋이 맞서 싸운다는 적극적인 이미지를 내세우지 않으면 효과가 없다.

"저출산 고령화 상태인 우리나라를 구할 방법은 여성의 사회활동뿐입니다. 저희 '여성 사회활동 추진 협회'는 여성 여러분의 완전 고용과 노동 환경 개선을 위해 날마다 활동하고 있습니다. 방금 말씀드린 야근 수당 제로 법안에 대해서는 국회의원 야나이 고이치로 의원과 협력해 연계 활동을 하면서 법안을 재검토하려 합니다. 취업 상담과 알선, 문제 기업의 법률 상담, 그 외 여성의 권리와 지위 향상을 목표로 싸우고 있습니다. 부디 자금 지원을 부탁드립니다."

유미는 고개를 깊숙이 숙였다. 그 행위에 애원이나 감사의 마음은 눈곱만큼도 없었다. 업무라면 당연히 상대에게 고개를 숙일 수 있다. 모금 활동을 할 때, 길가를 오가는 사람은 남녀노소를 막론하고 모두 잠재적 고객이라고 억지로라도 생각하지 않으면 이런 일을 할 수 없다. 고개를 숙이는 것만으로도 돈이 들어온다면 몇 번이고 숙일 수 있다.

---

* 일본에서 일과 삶의 균형 추구를 위해 제정된 법으로 연수입을 기준으로 한 특정 사무직 근로자를 초과 근무 수당 지급 대상에서 배제한다.

얼마 동안 자세를 유지했지만 모금함에 돈을 넣는 기색은 느껴지지 않았다.

그러는 사이에 옆에서 모금함을 들고 있는 간자키 아카리가 귓가에 소곤거렸다.

"사무국장님, 이제 그만 자리를 떠야 할 것 같은데요."

조심스러운 말투였지만 아카리의 제안은 대부분 옳았다.

"아무래도 그래야겠네요. 철수할까요."

사무실로 돌아와 모금함 두 개를 열어보니 전부 합쳐도 3천 엔 정도밖에 들어 있지 않았다. 교통회관 앞에서 두 시간 정도 버티고 있었으니까 두 명으로 나누면 시급이 750엔인 셈. 패스트푸드점 아르바이트보다도 박봉 아닌가.

"고생하셨습니다!"

아카리가 눈치 빠르게 시원한 차를 내왔다. 본인도 목이마를 텐데 이런 배려야말로 아카리의 최대 장점이었다. 나이는 서른 즈음, 이목구비는 단정하지만 촌스러운 화장이 첫인상을 망친다. 그러나 그것도 애교로 봐줄 만하다. 아무튼 세심한 데다 절대로 나서지 않는 성격이지만 필요할 때는 적당히 추임새를 넣어준다. 딱 세 달 전에 그녀를 채용했지만 이제 유미에게 없어서는 안 될 보좌관이 된 느낌이다.

"많은 호응을 얻지는 못했네요. 역시 저보다는 좀 더 어리고 외모가 괜찮은 사람을 세웠어야 하지 않을까요?"

"그렇게 따지면 사무국장인 내가 서 있었는데 3천 엔을 벌었으니……."

"죄송합니다!"

"농담이에요. 아까는 때와 장소가 좋지 않았어. 그 더위에 멈춰 서서 우리 이야기를 경청할 여유 따위 없었을 테니까."

아카리는 수긍하듯 끄덕였다.

그렇지만 유미도 그리고 아마 아카리도 속으로는 눈치챘을 것이다. 눈치챘지만 입 밖으로 내지 않는 이유는 그 사실을 인정하는 것이 무섭기 때문이다.

모금 활동으로 돈을 모으지 못하는 이유는 유미와 아카리의 노력이 부족한 탓도 있지만, 진정한 원인은 사람들이 이 단체에 관심이 없기 때문이다. 유미의 단체는 일하는 여성의 중요성을 강조하는 요즘 시대와 동떨어져 있다. 협회 이름과 달리 아무런 활약도 하지 못하는 것이다.

비영리법인 '여성 사회활동 추진 협회'는 2년 전에 창당했다. 당시 정권을 탈환한 국민당이 '여성의 사회활동 장려'를 공약으로 내걸면서 그 흐름에 따라 창단되었다. 이사 중에 여당 의원의 이름이 있는 것도 그러한 사정과 결코 무관하지 않다.

처음에는 새 정권의 구호가 참신하기도 해서 '여성 사회 활동 추진 협회'는 많은 주목을 받았고, 그만큼 직원과 기부금도 모였다. 시류를 한번 타기 시작하면 아무런 노력을 하지 않아도 고공 행진한다. 외부의 힘만으로도 그만 한 추진력이 생기기 때문이다. 그러나 외부의 힘이 사라지면 예외 없이 동력을 잃는다.

동력을 잃기 시작한 것은 이사 중 한 명인 국민당 간사장 고레에다 다카마사 의원이 실각되면서부터였다. 몇 명 중 한 명이었다고는 해도, 정치자금법 위반과 횡령 혐의는 그와 연루된 비영리법인의 정체를 수상하게 변모시키기에 충분했다.

설립 당시부터 이사장을 맡은 사람은 같은 국민당 소속의 야나이 고이치로였지만, 간사장이었던 고레에다의 체포는 아무래도 눈에 띄었다. 실제로 고레에다의 체포 뉴스가 전해지자 퇴직하는 직원이 속출했고 얼마 없던 회원마저도 탈퇴했다. '여성 사회활동 추진 협회' 몰락의 시작이었다. 그 이후, 날이 갈수록 회비와 기부금이 줄어들었고 최근에는 직원들의 급여를 제때 지급하지 못할 뻔하기도 했다.

비영리법인의 자금원은 회비, 기부금, 공익사업으로 발생하는 수입, 수익사업으로 발생하는 수입, 조성금, 보조금, 차입금, 금리 총 여덟 가지다. 그중에서 '여성 사회활동 추진 협회'의 주요 수입원은 회비, 기부금, 보조금 세 가지였기 때문에 회원수 급감은 협회 살림에 그대로 직격탄이 되었다.

이대로라면 협회 재정이 파탄 나고 만다. 사실상 현장 책임자인 유미는 벼랑 끝에 서 있는 상황이나 다름없었다. 무언가 기사회생할 수 있는 묘안이 없을까 손톱을 물어뜯고 있는데 아카리가 조심스럽게 말을 걸어왔다.

"저기, 사키타 비서님에게 전화가 왔습니다."

야나이 고이치로의 정책비서, 사키타 아야카.

순간 도도한 얼굴이 떠올랐다. 지금 가장 대화하고 싶지 않은 인물이었지만 도망쳐 봤자 소용 없다는 것은 경험상 이미 알고 있다.

"잠시만요. 받을게요."

눈앞에 놓인 전화기의 내선 버튼을 눌렀다.

"네, 전화 바꿨습니다. 후지사와입니다."

— 수고하십니다, 사키타입니다. 지난달 수지보고서를 아직 못 받아서요.

예상한 대로 독촉.

당연히 받지 못했겠지. 원래 월말 마감일인 3일까지 보내야 할 보고서를 5일이 되도록 보내지 않았기 때문이다.

"아아, 전달에 착오가 있었던 것 같네요. 바로 알아보겠습니다."

— 알아볼 게 아니라 후지사와 씨가 지금 바로 보내면 되는 일 아닌가요?

대화할 때마다 감탄이 나온다. 국회의원의 공설비서*쯤 되려면 다방면으로 유능해야겠지만 이 여자의 가장 큰 능력은 상대방을 초조하게 만드는 재주 같다.

— 수지보고라고는 하지만 최근에는 수입란에 기재할 내용이 줄고 있죠. 작성하는 데 그리 오래 걸릴 것 같지는 않은데요.

게다가 비아냥거리는 것도 잊지 않는다.

"알겠습니다. 저도 모금 활동을 하고 방금 막 들어온 참이거든요. 아직 이것저것 정산이 끝나지 않아서 두 시간 후에 보내드리면 안 될까요?"

— 계산하는 데 두 시간이나 걸릴 정도로 모금액이 많나요?

"아뇨, 그런 건 아니고."

---

* 급여를 국비로 부담하는 국회의원 비서.

— 후지사와 씨가 보고를 안 하면 저도 의원님께 월간 보고를 할 수 없다니까요? 알겠습니다. 두 시간 드릴 테니 그 안에 꼭 제 메일로 보내세요.

명령조에 속이 부글부글 끓었다. 하지만 보고가 늦은 것은 유미의 책임이므로 반박할 수 없었다.

— 아시겠죠, 후지사와 씨?

"네."

— 그럼 부탁할게요.

아야카는 유미의 대답을 기다리지도 않고 전화를 끊어 버렸다. 수화기를 내던지고 싶은 충동에 휩싸였지만 아카리의 눈 때문에 간신히 자제했다.

"수지보고서, 이야기죠?"

역시 들렸군.

"분명, 다 되어 있을 거예요. 제가 보내 놓을까요?"

"됐어요."

스스로도 놀라울 정도로 불퉁한 목소리가 튀어나왔다.

"내 메일 주소로 안 보내면 또 시비를 걸어올 테니까요."

아카리는 겸연쩍은 표정을 지었지만, 애당초 그녀의 책임이 아니기 때문에 유미는 미안한 마음이 들었다. 수지보고서가 늦어진 이유는 지난달에도 지출을 초과한 것이 마음에 걸렸기 때문이다.

비영리법인 '여성 사회활동 추진 협회'는 사실 야나이 고이치로의 자금단체였다. 즉 회비와 기부금의 대부분은 야나이의 정치자금으로 그의 사무실로 흘러 들어갔다. 직원의 급여나 운영자금은 그 잉여금으로 조달되고 있는 실정이었다. 이 사실을 알고 있는 사람은 창단 멤버 겸 사무국장인 유미를 포함한 일부뿐, 공공연하게 말할 수 있는 내용도 아니었다.

일하는 여성을 위해 납부한 회비나 기부금이 정치자금으로 흘러들어 간다. 이는 당연히 불법행위며 만약 발각되면 고레에다 간사장처럼 정치자금법 위반으로 추궁당할 것이다. 그런데도 계속 운영하는 이유는 두말할 것 없이 끊임없이 소비되는 정치자금을 조달하기 위해서다. 유미는 협회가 발족된 시점부터 설립의 진짜 목적을 알고 있어서 반발하지 않지만, 이후에 가입한 회원 입장에서는 배임 행위나 마찬가지인 셈이다.

아카리에게는 사실을 분명하게 알리지 않았지만, 눈치가 빠르니 어렴풋이 눈치챘을 것이다. 그러나 유미의 면전에서 따져 묻지 않는 것도 아카리의 장점이라고 생각했다.

"사람들이 여성의 사회적 지위 향상에 좀 더 관심을 가지면 좋을 텐데 말이에요."

아카리는 자신의 책임이 아닌데도 몹시 죄송스러운 듯
말했다. 안타까운 표정을 보고 있으니 유미는 자신도 모르
게 걱정 말라고 말하고 싶어졌다.

여자들 중에서 여성의 사회적 지위 향상에 관심을 기울
이는 사람은 거의 없다. 그들은 자신을 둘러싼 환경에만 관
심을 가지며, 불평불만을 해소할 수만 있다면 그 이후는 어
떻게 되든 상관없다고 생각한다. 실제로 유미가 그랬다.

이전에도 야나이가 이사를 맡고 있는 비영리법인에 자원
봉사자로 참가했었다. 편모 가정의 어린이들을 지원하는 단
체였는데, 그곳에서 그녀를 보고 운영능력이 있다고 판단
한 비서 아야카가 '여성 사회활동 추진 협회'의 사무국장으
로 유미를 발탁한 것이었다. 당시 유미는 가전브랜드 제조
라인에서 파견 직원으로 근무하고 있었는데, 법인 사무국장
자리는 급여의 자릿수부터가 달랐다. 그 순간 유미가 남성
중심 사회에 품고 있던 분노는 흔적도 없이 사라졌다.

자신이 그렇다고 해서 다른 사람도 똑같을 리 없다. 그러
나 유미의 경험상 아카리를 제외한 주변 여자들은 대부분
그랬다. 그래서 '여성 사회활동 추진 협회'가 야나이 개인의
모금함이어도 양심의 가책은 전혀 느끼지 않았다. 자신에게

기대하는 것이 사회 공헌이 아니라 수금 능력이라고 생각해 버리면 오히려 속이 편했다.

더욱이 유미는 야망이 있었다. 묵묵히 야나이의 자금 조달을 처리하다가 머지않아 야나이의 비서가 되어 뛰어난 실력을 발휘하는 것이었다. 자격이 부족해서 아야카처럼 공설비서가 되기는 어려워도 사설비서*라면 충분히 가능성이 있다. 협회를 창단한 이후로 지금까지 자신이 얼마만큼의 자금을 사무실로 송금했는지 야나이가 모를 리 없다. 그 실적을 참작하기만 한다면 유미를 반드시 곁에 둘 것이다.

사무국장에 취임한 이후 야나이와 여러 번 만난 적이 있다. 고집이 센, 그야말로 정치가다운 사람이었는데 그래서 더욱 믿음이 가는 매력적인 남자였다. 사사로운 감정을 차치하더라도 이 남자를 위해서 일하고 싶다고 생각했다.

국회의원 비서. 이 얼마나 달콤한 단어인가.

컨베이어 벨트의 부속품이나 마찬가지였던 유미는 소모품이나 다를 바 없었다. 원래는 야나이 같은 유력 국회의원의 오른팔로서 진두지휘를 하고 있어야 했다. 아직 그 기회가 주어지지 않았을 뿐이다. 그런데 지금, 바로 그 기회가

---

* 국회의원이 자비로 고용하는 비서.

구체적인 모습으로 눈앞에서 어른거리고 있었다.

그러므로 협회의 수입 감소는 유미의 평가 하락으로 직결된다. 그렇게나 냉철한 아야카다. 적자가 계속되면 분명 지체 없이 유미를 사무국장 자리에서 끌어내릴 것이다. 그리고 야나이 고이치로는 후지사와 유미에게 불합격이라는 낙인을 찍을 것이다.

그것만은 막아야 한다.

자신은 반드시 위로 올라갈 사람이다. 고작 비영리법인의 사무국장이나 자원봉사나 하다가 끝날 사람이 아니었다. 이것은 시금석이다. 자신이 야나이의 비서로 적합한지 아닌지 시험하고 있는 것이다.

무언가 좋은 방법, 회비나 모금처럼 수입이 미미하게 증가하는 방법이 아니라 급속한 V자 회복으로 흑자를 만들 만한 묘책이 없을까…….

생각에 잠겨 있는데 아카리가 또다시 얼굴을 들여다보았다.

"아카리 씨, 또 무슨 일이죠?"

"저기, 잠깐 시간 괜찮으세요?"

격식을 차린 말투에 유미도 자세를 고쳐 앉았다.

"사무국장님, 협회 자금 때문에 고민이시죠?"

"하루 이틀 일은 아니잖아요. 아무리 비영리단체라고 해도 조직을 운영하려면 돈이 필요하니까요. 그런데 정작 기부금과 회비가 줄어드니 힘드네요."

"원래 공익사업 수입은 뭐였나요?"

"회원들이 취업규칙에 대한 소를 제기했을 때 합의금이 나오면 그 일부를 받거나 강연 사례금을 받거나……. 정말로 금액이 적은 것들뿐이네요."

"그럼, 수익사업 수입은요?"

질문을 받은 유미는 머쓱해졌다.

협회의 직접적인 공익 목표 달성으로 얻는 수입을 공익사업 수입, 공익사업을 달성하기 위한 수익활동으로 얻는 수입을 수익사업 수입으로 구분한다. 공익사업 수입이 근소한 데다 곁다리 격인 수익사업 수입은 제로다.

알면서도 묻는 것이라면 아카리도 심보가 상당히 고약하다. 살짝 흘겨보았지만 아카리는 기죽지 않고 말을 이었다.

"그러니까 핵심은 여성의 사회활동을 추진하기 위해서라는 대의명분만 있으면 수익사업 수입으로 계상할 수 있는 거잖아요."

아카리의 눈빛이 의미심장하게 번뜩였다.

"……무슨 방도라도 있나요?"

"투자요."

정말 어울리지도 않는 이야기를 꺼냈다고 생각했지만 아카리는 멈추지 않고 말했다.

"협회에서 유보해 둔 자금을 투자로 불리는 방법은 어떤가요?"

아아, 그런 뜻인가. 유미의 어깨가 다소 처졌다. 어떤 묘수일까 기대했는데 결국 그 정도 방법이었다.

실망이 더해져서 그만 뾰족한 대답이 튀어나왔다.

"그래, 투자. 주식이니 국채니 하는 거? 그런 수완이 있었으면 벌써 옛날에 했겠지만 노하우가 없으면 돈을 허공에 날리는 거나 마찬가지라고요. 차라리 복권을 잔뜩 사는 게 낫지 싶은데?"

"노하우가 없는 사람이 하니까 그렇죠. 하지만 그 분야의 권위자가 자금을 운용하면 효과를 기대할 수 있지 않을까요?"

"권위자요? 저기 말이에요, 투자회사에 운용을 맡겨도 몇 년 후에나 성과가 나오는 데다 원금을 보장받을 수 있는 것도 아니에요. 자칫 잘못하면 손해가 커질 수도 있고요."

"그건 일반적인 투자회사에 맡겼을 때의 이야기죠."

유미는 그제야 아카리에게 무언가 계획이 있다는 사실을

깨달았다.

"……생각해 둔 곳이 있는 모양이네요."

"진지하게 들어주시겠어요?"

"아카리 씨 이야기라면 늘 진지하게 듣고 있어요."

"FX라고 아시나요?"

"외환 거래? 환율 차이를 이용해 외화를 사고팔아서 수익을 내는 그거요?"

"제 지인 중에 FX를 굉장히 잘하는 투자 자문사가 있는데 그 사람에게 자문을 받으면 80퍼센트 정도 이익을 낼 수 있어요."

"개인 트레이더인가요?"

"네. 예전부터 친하게 지내는 사람이에요."

웃어넘기려다가 멈칫했다.

아카리의 눈은 웃고 있지 않았다. 그 사람을 믿는 눈빛이다.

아카리와 지내면서 알게 된 것은 그녀의 사람 보는 눈이 정확하고 진중하다는 사실이다. 그런 아카리가 이렇게까지 신뢰하는 인물이라면 어지간한 거물일 것이다.

"한번 그 사람에게 상담을 받아 보시는 게 어떠세요?"

"하지만."

"만나서 대화를 나눠 보기만 하는 건 무료예요. 상담을 받아 보고 조금이라도 수상쩍으면 그만두면 되죠."

"그런데."

"달리, 뾰족한 수가 있나요? 없으면 우선 문을 두드려 봐야죠. 문을 두드리지 않으면 어떤 사람이 나올지 알 수 없는 법이고요."

아카리가 전에 없이 적극적인 이유도 그 투자 자문사에 대한 신뢰가 높기 때문이겠지.

"그렇게 능력 있는 사람이라면 분명 바쁘겠죠."

"네, 어쨌든 개인사업자니까 주말도 없이 일한다고 하더라고요. 5분 단위로 쪼개 쓰는 일정에도 티타임 정도는 만들 수 있는 사람입니다."

게다가, 라고 아카리가 자신 있게 말했다.

"제가 부탁하면 어떻게든 시간을 내 줄 거예요."

자신만만한 모습을 보니 유미의 마음이 흔들렸다.

요즘 유행하는 FX. 영어로 표기해 그럴싸해 보이지만 결국 도박이나 다름없다고 그 누가 말했던가. 금융상품에 문외한인 자신에게는 아무튼 정체불명에 수상쩍은 것이나 다름없다.

그러나 아카리가 이렇게까지 열성적으로 권하는 데는 이

유가 있을 터였다. FX에 그다지 관심은 없었지만 이야기의 주인공인 투자 자문사에게는 관심이 갔다. 아카리의 말 대로 수상하다고 생각되면 그때 대화를 그만두면 된다.

"그럼 일단 약속을 잡아줄 수 있을까요?"

"네. 분명 의지가 될 거예요. 여자인데요, 의리가 매우 강한 사람이거든요."

"어머, 여자예요?"

"노노미야 쿄코라는 사람이에요."

2

아카리에게 이끌려 도착한 곳은 마루노우치의 오피스타운이었다. 무미건조한 빌딩들이 늘어서 있는 가운데 유미는 한쪽에 서 있는 펜슬 빌딩을 올려다봤다.

"약속은 오후 1시예요. 아직 여유가 있죠?"

아카리의 물음에 유미는 스마트폰으로 시간을 확인하고 고개를 끄덕였다. 재킷 주머니에 손을 넣을 때 걸리적거려서 요즘에는 손목시계를 차지 않는다.

마루노우치에 본사를 둔 회사들은 업태가 매우 다양하다. 판매, 제조, 서비스, 금융 등 업종에 따라 본사의 성격도 달라진다. 그야말로 의사 결정의 중심이 되는 본사도 있는가 하면 쇼룸이나 단순한 사무실도 있는 등 모습은 저마다 다르다. 이런 펜슬 빌딩 안에 사무실을 차린 회사는 과연 어떤 회사일까.

아카리에게 물었지만 역시 그렇게까지 자세히는 모르는 것 같았다.

"FX 거래 자체는 단말기 몇 대만 있으면 충분하다고 하더라고요. 그러니까 의뢰인과 상담할 공간만 있으면 되지 않을까요?"

1층에 있는 안내판에는 '7층 노노미야 트레이드 오피스'라고 적혀 있었다. 아카리의 말대로 컴퓨터 화면만 뚫어지게 바라보고 고객 한 명과 상담하는 정도라면 좁은 공간은 문제가 되지 않을지 모른다.

"처음 묻는 건데 노노미야 씨는 어떤 사람인가요?"

"무엇이든 상담할 수 있는 언니 같은 사람이에요. 예쁘지만 거만하지도 않고. 한마디로 표현하면 다른 사람의 이야기를 잘 들어주는 사람이에요."

실제로 만나 보니 아카리의 말이 틀리지 않았다.

"처음 뵙겠습니다. 노노미야 쿄코입니다."

삼십 대 후반이라고 들었는데, 어째서 알려 주지 않았나 싶었을 정도로 얼굴이 작은 미인이었다. 화장을 잘하는 것인지 원래 그런 것인지 삼십 대 특유의 주름도 없고 살도 처지지 않아 실제 나이보다 다섯 살은 어려 보였다.

"'여성 사회활동 추진 협회'라니 이름만 들어도 용기가 샘솟는 좋은 이름이네요."

목소리는 높지도 낮지도 않다. 말투가 느릿해서 듣고 있으면 마음이 편해진다.

"보시다시피 저도 여자 혼자서 개인사업을 하는 사람이라 여성을 위해 몸을 아끼지 않고 일하시는 분과 만나 뵙게 되어 영광입니다."

지금까지 만난 여자들에게 똑같은 말을 여러 번 들었지만, 막상 쿄코에게 들으니 인사치레인 줄 알면서도 기분이 썩 나쁘지 않았다. 유미는 자신보다 나이가 많지만 잘난 체하지 않는 쿄코에게 더욱 호감이 갔다. 아카리가 전적으로 신뢰하는 것도 이해할 수 있었다.

"그렇게 말씀해 주시니 저야말로 영광입니다. 하지만 이렇게 선생님을 찾아올 정도로 절실한 고민도 있답니다."

"선생님이라니, 민망하네요. 노노미야라고 부르셔도 됩니다. 하루 종일 환율과 씨름만 하는 개인사업자일 뿐인걸요."

그녀가 생긋 웃자 같은 여자인 유미조차도 묘한 기분이

들었다.

빌딩 외관을 보고 예상한 대로 사무실 안은 역시 협소했다. 그러나 인테리어가 요란하지 않고 입구에 놓인 관엽 식물 하나가 전부라 답답한 느낌은 없었다. 책상 위에 있는 모니터 세 대와 바닥에 놓인 본체가 금융상품을 다루는 장소의 분위기를 살며시 조성했다. 아늑하고 결코 나쁘지 않은 공간으로 집무실보다는 고객 상담실 같은 분위기였다.

"아카리 씨에게 대략적인 사정은 미리 전해 들었습니다. 실례지만 그쪽 협회의 수익 개선에 대한 상담을 받고 싶으시다고……."

사전에 이야기를 전해 들었든 아니든, 이 부분은 책임자인 자신이 정식으로 설명하는 것이 도리다. 유미는 협회가 야나이의 자금단체라는 사실만 제외하고 최근 몇 개월 동안 수입이 계속 악화되고 있는 상황을 설명했다. 어차피 한 해를 마무리할 때 관할청에 보고해야 하는 내용이므로 제삼자에게 말한다고 해도 문제될 것은 없었다.

사정을 전부 설명하자 쿄코가 말했다.

"그런데 후지사와 씨는……."

"유미라고 부르셔도 돼요."

"유미 씨는 FX에 대해서 얼마나 알고 계십니까?"

"외환 거래, 라고 밖에는……. 설명을 부탁드려도 될까요?"

"물론이죠. 우선 FX라는 건 Foreign Exchange의 약자로 정식 명칭은 외환 거래입니다. 달러나 유로화 등 외국통화를 교환하거나 매매해서 차익을 남기는 금융상품을 말하죠. 달러, 유로화, 엔화의 환율이 날마다 변한다는 건 알고 계시죠?"

"네. 하지만 차익이라고 해도 몇 엔밖에 되지 않잖아요. 그게 어떻게 큰 이익이 된다는 거죠?"

"일반적으로 외화 예금이 없으면 큰 거래를 할 수 없지만 FX에는 레버리지*라는 구조가 있습니다. 알기 쉽게 설명하면 소액 자금으로도 최대 스물다섯 배까지 거래할 수 있다는 이야기입니다. 물론 이익이 큰 만큼 손실이 클 수도 있지만요."

유미도 당연하다고 생각했다. 금융상품은 차익금이 큰 이상 분명 리스크 또한 클 것이다.

"FX가 더욱 매력적인 이유는 금리 차이로 수익을 낼 수 있기 때문입니다. 바로 스와프 포인트라고 하는데, 금리가 낮은 외화를 팔고 금리가 높은 외화를 사면서 발생하는 이

---

* 차입을 통해 적은 자본으로 투자수익률을 높이는 것.

자 차액을 받을 수 있습니다. 예를 들어 금리 2.5퍼센트, 호주달러 1달러에 91.25엔일 때 1만 달러를 매입하면 엔 금리가 0.1퍼센트일 때 금리 차이는 2.4퍼센트, 하루에 60엔, 1년에 2만 1천 9백 엔의 이익이 발생합니다. 즉 예금 금리보다는 훨씬 이익이라는 이야기지요."

"그런데 노노미야 씨, 예금보다 수익률이 높다는 건 알겠는데요, 그건 전부 매매 수익이 나왔을 때 이야기잖아요."

"네, 고금리 외화를 팔아서 저금리 외화를 사는 경우에는 오히려 차액을 지불해야 할 의무가 생기지요."

"제가 문외한이라 그런지 모르겠는데, 설명을 들을수록 상당히 도박 같은……. 아, 죄송합니다. 주식 거래처럼 운에 크게 좌지우지되는 것 같은데요."

"오히려 주식과는 다르답니다. 주식은 보다 고수익을 노리는 성향이 있지만 외환 거래는 그와 반대로 도망친다는 인상이 있죠."

"도망친다고요?"

"비싼 외화라는 건, 달리 말하면 다른 외화가 그보다 싸다는 의미입니다. 각국의 화폐 가치는 국제정세나 각 국가의 내부 정세와 무관하지 않잖아요. FX의 기본은 정세가 불안한 국가의 화폐에서 안전한 국가의 화폐로 도망치는 것입

다시 비웃는 숙녀

32

니다. 그런 의미에서 가치가 더 높은 종목을 따라다니는 주식 거래와는 방향이 정반대입니다. 도망친다는 건 겁쟁이들의 특성이지요. 그리고 전쟁터에서 살아남는 건 대부분 겁쟁이랍니다."

유미는 한동안 말이 없었다.

FX의 세계에서는 겁쟁이가 살아남는다는 논리가 참신하게 다가왔다. 도박이라는 말을 부정하지는 않지만 신중하다면 크게 손해 보지 않을 것이라고 한다. 게다가 전쟁터에서 살아남는 것은 겁쟁이라는 말도 귓가에 맴돌았다.

매혹적이고 저항하기 어려운 이야기. 그러나 일말의 불안은 남아 있었다.

"아직 불안하신가 보군요."

"아뇨, 저기. 국제정세나 각국의 정세를 계속 모니터링하지 않으면 교환이나 매매 타이밍을 맞추기 어려운 거죠?"

"네."

"게다가 매우 광범위한 지식과 경험이 필요하잖아요. 아니, 노노미야 씨의 분석력을 의심하는 건 아니지만."

입 밖으로 내뱉은 뒤 아차 싶었다. 마치 쿄코를 못미더워하는 것 같은 말투 아닌가.

역시나 눈앞에 있던 쿄코가 다소 언짢은 표정을 지었다.

사과해야겠다고 생각한 순간, 절묘한 타이밍에 아카리가 끼어들었다.

"쿄코 씨, 그거, 보여 드리면 어떨까요? 그걸 보시면 사무국장님도 납득하실 것 같아요."

"별로 다른 분들께 보여 드릴 만한 건 아닌데요."

"백문이 불여일견이라고 하잖아요."

"그럼 그럴까요. 유미 씨, 잠깐 이쪽으로 와보시겠어요?"

쿄코가 권한 대로 유미는 의자를 들고 쿄코 옆으로 이동했다. 모니터 세 대를 앞에 두었을 때, 쿄코가 오른쪽 어깨에 손을 올렸다.

"유미 씨, 가운데 화면을 보시지요."

쿄코가 나머지 한 손으로 키보드를 치자 화면이 슥 바뀌었다. 각국 화폐의 환율이 일목요연하게 나타났다. 오른쪽 상단 귀퉁이에 표시된 것은 아마도 현재 시각인 것 같았다.

"현재 시각은 13시 15분, 엔달러 환율은 1달러 104.456엔에 환율 폭은 0.999엔 범위입니다."

설명한 대로 엔 표시는 △과 ▼ 표시와 함께 초 단위로 바뀌고 있었는데, 그 변화는 1.0을 넘지 않았다.

"제가 15분 후 환율을 예측하겠습니다. 그것도 플러스마이너스 0.020엔 오차 범위 내로요."

"0.020엔이요?"

유미는 자신도 모르게 쿄코의 말을 따라 하고 있었다.

"이렇게 보고만 있어도 0.999엔 폭으로 바뀌는데 0.020엔 오차 범위…… 확률은 50분의 1 정도 아닌가요?"

"연초부터 세계에 큰 영향을 미치고 있는 요인은 테러와 이상기후입니다. 둘 다 세계적인 규모로 발생하고 있으며 전자는 국제정치, 후자는 환경에 커다란 변화를 불러오지요. 정치와 경제가 위태로운 상황에서 불안정한 국가의 화폐 가치는 떨어지고 안정적인 국가의 그것은 상대적으로 오릅니다. 911 테러 이후, 미국은 특히 테러에 민감한 움직임을 보이니까 다른 국가에서라도 큰 테러가 발생하면 약세를 보이는 경향이 있습니다. 이러한 큰 흐름만 파악하고 있으면 그다음부터는 상황을 그때그때 냉정하게 읽는 것만으로 변동 폭도 자연스럽게 알게 되죠. 13시 30분에 엔달러 환율은 1달러 105.533엔일 거라고 저는 예상합니다."

주문 같은 말이 머릿속을 계속 점령하면서 서서히 사고를 마비시켰다.

1달러 105.533엔. 현재 수치에서 1엔 이상이나 차이가 난다. 그러면 맞아떨어질 확률도 더욱 낮지 않은가.

"자, 유미 씨. 시간은 제가 보고 있을 테니 당신 이야기를 좀 해 주세요."

"제 이야기라니 도대체 무슨 말씀이신지……."

"아무거나 괜찮습니다. 저는 유미 씨의 인간적인 면을 알고 싶거든요. 앞으로 알고 지내는 데 꼭 필요하니까요."

"맞아요, 사무국장님. 그냥 투자자금만 맡긴다면 투자회사와 다를 게 없죠. 쿄코 씨는 투자자금뿐 아니라 그 사람의 인생까지 챙겨 주거든요."

평소에 이런 질문을 받으면 경계심이 생기겠지만 쿄코와 아카리의 목소리를 듣고 있으니 그러한 마음도 사라져 버렸다. 유미는 전문대를 졸업했을 무렵부터의 이야기를 즐겁게 풀어놓기 시작했다. 일개 파견 직원에서 비영리법인의 사무국장까지 올라간 이야기는 일종의 성공 스토리라서, 이야기하고 있자니 기분이 좋았다. 그래도 야나이 이야기는 하면 안 된다는 판단력은 남아 있어서 조심스럽게 피해 이야기했다.

자신의 힘이 조금이라도 사회에 보탬이 되었으면 하는 바람으로 비영리단체에서 자원봉사를 시작했다.

사무국장으로 취임한 이유도 본인처럼 일하는 여성들에게 도움의 손길을 내밀고 싶었기 때문이다.

꾸며낸 동기였지만 거짓말도 계속하면 진실이 된다. 실

제로 쿄코에게 이야기하고 있으니 마치 자신이 강한 신념을 품은 인물처럼 느껴졌다. 게다가 아카리가 절묘하게 추임새를 넣어오자 머리가 저릿해질 정도의 쾌감에 사로잡혔다. 자신의 이야기를 하는 것이 이렇게나 기분 좋은 일이었다니.

협회를 창단한 후 야나이를 비롯한 여러 의원에게 격려의 말을 듣고 감격했던 이야기를 막 하던 참에 아카리가 끼어들었다.

"슬슬 13시 30분이네요."

꿈에서 깨어난 듯 유미는 모니터로 시선을 돌렸다. 그리고 깜짝 놀랐다.

이럴 수가.

현재 시각 13시 29분 30초.

환율은 1달러 105.529엔.

그리고 정확히 13시 30분.

1달러 환율 105.533엔이 고시됐다.

"대박! 진짜 맞췄어요."

할 말을 잃은 유미 대신 아카리가 야단스럽게 소리쳤다. 쿄코도 조금은 의기양양한 표정을 지었다.

"이럴 수가. 이게 도대체……."

유미는 여전히 말도 제대로 나오지 않았다.

"항상 0.020엔 오차 범위 내로 맞았는데, 딱 맞아떨어진 건 오랜만이네요."

쿄코는 대수롭지 않게 말했지만 유미는 마법을 본 것 같은 기분에서 헤어 나오지 못했다.

이후 환율이 계속 고시되었지만 조금 전의 105.533엔은 최저가를 유지했다. 이 자리에 있는 사람들이 목격한 수치가 진짜였다는 증거였다.

어떻게 이럴 수가, 라는 말만 되뇌자 아카리가 자랑스럽게 웃었다.

"물론 쿄코 씨만 보여 줄 수 있는 묘기죠. 아까 말씀하신 국제정세와 각국의 내부 사정, 그리고 이상기후가 영향을 미치는 세계 시장, 쿄코 씨가 그것들을 분석해서 본인의 식견과 조합하면 바로 이럴 수 있답니다."

별안간 쿄코와 아카리의 말이 현실감 있게 느껴졌다.

겨우 15분이었다고 해도 환율을 소수점 세 자리까지 예측할 수 있는 것이다. 다음 날, 일주일 후, 한 달 후라면 정확도가 다소 떨어지겠지만 그래도 틀림없이 경이로운 적중률이다.

미래의 숫자를 예측할 수 있는 거래만큼 즐거운 것은 없다. 만약 FX가 도박의 한 종류라고 해도 겁을 낼 필요가 없다. 아니, 앞서 설명한 것처럼 레버리지 같은 것으로 보유 자금의 스물다섯 배까지 거래할 수 있다고 하니 오히려 잘됐다. 어찌됐든 결과를 미리 알고 있는 도박에 실패란 없다.

유미의 가슴 속에 금전욕이 뭉게뭉게 피어올랐다. 평소에는 상상도 하지 못했던 일확천금이라는 단어가 머릿속에 맴돌았다.

그러나 한편으로는 제동도 걸렸다. 길지 않은 월급쟁이 인생으로 길러진 '상식'이라는 제어장치가 작동한 것이다. 트레이더로서 쿄코의 감과 실력을 직접 확인했지만 분명히 도박이라는 사실이 금전욕을 억눌렀다.

잠깐, 쿄코가 이끄는 FX를 도박이라고 할 수 있을까?

결과가 정해진 도박은 더 이상 도박이 아니야. 그저 요술 방망이일 뿐. 이것을 휘두르지 않는다면 도대체 무엇을 휘두른다는 말이야? 애초에 돈이 필요해서 이 사무실을 방문한 것 아니었어?

두 가지 상반된 마음 사이에서 갈팡질팡하자 쿄코가 부드러운 미소를 지으며 말을 꺼냈다.

"처음에 말씀드린 대로 FX는 원금 보장이 되지 않는 금융상품입니다. 그래서 처음에는 유미 씨가 운용할 수 있는 범위 내에서 시험해 보면 됩니다. 어떤 일이든 테스트 기간이라는 것이 있으니까요."

그 한마디가 방아쇠를 당겼다.

"저, 일단 20만 엔은 준비할 수 있는데."

"초기 투자로는 적당한 액수네요. 그럼 잠시 저와 함께 FX 운용에 대해 공부해 볼까요?"

공부라는 단어에 위화감을 느꼈다. 확인해 보니 투자자문에도 코스가 나뉘어 있었다. 하나는 일주일에 몇 번 쿄코에게 운용 노하우를 배우는 코스로, 1회에 5천 엔 정도 레슨비를 지불하는 대신 오퍼레이션은 전부 유미 본인이 해야 했다. 또 다른 코스는 쿄코에게 운용을 전부 일임하고 수익이 나면 그 금액의 20퍼센트를 보수로 지불하는 것이었다.

사무국장이라는 입장상 협회 사무실을 자주 비울 수 없다. 무엇보다 방금 전 쿄코의 경이로운 능력을 목도한 뒤로 직접 자금을 운용할 생각은 털끝만큼도 들지 않았다. 보수가 수익금의 20퍼센트뿐이라면 믿을 수 없을 정도로 좋은 조건이었다.

"그런데 만약 운용 결과가 마이너스가 된다면 보수는 어떻게 산정하나요?"

"운용을 일임했는데 실패한다면 그건 전적으로 제 과실

이므로 보수는 일 엔도 발생하지 않습니다."

비교해 볼 것도 없다. 유미는 전부 쿄코에게 맡기기로 결정했다.

유미는 향후 계약에 대해 충분한 설명을 듣고 난 뒤 아카리와 함께 사무실을 나왔다.

"정말 매력적인 사람이네요."

사무실로 돌아오는 길에 유미가 중얼거렸다.

아카리가 곧바로 반응했다.

"그렇죠? 제가 쿄코 씨에게 푹 빠진 기분, 아시겠죠?"

"네. 그런데 소박한 질문인데, 그런 능력이 있는 사람이 어째서 나서지 않죠? 그야말로 FX의 카리스마로 대접받아도 이상하지 않을 정도에, 비즈니스 서적이라도 한 권 출간하면 불티나게 팔릴 것 같은데."

"저도 전에 비슷한 이야기를 한 적이 있는데, 그러면 가벼운 사람 취급을 당한다고. 그런 것에 시간과 신경을 쏟으면 거래할 때 감이 떨어진다고 하더라고요. 게다가 얼굴도 모르는 사람들 만 명을 상대하는 것보다 눈앞에 있는 의뢰인 열 명이 웃어 주는 편이 더 만족스럽다고 했어요."

"……맞는 말이네요. 하지만 그러면 쿄코 씨 벌이가 안 되지 않나요?"

"지금까지 투자로 좋아하는 일을 하면서 살 정도는 모은 것 같더라고요. 부럽지요. 저희와 나이 차이도 얼마 안 나는데 벌써 여유로운 인생이라니."

왜인지 여유가 느껴지던 보살 같은 미소는 그 때문인가. 내심 그렇게 결론지으면서도 이상하게 질투라는 감정이 생기지 않았다. 오히려 쿄코 같은 사람이라면 최소한 유유자적한 인생이 보장되어 있는 것이 당연하게 느껴졌다.

강제적이지도, 그렇다고 위압적이지도 않지만 전능한 느낌이 온몸에 흘러넘쳤다. 야나이를 제외하고 이런 사람은 처음이었다.

그러고 보니 무언가 떠올랐다.

"있잖아, 아카리 씨는 오래전부터 쿄코 씨와 알고 지냈다고 했죠?"

"네."

"그러면 FX도……."

"아, 눈치채셨네요."

아카리는 혀를 쏙 내밀었다. 자신보다 연상이지만 이런 행동을 하는 걸 보면 꼭 십 대 소녀 같았다.

"뭐, 저 같은 경우는 운용자금이 적기는 했지만 아무튼 상황이 이렇다 보니 맡겨 놓은 돈이 터무니없이 불어나더라고요. 그대로 내버려두면 차가 뭐예요, 교외에 집 한 채는 살 수 있지 않을까 싶을 정도였어요. 그렇게 되니 사람 마음이 참 간사하다고, 갑자기 회사에 매일 출근하는 게 바보같이 느껴져서…… 무슨 말씀인지 이해하시죠?"

"그럼요. 내키지 않아도 결국 벌어먹고 살려고 일하는 거니까. 돈 걱정이 없어진다면 일할 의욕도 생기지 않겠죠."

"맞아요. 그래서 이틀 정도 무단결근했더니 어디서 어떻게 알았는지 쿄코 씨에게 불려가서 혼났지 뭐예요. 저를 쓸모없는 인간으로 만들려고 도와준 게 아니라면서."

"쓸모없는 인간이요?"

"스스로 땀 흘리지도, 고생하지도 않고 편하게만 살려는 사람은 모두 쓸모없는 인간이라고 하더라고요."

"……따끔한 이야기네요."

"그래서 반강제로 거래 중지당했어요……. 그래도 좋은 교훈을 얻었어요. 지금 생각해도 통장 잔고가 멋대로 늘어나는 걸 보기만 하는 저는 그저 쓸모없는 인간일 뿐이었으니까요. 따지고 보면 협회에 들어온 것도 그게 동기였죠."

처음 듣는 이야기였다.

"솔직히 협회 월급이 그렇게 많지는 않잖아요. 그래도 보람 있는 일을 하면서 땀을 흘리면 조금은 성실한 사람으로 돌아갈 수 있을 것 같다는 생각이 들었어요."

확실히 그럴듯한 입회 동기였다. 하지만 협회가 실질적으로 야나이의 자금단체라는 사실을 눈치챈 것 같은 지금, 아카리는 과연 어떤 심정일까.

대놓고 물었다가는 앞으로 인연이 끊어질 것 같은 불안감이 엄습했다. 마치 지금까지 친구로 지내온 이성에게 고백하는 껄끄러운 기분 같았다. 일단 입을 열면 두 번 다시 예전 관계로 돌아갈 수 없다.

유미는 아직 마음을 터놓을 시기는 아니라고 판단했다.

도중에 은행이 있어서 유미는 ATM으로 쿄코의 계좌에 20만 엔을 송금했다. 이로써 통장 잔고는 다소 허전해졌지만 후회는 없었다. 희미한 불안감은 남았지만 환율은 자신의 휴대폰으로도 수시로 확인할 수 있다. 환율이 크게 떨어지면 그때마다 쿄코에게 상황을 확인하면 된다. 이쯤이다 싶을 때 거래를 중단해 달라고만 하면 된다. 그러면 손해도 최소한으로 줄일 수 있다. 애당초 이것은 단순한 '테스트 기간'이다.

아직도 가슴속에 맴도는 불안을 눌러 감추며 유미는 사무실로 돌아가는 발걸음을 재촉했다.

쿄코에게 첫 번째 보고를 받은 것은 그로부터 불과 사흘 뒤였다.

"20만 8천 엔?"

휴대폰에 표시된 숫자를 보고 유미는 자신도 모르게 소리내어 말했다.

사흘 동안 8천 엔이나 벌다니. 무려 4퍼센트나 수익이 난 셈이다.

'상세 자료는 추후에 보내드리겠습니다'라는 쿄코의 코멘트가 달려 있었다. 그 말대로 다음 날 낮에 A4 용지 세 장짜리 기간손익보고서가 사무실로 배송되었는데, 각종 그래프와 수치가 나열되어 있어 1분만 보고 있어도 눈이 아팠다.

세세한 부분까지는 도무지 이해할 길이 없었지만 그래도 수많은 수열 속에서 쿄코가 복잡한 매매를 반복해서 이윤을 냈다는 사실만은 파악할 수 있었다.

생각하자니 소름이 돋았다. A4 세 장을 가득 메운 수치와 변동 기록, 이는 그 작은 머릿속을 휘젓고 다니던 잔재에 불과한 것이다.

세상에는 스스로를 천재라고 말하는 사람, 또는 다른 사람을 천재라고 치켜세우는 어중이떠중이들이 넘쳐난다. 남들보다 눈곱만큼이라도 재능이 뛰어나면, 반쯤 놀리듯 추켜세우며 자신이 평범 이하라는 사실을 잊으려는 수작이다. 그러나 그중에 진정한 천재가 있을 리 만무하며, 세계는 10퍼센트의 수재와 90퍼센트의 오합지졸로 구성되어 있을 뿐이다.

하지만 개중에는 그런 사람도 존재한다. 몇 만 명 중 한명, 또는 몇 십만 명 중 한 명꼴로 천재라고 표현할 수밖에 없는 인재가.

노노미야 쿄코라는 사람은 그 몇 안 되는 인재 중 하나다. 본인은 시종 겸손하지만 어중이떠중이들에게는 불가능한 일을 해내는 사람은 역시 천재다.

쿄코는 사흘마다 유미의 휴대폰으로 보고했다. 20만 8천 엔은 21만 6천 엔으로, 21만 6천 엔은 22만 4천 엔으로 불어나면서 운용을 시작한 지 2주 후에는 마침내 30만 엔대를 돌파했다.

운용 4주 차에 들어갔을 때, 쿄코가 메시지를 보내왔다.

— 테스트 기간은 끝났습니다. 거래를 마무리할 것인지 계속 이어갈 것인지는 유미 씨의 판단에 맡기겠습니다.

여전히 강요하지 않는 말투였지만 첨부된 보고서의 액수는 몹시 위압적이었다.

— 34만 6천 525엔.

처음에 맡겼던 20만 엔은 3주 동안 1.7배 이상 불어나 있었다. 노파심에 하루 늦게 발송된 보고서와 인터넷으로 검색한 환율을 대조해 보니 고시 환율과 일치했다.

또다시 마법을 본 듯한 기분이었지만 마법이 아님은 보고서에 분명하게 기록되어 있었다.

우선은 조심스럽게 '일단 거래를 마무리할 테니 정산해 주세요'라고 요청했더니 다음 날 수익의 20퍼센트를 공제한 31만 7천 220엔이 통장으로 입금되었다.

꿈도 마법도 아니다.

노노미야 쿄코는 FX의 귀재이며, 자신은 운 좋게도 그녀의 지인을 만난 것이다.

사람의 형태를 한 요술방망이.

통장 잔고를 보는 사이, 그 혼탁한 욕망이 이전보다 더욱 기세 좋게 샘솟았다.

3

야망이니 이해타산이니 하는 것들은 비유하자면 암세포 같은 것이다. 몸 안에 한번 자리 잡는 순간 계속 퍼지며 마침내 숙주의 심신을 좀먹기 시작한다.

쿄코의 연금술을 두 눈으로 목격하고 나서부터 유미의 머릿속에서 쿄코의 얼굴과 목소리가 떠나지 않았다. 이번 거래는 일단 끝냈지만 유미는 이것으로 끝낼 생각이 추호도 없었다. 한 번의 거래로 얻은 수익은 쿄코에게 지불한 보수를 제하고도 11만 엔 이상, 투자금의 50퍼센트 이상이었다. 이렇게나 높은 수익이 나는 금융상품은 흔치 않다.

50퍼센트 배당이라면 백만 엔으로 50만 엔, 천만 엔으로 5백만 엔, 1억 엔으로 5천만 엔을 만들 수 있다. 물론 쿄코의 말에 따르면 그렇게 단순하게 계산할 수는 없겠지만, 적어도 서류상으로는 그런 계산이 나왔다.

5천만 엔. 야나이의 정치자금으로 돌리기에 충분한 금액이 분명하다. 게다가 비영리법인이 거두어들이는 기부금과 수입을 전부 쓰지 않고 이윤을 내서 제공할 수 있으니 죄책감에 시달릴 일도 없다.

아니, 5천만 엔으로 그칠 수는 없지. 쿄코가 마음만 먹으면 1억 엔이든 2억 엔이든 수익을 낼 수 있을 것 같다. 2억엔이나 되는 자금을 공급할 수 있다면 자신은 더 이상 일개 하부조직의 책임자가 아니게 된다.

야나이의 신망이 두터워지면 사설비서로 발탁되는 것은 시간문제다.

망상이 한없이 부풀어 오르는 것을 막을 수 없었다. 유미는 내심 흥분을 눌러 감추며 사무실에서 아카리에게 말을 걸었다.

"쿄코 씨를 우리 직원으로 영입할 수는 없을까요?"

뜻밖의 제의였는지 아카리의 눈이 휘둥그레졌다.

"확실히 쿄코 씨는 독립적이고 능력 있는 여성을 몸소 보여 주는 사람이지만, 비영리법인에 관심이 있는 것 같지는 않아요."

본인이 관심이 있는지 없는지 따위 알 바 아니지만 물론 입 밖으로 꺼내지는 않았다.

"꼭 영입하고 싶은 인재예요. 우리 협회 경리담당으로 삼고 싶어요."

"마음은 이해하지만 쿄코 씨는 조직에서 일할 사람이 아닌 것 같아요. 그러니까 개인사업을 한다고 생각하고요."

그러면 본인을 설득하면 그만이다. 다시 한번 쿄코를 만나고 싶다는 뜻을 전하자 아카리는 당황하며 쿄코의 일정을 확인해 보겠다고 말했다.

아카리와 함께 쿄코의 사무실을 다시 방문한 것은 그로부터 나흘 뒤였다. 아카리에게 이미 대략적인 이야기를 전해 들은 쿄코는 당혹스러운 마음을 감추지 않았다.

"제 능력을 높이 사신 건 영광이지만 아무래도 저는 다른 사람 밑에서 일하는 게 맞지 않는 것 같아서……. 건방지다는 건 알지만 지금 방식이 제 성미에 맞는 것 같습니다."

"그 부분을 재고해 주십사 부탁드리는 거예요."

유미는 창피고 체면이고 아랑곳하지 않고 머리를 숙였다. 원한다면 무릎도 꿇을 생각이었다. 머리를 숙여서 쿄코를 손에 넣을 수만 있다면 이만큼 싼 거래는 없다.

그런데 자신이 숙인 머리에 그 정도 가치는 없었던 것 같다. 쿄코는 여전히 곤혹스러운 표정으로 고개를 저었다.

"유미 씨의 단체에서 일하면 다른 의뢰인들이 맡긴 일에 지장이 생깁니다. 죄송하지만 저를 필요로 하는 의뢰인들이 적지 않거든요."

그도 그렇겠지. 어쨌든 단 한 번 의뢰했던 자신이 이렇게나 집착할 정도니까 말이다. 쿄코에게 자산운용을 일임하고 있는 고객이라면 분명 그녀를 놓치지 않으려고 할 것이다.

"그리고 이건 단순한 질문입니다만, 비영리법인이라는 건 영리를 목적으로 하지 않는 단체지요. 그런 단체가 저를 경리로 고용하려는 건, 실례지만 무언가 이윤 추구를 목적으로 하시겠다는 말씀인가요?"

차라리 법인이 야나이의 자금단체라는 비밀을 털어놓을

까도 생각했지만 고심 끝에 그만두었다. 하지만 어느 정도 상황은 설명해야 할 것이다.

"이쯤 되면 쿄코 씨에게는 말씀드려야겠네요. 사실 '여성 사회활동 추진 협회'는 뜻을 함께하는 국회의원을 지원하는 단체이기도 합니다. 매달 얼마 안 되는 수입 중 일부를 정치 자금으로 기부하고 있어요."

"그 국회의원의 활동이 '여성 사회활동 추진 협회'의 활동 취지와 일맥상통해서 그런 건가요?"

쿄코는 호의적으로 해석한 것 같았다. 그렇다면 이를 이용하지 않을 이유가 없다.

"요즘 세상에도 여전히 여성의 사회활동을 방해하는 세력이 있습니다. 구태의연한 남성 중심 사회와 그것을 허용하는 직장 환경만큼이나 사회제도 또한 아직 제대로 갖추어져 있지 않죠. 저희가 진정한 여성 사회활동을 추진하기 위해서는 아무래도 유력한 국회의원의 협력이 필요한 상황입니다."

이상하게도 그럴싸한 명분을 만들기 위해 고심해 낸 문구도 몇 번이나 주장하다 보니 숭고한 대의명분으로 느껴졌다. 유미는 지금이 승부처다 싶어, 협회의 존재 의의와 국회의원 후원을 정당화하며 강한 어조로 떠들어댔다. 물론 정치자금법 위반이지만 알 바 아니다.

몇 분간 계속 이야기하니 마침내 아카리가 옆에서 끼어들었다.

"사무국장님. 그 정도 설명하셨으면 쿄코 씨도 이해했을 거예요. 저, 쿄코 씨?"

아카리의 재촉에 쿄코는 고개를 부드럽게 끄덕였다. 보살 같은 미소에 유미는 구원을 받은 기분이었다.

"말씀하시는 바는 알겠습니다. 그래도 죄송하지만 협회 직원으로 근무하는 건 부담스럽습니다."

실패인가. 낙담해서 고개를 떨구려는데 구원의 말이 들려왔다.

"다만 협회의 자금을 운용하기만 하는 것은 받아들일 수 있습니다."

"감사합니다!"

자신도 모르게 목소리가 높아졌다.

협회의 일원으로 영입하는 데는 실패했지만 자금운용만 이라도 맡아 준다면 그것으로 됐다.

"그럼, 외부 위탁이라는 모양새면 괜찮을까요?"

"아니요. 만에 하나 다른 의뢰인이 알게 된다면 똑같이 법인 자금운용을 맡기려고 할지도 모릅니다. 그건 곤란해요."

쿄코는 곤란하다면서도 미소를 잃지 않았다.

"언짢게 들리실지 모르겠지만, 의뢰인이 기뻐하는 모습을 직접 보는 것이 제 기쁨입니다. 하지만 의뢰인이 기업이 되면 일단 누구의 미소를 위해 일해야 할지 모르겠더라고요. 그러니까 협회보다도 유미 씨가 개인적으로 의뢰하는 형태로 해 주시겠습니까? 그게 저도 편하니까요."

개인적인 의뢰 형태로 진행하면 투자자금을 지출할 때 회계 처리가 귀찮아지겠다고 생각했지만, 어차피 야나이의 사무실로 송금할 때 이것저것 위장하기 때문에 새삼스러운 일도 아니었다. 유미는 쿄코의 제안을 전면적으로 받아들이기로 결정했다.

"알겠습니다. 그러면 지금 바로 자금을 준비할 테니 잘 부탁드립니다."

다시 한번 머리를 숙였다. 눈앞에 있는 쿄코가 마치 유미의 뒤통수를 바라보는 것 같았다.

"다른 사람을 위해서 고군분투하는 사람은 언제나 아름답네요."

순간, 무슨 말을 하는 건지 생각하는데 이어지는 쿄코의 말을 듣고 있으니 움직일 수 없었다.

"다양한 의뢰인을 상대해 봐서 잘 압니다. 집착하는 사람에는 두 부류가 있죠. 하나는 자신을 위해 죽을힘을 다하는 사람. 그리고 다른 하나는 다른 사람을 위해 정성을 다하는 사람. 두 눈을 보기만 해도 알아요. 당신은 후자예요. 투자 수익을 국회의원이나 사회처럼, 어쨌든 자신이 아닌 다른 것을 위해 유용하게 쓰고 싶다고 생각하잖아요. 그런 사람의 눈은 항상 반짝반짝 빛납니다. 저는 그런 눈빛을 무척 좋아하고, 그래서 그런 사람에게 힘이 되고 싶답니다."

별안간 시야가 뿌예졌다.

"이런 일을 하다 보면 돈에 사람을 미치게 만드는 마성이 있다는 사실을 뼈저리게 느낍니다. 저의 성공적인 투자 이면에서 몇 명의 트레이더가 어두운 생각에 잠식되어 가는 것을 느낄 수 있지요. 그런데도 이 일을 계속하는 이유는 유미 씨처럼 의미 있고 올바른 일에 돈을 쓰는 사람이 있어서 예요."

한 마디 한 마디가 열기를 띠며 문드러진 마음의 상처로 스며들었다.

그리고 쿄코는 유미의 손을 부드럽게 잡았다.

"제게 이런 말씀을 해 주셔서 감사합니다."

눈앞이 뜨거워졌다고 생각했을 때는 이미 늦었다. 타인의 시선을 의식하지 않고 유미의 눈에서 굵은 눈물방울이 주르륵 흘러내렸다.

저야말로 감사합니다.

내뱉듯 겨우 말한 것이 전부였다.

이후 안정을 되찾은 유미는 아카리와 함께 '노노미야 트레이드 오피스'를 떠났다. 한바탕 우는 바람에 화장이 완전히 지워졌지만 마음은 무척 후련해졌다.

"사무국장님, 무언가 마음의 짐을 덜어낸 얼굴이네요."

아카리가 놀려도 기분이 나쁘지 않고 오히려 후련한 이유는 왜일까.

"쿄코 씨는 트레이더가 되기 전에는 어떤 일을 했어요? 아카리 씨 뭐 들은 거 있어요?"

"예전에는 생활 플래너였다는 것 같은데, 자세한 건 저도 잘 모르겠어요."

생활 플래너라고? 자산운용의 가정 버전이군. 조금 전 쿄코의 말을 생각해 보면 역시나 싶었다. 파이낸셜 플래너에서 FX 트레이더로. 다루는 금액에 차이는 있어도 고객을 대하는 시선은 변하지 않는 것이다.

"제게 이런 말씀을 해 주셔서 감사합니다"라고 쿄코가 말했다. 말도 안 되는 소리다. 내가 오히려 더 감사하다.

그런데 뭉클하고 기분 좋은 분위기가 아카리의 말에 깨

져 버렸다.

"쿄코 씨에게 맡길 운용자금은 어떻게 마련하실 건가요?"

아카리라는 여자는 종종 이런 식으로 아픈 곳을 찌른다. 지금까지 떠올리지 않으려고 했지만 사실 그것이 가장 큰 골칫거리였다.

50퍼센트 이상 고수익이라는 수치를 생각하면 자본금은 많을수록 좋다. 무엇보다 이번에는 유미의 용돈이 아니라 협회의 돈을 사용하는 투자다. 그러나 현재, 현금으로 즉시 준비할 수 있는 보유금은 올해 1년 치 협회 운영비 중 잔액 3백만 엔 수준인 상황이다. 만약 이 돈을 쿄코에게 맡겨서 이전과 똑같이 운용한다고 해도 수익은 150만 엔 정도라는 이야기다. 원금 포함 450만 엔을 운용해서 225만 엔. 초기 투자 금액을 생각하면 상당히 불어난 금액이지만 그래도 정치 기부금으로는 적다는 인상을 지울 수 없다.

"당연히 운영비를 활용하겠지만 그것만으로는 부족해요."

"그렇죠. 날마다 받는 기부금을 쏟아 붓는다고 해도 밑 빠진 독에 물 붓기 격이고."

결국 도박이든 자금운용이든 큰 자본을 가진 플레이어가 더 큰 승리를 거머쥐는 것이 머니게임의 법칙이다.

"좋아요. 운용자금 건은 제가 어떻게든 해 보죠. 아카리 씨는 평소처럼 일하세요. 이미 알겠지만 이 건에 대해서는 다른 직원들에게 누설해서는 안 돼요."

아카리는 조용히 고개를 끄덕였다.

이만 하면 됐다. 아카리의 장점은 적절할 때 주의를 환기시키면서도 필요 없는 말은 절대 하지 않는다는 것이다.

협회로 돌아가는 내내 유미의 머릿속은 자금 마련 방법으로 가득 찼다. 그래도 사무국장을 계속해 와서 협회의 주머니 사정은 누구보다도 잘 안다. 손을 대도 좋을 돈과 그렇지 않은 돈도 구분해 놓았다.

그러나 쿄코의 운용실적에 따라 다르겠지만, 그렇지 않은 돈에도 손을 댈 필요가 있을 것 같았다.

이틀 후, 유미는 협회 예금에 남아 있는 잔액 중 2백만 엔만 출금해 쿄코에게 맡겼다. 직원들의 급여와 매달 지출하는 공공요금 등 잡비를 고려하면 아무래도 최소 백만 엔은 수중에 있어야 했기 때문이다.

"잘 맡아 두겠습니다."

현금을 준비한 유미 스스로도 의외라고 생각할 정도로 백만 엔 지폐 다발 두 묶음은 몹시 초라했다. 아직 손대지 않은 은행의 지폐 묶음용 띠지도 아무 소용없었다. 짐작한 대로 쿄코는 얼굴색 한 번 변하지 않고 돈다발을 받았다. 아마도 쿄코에게 2백만 엔은 푼돈일 것이다.

"운용하기 전에 유미 씨에게 한 가지만 설명 드리겠습니다. 2백만 엔을 운용하시려면 대략적인 세계 경제의 흐름만은 알아 두셨으면 합니다."

세계 경제라는 말을 들은 유미는 자연스럽게 긴장했지만 쿄코는 평소처럼 매력적인 미소를 짓고 있었다.

"그렇게 거창한 이야기는 아니고, FX로 운용하는 이상 최소한 알아 두셔야 할 지식일 뿐입니다. 우선 현재 화폐 가치를 크게 뒤흔드는 요인으로 그리스 경제위기를 빼놓을 수 없습니다."

그리스 경제위기라면 연일 보도되고 있어서 유미도 알고 있다.

"본래 거두어들일 수 있는 세금은 한정되어 있는데 비정상적일 정도로 과도한 사회보장제도를 시행한 데다 납세에 대한 국민들의 의식이 낮은 탓에 그리스는 재정 파탄을 맞이하게 됐습니다. 지난달 29일에는 그리스은행의 예금 잔고가 10년 만에 최저치를 기록했다고 유럽중앙은행에서 발표했죠. 그리스 경제위기는 유럽 경제위기에 영향을 미칩니다. 즉 유로와 달러의 줄다리기가 향후 금융경제를 움직이는 주축이 될 겁니다. 당연히 유로화의 불안요인 때문에 달러 강세가 예상되는데, 이에 비교적 안정적인 엔화는 어떻게 작용할지."

마치 대사를 암송하는 것처럼 쿄코의 말에는 막힘이 없었다. 내용은 차치하고 잠자코 듣고 있으니 의식이 몽롱해졌다.

"EU의 구제금융 지원으로 그리스가 기사회생할 것인가, 아니면 디폴트 선언을 할 것인가. 어떻게 되든 유로존에 미치는 영향은 작지 않습니다. 만약 그리스가 디폴트, 즉 채무불이행을 선언한다면 그리스는 EU를 탈퇴하게 되는데 이는 브렉시트로 이어질 가능성을 내포합니다. 그런 사태에 이르면 EU 자체에 대한 신뢰도가 떨어져 유로화가 폭락할 위험이 있으니까요."

유미는 서둘러 맞장구를 쳤다. 자신이 쿄코의 말을 이해하고 있다는 반응을 보여야 한다는 생각에 초조해졌다.

"그러면 EU는 구제금융지원을 할 수밖에 없겠네요."

"네. 하지만 금융지원을 해도 그리스의 체질이 개선되지 않으면 밑 빠진 독에 물 붓기일 뿐이라 EU는 반드시 지원에 대한 조건으로 재정재건을 요구할 겁니다. 그러나 오랜 기간 굳어진 체질을 하루아침에 바꾸기란 어렵기 때문에 그리스라는 폭탄을 안고 있는 EU의 통화는 당분간 약세를 보일 전망이죠. 그리고 전 세계 화폐들이 이를 가만히 보고 있을 리 없으니 그리스 문제가 근본적으로 해결되지 않는 한 약세인 유로화가 달러와 엔화에 어떻게 작용할지가 환율 시장의 최대 관건이 될 겁니다."

역시 듣고 있으니 중간부터는 멍해졌다. 경제전문가가 들으면 흥미진진해할 내용일지 모르나 공교롭게도 유미는 그 분야에 대한 지식이 없다. 잠시 쿄코의 유창한 설명을 듣다가 말이 끊어지는 적당한 시점에 끼어들었다.

"어려운 이야기는 잘 모르겠지만 쿄코 씨만 믿으면 안전하다는 건 저도 알겠네요. 운용에 관해서는 일임할 테니 부디 잘 부탁드립니다."

"기다려 주시겠어요?"

정중하게 고개를 숙인 뒤 사무실을 나가려는 순간 쿄코가 불러 세웠다.

"이건 처음에 여쭤봐야 했던 건데, 제가 실수했네요. 유미 씨가 이번 투자로 노리는 목표 수익은 어느 정도인가요?"

"목표 수익이요?"

"실례되는 말씀이지만 인간의 욕심이란 끝이 없거든요. 어감이 좋지는 않지만 치고 빠지기라고 해서 운용이든 뭐든 일정 목표액을 정해 놓고 달성하는 시점에 재빨리 손을 터는 게 중요합니다. 그런데 그걸 못하는 사람들이 많아요. 반대로 어느 정도까지 손해를 보면 손을 떼겠다는 한계선도 필요하죠. 종종 손절 시기를 오판하는 사람들이 투자에 실패합니다."

무슨 말인지 이해했다. 쿄코는 어감이 좋지 않다며 에둘러 말했지만 그야말로 치고 빠지는 타이밍을 놓치지 말라는 뜻이다. 목표 수익은 타이밍의 기준으로 삼기 위해 정하는 것이다.

유미는 즉시 대답할 수 없었다.

원래부터 반신반의하며 시작한 이야기였고, 맡겼던 2백만 엔이 3백만 엔으로 불어나면 감지덕지라고 생각한 정도였다.

그런데 쿄코의 입에서 목표라는 단어를 듣는 순간, 다른 생각이 어지럽게 뒤엉켰다. 3백만 엔이라고 하면 쿄코는 일단 틀림없이 그 수치를 맞추려고 노력할 것이다. 250만 엔으로 지정하면 그 금액에 맞춰 수익을 낼 것이다.

그러면 목표는 크게 잡는 편이 좋다. 설령 무리라고 해도 쿄코라면 최대한 기대에 맞추려 노력할 것이다.

유미는 조금 머뭇거리다가 무엇에 홀린 듯 그 금액을 중얼거렸다.

"1, 1억 엔이요."

입 밖으로 꺼내고 나서 아차 싶었지만 이미 엎지른 물이
었다.

얼굴이 화끈거렸다. 한번 내뱉은 말에는 본인도 억누를
수 없는 힘이 있다. 설령 진심이 아니라 할지라도 말에 담긴
힘에 떠밀려 쉽게 철회할 수 없는 경우가 있는데, 지금의 유
미가 딱 그런 상황이었다.

분명 비웃으며 농담 취급할 것이다. 그런 각오를 하고 있
는데 뜻밖에 온화한 대답이 들려와 오히려 맥이 풀렸다.

"1억 엔이요. 알겠습니다."

"……네."

"기대에 부응할 수 있을지 없을지 모르지만 해 보지요. 그
런데 유미 씨."

"네, 네."

"자금 2백만 엔으로 목표금액 1억 엔, 매우 어려운 의뢰
라는 건 잘 알고 계시죠."

"저기, 1억이라는 숫자는 순간적으로 떠오른 금액이라
서……."

그러나 쿄코는 변명을 들으려고 하지 않았다.

"의뢰받은 이상 최선을 다하겠습니다. 그래도 어려울 것 같으면 연락드릴 테니 양해 바랍니다."

"물론이죠."

겨드랑이에서 식은땀이 나는 것을 견디며 사무실을 나왔다. 빌딩을 나오자마자 이마에서도 굵은 땀방울이 흐르는 것은 결코 날씨 탓이 아니었다.

1억 엔.

1억 엔.

마음속으로 몇 번이나 외쳤다. 그러자 쿄코에게 말할 때만 해도 전혀 현실감이 느껴지지 않았던 말이 점차 실체를 갖추어 다가왔다. 2백만 엔 지폐 다발을 손에 쥐어 봤으니 쉽게 상상할 수 있다. 그 돈다발의 50배. 상상 속에서 쌓아 보니 마치 벽돌 같아서 돈이라는 감각이 와 닿지 않는다.

뭐야. 그렇게 겁낼 돈도 아니잖아. 실제로 쿄코는 1억이라는 금액을 선뜻 받아들이지 않았는가. 그런 연금술사에게 1억 엔이라는 돈은 분명 대단한 액수가 아닐 것이다.

유미는 형언할 수 없는 위화감을 억지로 떨쳐내며 협회로 돌아가는 발걸음을 재촉했다.

사흘 후, 쿄코가 기간손익보고서를 보내왔다. 사흘간 수익은 2만 엔, 수익률은 1퍼센트. 이것도 수익률이 높은 편이었지만 여하튼 1억이라는 금액을 염두에 두고 있기 때문에 한 자릿수 수익률로는 아무래도 성에 차지 않았다. 인간의 욕심이란 끝이 없다는 말이 정말 맞다고 생각했다.

더욱이 사흘 후의 보고서에서는 1만 엔, 다음 보고서에서는 또 2만 엔. 그리고 주말을 건너 뛴 닷새 뒤에는 마침내 10만 엔을 넘어서는 수익을 냈다. 역시 쿄코라고 감탄하는데 전화가 걸려왔다.

"순조롭게 진행되고 있네요."

— 그리스가 디폴트를 선언하고 EU를 탈퇴할 가능성이 점점 커지고 있으니까요. 지난 주말부터 달러 매수세가 강세입니다. 그리스 정부 혹은 EU가 무언가 획기적인 제안을 내놓지 않는다면 당분간 이 상황이 지속되리라 봅니다. 다만.

쿄코는 의미심장하게 말을 끊었다.

— 그리스 정부 내부에서도 온건파가 EU의 제안을 전면적으로 받아들이지 않겠냐는 관측이 대세입니다. 이건 아직 공시된 정보는 아니지만, 그렇게 되면 유로는 하락세를 멈추고 앞으로는 달러가 떨어지기 시작할 겁니다. 그렇다면 큰 수익을 낼 수 있는 시기는 그로부터 4~5일 뒤로 보는 편이 좋습니다. 그래서 유미 씨에게 제안하고 싶은데요.

전화 저편에서 쿄코의 진지한 얼굴이 보이는 듯했다.

— 목표 수익이 1억 엔이었죠. 그렇다면 앞으로 나흘 안에 1억 엔을 마련할 수 있나요?

"네?"

— 지금 시세라면 유로 매입으로 백 퍼센트 수익을 내는 것도 불가능하지 않습니다. 지금 1억 엔의 두 배가 될 테니까, 수익만 1억 엔인 셈이죠.

1억 엔을 준비할 수 있을까.

너무나 갑작스러운 요구에 사고회로가 일시적으로 중단됐다.

고작 2백만 엔을 준비하는데도 망설였던 자신이 1억 엔이나 되는 거금을 마련할 수 있을까. 마련하기만 한다면 두 배가 되어 돌아올 텐데. 무리해서라도 만들어 내야 하는 상황 아닌가.

욕망과 이성, 흥분과 불안이 대립했다. 잠시 생각할 시간이 필요하다고 생각했지만 입 밖으로 나온 말은 스스로도 놀라울 정도였다.

"어떻게든 해 보겠습니다. 시간을 좀 주실 수 있나요?"

— 나흘은 기다릴 수 있지만 그 이상은 어렵습니다.

통화를 마치고 나서야 깨달았다.

손바닥이 땀으로 흠뻑 젖어 있었다.

4

창단할 때를 제외하고, '여성 사회활동 추진 협회'가 금융 기관에서 대출을 받은 적은 없었다. 원래부터 어느 정도의 돈은 야나이의 사무실로 우선 송금하느라 빚을 져도 갚을 길이 막막하기 때문이었다.

그러나 지금은 그런 한가한 말을 하고 있을 때가 아니다. 유미가 처음 생각해 낸 것은 일본정책금융공고의 비영리 법인 대출이었다. 하지만 이것은 유담보 대출로 한도가 7천 2백만 엔이었다. 유미가 신청한다고 해도 심사를 통과할 수 있을 리 없었다.

다음으로 떠올린 방법은 노동금고나 신용금고의 법인 대출이었다. 하지만 이것은 한도가 5백만 엔으로, 법인대표자를 포함한 두 명 이상의 연대보증인이 필요했다.

그리고 두 가지 모두 치명적인 사실은 신청에서 대출까지 일주일 이상 걸린다는 점이었다. 그러면 쿄코가 제안한 기간에 맞출 수 없다.

금액이 금액인 만큼 대출에 제약이 많았다. 쿄코가 운용에 성공한다면 즉시 상환할 수 있으므로 어쨌든 금리는 무시할 수 있었다. 그렇지만 합법적인 금융기관은 기한 때문에 조건이 맞지 않는다.

몹시 망설인 끝에 유미는 야나이의 사무실을 찾아갔다. 야나이 본인에게 자금을 융통 받기 위해서였다. 1억 엔을 빌렸다가 곧바로 2억 엔으로 갚아 주면 야나이의 주머니도 그만큼 두둑해질 것이다.

하지만 응접실에 나타난 비서 아야카는 유미의 제안을 듣고 코웃음 쳤다.

"약속도 잡지 않고 무슨 용건인가 했더니 그런 이야기나 하려고 왔어요? 담보도 보증도 없이 대뜸 1억 엔을 빌려 달라니, 머리가 어떻게 된 거 아니에요?"

기가 막혀 말이 안 나온다는 태도였지만 여기서 물러설 수는 없다.

"저나 협회의 이득 때문이 아니라 의원님께 이득이 되는 이야기입니다. 제발 의원님을 만나게 해 주세요."

이야기 중간에 FX로 운용하겠다는 취지를 설명했지만 트레이더가 누구인지에 대한 언급은 피했다. 쿄코의 연금술은 유미의 요술방망이므로 아야카 따위에게 굳이 알려 줄 마음은 추호도 없었다.

"그런 쓸데없는 일로 귀찮게 할 생각이에요? 의원님의 일정이 분 단위로 쪼개져 있다는 건 잘 아실 텐데요."

"도박이나 복권이 아니라 확실한 투자예요."

"그렇게 확실한 투자라면 다들 부자가 되겠죠."

"정말로 유리한 정보는 특별한 사람에게만 주어진다고요."

아야카는 유미의 말투가 거슬린 듯 도발적으로 한쪽 눈썹을 치켜올렸다.

"당신이 그 특별한 사람이라는 뜻이에요?"

일일이 질투나 하고 있을 때가 아니었다. 가장 고개를 숙이기 싫은 상대에게 가장 하고 싶지 않은 부탁을 해야 한다. 굴욕감에 숨이 턱 막혔지만 필사적으로 참아내며 고개를 숙였다.

"부탁드립니다."

"후지사와 씨가 얼마나 특별한 사람인지는 모르겠지만, 저는 당신이 숙인 고개에 1억 엔이라는 가치가 있다고 생각하지 않아요. 저는 평범한 사람이니까요."

아야카는 쌀쌀맞게 대꾸하고는 뿌리치듯 자리에서 일어나 문을 열었다.

"자, 그만 돌아가세요. 후지사와 씨에게는 후지사와 씨의, 그리고 제게는 제 일이 기다리고 있답니다."

깔보는 말투에 분노가 치밀었다. 그때 질 나쁜 생각이 떠올랐다. 자칫 잘못하면 자신의 신세도 망치는 자살테러가 될 수도 있지만 유미에게는 더 이상 자제라는 선택지는 없었다.

"부탁을 들어주지 않으면 지금까지의 일을 언론에 폭로하겠어요. '여성 사회활동 추진 협회'의 실체는 야나이 의원의 자금조달단체이며, 수입 대부분이 여기로 흘러들어 오고 있다는 사실을."

아야카는 불쾌한 얼굴로 움직임을 멈췄다. 이 여자를 한 방 먹이는 것이 이토록 짜릿할 줄이야. 예상치 못한 보너스에 유미는 그만 웃음을 흘리고 말았다.

"야나이 의원님을 협박할 작정인가요?"

"거래라고 해 두죠."

"어느 쪽이든 비열한 짓이군요. 의원님이 아신다면 분명 한탄하실 거예요. 이사로 있는 비영리법인의 사무국장이 어처구니없는 배신자였다니."

배신자라는 말까지 들었다면 자신도 조금쯤 답례를 해도 상관없겠지.

"이번 투자가 성공적으로 끝나면 분명 어디의 월급도둑 비서보다는 훨씬 유익한 인재라고 생각해 주시겠죠."

아야카는 어쩔 수 없다는 듯 고개를 젓고는 자리로 돌아갔다.

"불쾌한 용건은 빨리 끝냅시다. 핵심은 돈 문제죠."

협상에 응할 것 같으면서도 발을 빼고 있는 것은 알량한 허세인가. 어떤 상황에서든 정말 심사를 뒤틀리게 하는 여자다. 내가 비서로 입성하는 날이 오면 어떻게든 가만두지 않을 것이다.

"후지사와 씨가 지금까지 금전적으로 협력했다는 건 인정하지만 그래도 1억 엔은 너무 터무니없는 금액이에요. 사무실의 재정 상태도 생각해야 하고. 지금 당장 제공할 수 있는 돈은 기껏해야 2천만 엔 정도예요."

대화가 전혀 통하지 않는다.

"적어도 8천만 엔은 필요해요."

"3천만 엔."

"7천만 엔."

"4천만 엔. 저기요, 후지사와 씨. 당신도 매달 송금하고 있는 입장에서 사무실의 주머니 사정 정도는 알고 있잖아요."

협박당하는 입장이어도 여전히 상대방을 깔보는 태도를 그만둘 마음은 없는 것 같다. 끝까지 밉살스럽지만 아야카의 말이 맞아 억지를 부리기에도 난감했다. 한 배를 탄 사람을 협박하는 것은 마음 불편한 일이라는 생각이 새삼스레 들었다.

"그러면 6천만 엔. 이 아래로는 협상 결렬이에요."

"좋아요."

아야카는 나지막하게 한숨을 쉬며 승낙했다. 유미는 작은 승리감을 음미하려고 했지만 이 지긋지긋한 여자는 그마저도 아주 잠깐의 순간만 허락했다.

"그러면 차용증을 써요."

"네?"

"운용자금을 의원님 사무실에서 빌리는 것뿐이라고 말했잖아요. 그렇다면 확실하게 문서로 남겨야지요. 만약 무슨 일이라도 생기면 가장 곤란한 사람은 의원님이니까요."

전에 언뜻 들은 적이 있다. 국회의원이 특정 단체에 기부하는 것은 원칙적으로 금지되어 있다고. 기부가 아니라 대출이라면 괜찮다는 논리인가.

그렇다고 해도, 라고 생각했다. 지금까지 유미가 야나이의 사무실로 보낸 돈을 전부 합치면 분명 6천만 엔이 넘을 것이고, 따지고 보면 자신의 돈이나 마찬가지다. 그 6천만 엔이 사무실 돈으로 둔갑해 이번에는 자신이 빌리게 되었다는 사실은 실로 기묘했다.

사무실에서 돈을 대출해 주는 건 분명 드문 일은 아닐 것이다. 일단 자리를 뜬 아야카는 차용증을 들고 돌아왔다.

"이자는 법정이자율인 연 5퍼센트로 하고, 상환기한은 2년으로."

아야카는 기재사항을 기계적으로 읊었고 유미는 유미대로 흘려들었다. 어차피 곧바로 배로 만들어 되갚아 줄 것이다. 이자도 기한도 알 바 아니다.

아야카는 차용증의 서명과 날인을 확인 후 볼일은 끝났다는 듯 다시 일어섰다.

"6천만 엔은 내일, 협회 계좌로 송금하죠."

정중하게 말했지만 지금 당장 꺼지라는 말투였다. 유미도 오래 머물 생각은 없었다. 자신이 비서만 된다면 자연히 이곳에 눌러앉게 될 테니까.

"실례 많았습니다."

유미는 아야카와 마찬가지로 정중하게 인사했지만 그녀는 한 수 위였다.

"여기에 협회 관계자가 들락날락하다가 언론에서 무슨 냄새라도 맡으면 어떡해요. 앞으로는 방문을 자제해 주세요."

새침 떠는 얼굴에 침이라도 뱉어 주고 싶었지만 참았다. 투자로 얻은 돈을 입금하고 나서 해도 늦지 않다.

유미가 사무실을 나오자마자 문이 세차게 닫혔다.

다음 날 설레는 마음을 억누르며 확인했더니 약속대로 '야나이 고이치로 사무실'에서 6천만 엔이 입금되어 있었다.

하지만 유미는 안도 따위 할 수 없었다. 쿄코와 약속한 1억 엔을 구하려면 아직 4천만 엔이 부족했다.

이후 사흘간 유미는 협회에 제때 돌아가지 않고 돈 모으기에 급급했다. 물론 심사에 시간이 걸리는 공적 금융기관이나 신용금고 계열은 논외였으므로, 유미의 발걸음은 자연히 이율이 높은 비은행 금융기관으로 향했다. 비은행 금융기관의 장점은 심사가 간편하면서 대출 속도가 빠르다는 것이다. 접수 다음 날에 대출금을 송금해 준다고 한다.

다만 순조로웠던 곳은 처음에 방문한 한 군데뿐이었다. 두 번째 업체를 방문하겠다고 신청한 지 10분도 채 지나지 않아 거절당했다. 이유를 물어도 자세한 사정은 알려 주지 않았지만 아무래도 다른 업체와 계약한 사실을 이미 파악한 듯했다. 아마도 동업자들 사이에 네트워크가 형성되어 있는 것 같았다.

비은행 금융기관에서 대출을 받지 못한다면 남은 선택지는 불법 사채밖에 없었다. 무섭다는 선입견과 달리 최근 사채업자들은 지나치게 신사적이어서 수상쩍은 느낌이 전혀 들지 않았다. 그리고 이전에 방문한 비은행 금융기관도 마찬가지였지만 유미의 직함과 '여성 사회활동 추진 협회' 팸 플릿을 보여 주면 어디든 천만 엔 한도로 대출해 줬다.

이렇게 동분서주한 결과 유미는 전부 다섯 군데에서 4천 만 엔을 빌리는 데 성공했다.

이 가운데 네 군데는 자랑할 만한 곳이 못 되는 금융회사 로, 이자를 따지기 시작하자 우울한 기분에 휩싸였다.

그래도 부족한 액수를 마련하는 동안에는 아야카에게 고 개를 숙였던 것보다는 압도적으로 마음이 편했다. 금융기관 은 돈을 빌려주는 곳이므로 자신이 고개를 숙일 필요도, 주 눅이 들 필요도 없기 때문이다.

이렇게 약속한 기한 하루 전에 1억 엔을 준비해 전화로 뜻을 전하자 쿄코는 정중하게 말했다.

"당치도 않은 요구를 들어주시다니, 마음이 정말 든든합 니다. 유미 씨를 결코 실망시키지 않을 테니 안심하셔도 좋 습니다."

온화하면서도 진지함이 깃든 말은 유미를 따라다니던 울적함을 날려 버리기에 충분했다. 아야카의 거만한 말투 도 불법 사채의 높은 이율도 마음 속에서 흔적도 없이 사라 졌다.

이제는 전처럼 쿄코의 연금술을 지켜보기만 하면 되지만,

역시 1억 엔이나 운용하고 있으니 유미도 그리스 경제위기와 그에 따른 유로화의 환율 변동이 신경 쓰였다. 평소 같으면 거들떠보지도 않았을 국제정치와 환율 뉴스에 온 집중을 다했다.

그리스 경제위기는 쿄코의 예상대로 진행되는 것 같았다. 7월 14일, EU 정상회의는 개혁 법안을 처리하는 조건으로 그리스 금융구제를 합의, 그리스 의회도 재정개혁안을 가결하면서 정세는 EU 이탈 회피 쪽으로 기울었다. 그에 맞춰 그토록 약세였던 유로화는 일단 하락을 멈추고 현재는 상승세로 돌아섰다고 했다.

모두 쿄코에게 자금을 맡긴 뒤 발생한 일이었다. 쿄코는 유로화를 싸게 사서 급등할 때 비싸게 팔 계획이었으니 당연히 지금쯤은 수익을 내는 데 집중하고 있을 때였다.

만족스러운, 혹은 기대 이상의 수익이 적힌 기간손익보고서가 도착하리라 생각하니 내일을 기다릴 수 없었다.

그런데 5일이 지나고 6일, 그리고 일주일이 지나도록 쿄코는 연락이 없었다.

돌아가는 상황이 조금 이상한데. 그런 생각이 들기 시작한 지 8일째가 되어서야 겨우 쿄코에게서 메일이 도착했다.

드디어 왔구나.

쿄코다. 평소처럼 사전 연락도 없이 보고서를 보내온 것은 틀림없이 기대한 수익을 얻었거나 그 이상의 수익을 냈다는 증거다. 1억 엔일까, 1억 2천만 엔일까.

기대로 부푼 가슴을 안고 메일을 열었다. 내용에는 언제나 그렇듯 '손익보고서(최종)를 보내드립니다. 확인 부탁드립니다'라고 적혀 있었다.

경악하는 아야카의 얼굴을 떠올리며 첨부된 PDF 파일을 열었다.

수식이 쭉 나열되어 있었지만 그 부분은 건너뛰었다. 가장 중요한 최종 손익은 오른쪽 하단에 적혀 있었다.

'+45,268 보수 9,053 정산액 36,215'

응?

순간, 눈을 의심했다.

잘못 봤나? 하지만 눈을 부릅뜨고 보고서를 다시 읽어도 최종 수치는 마지막에 기재된 그대로였다. 운용 수익 4만 5천 268엔에서 쿄코의 보수 9천 53엔을 차감하고 잔액은 3만 6천 215엔. 1억 엔, 아니 그 전에 협회의 2백만 엔도 쏟아부었으니 총 투자액은 1억 2백만 엔이다. 그것이 일주일 만에 3만 6천 215엔으로 줄어들었다.

갑자기 눈앞이 캄캄해졌다.

"사무국장님?"

언제부터 있었는지 곁에 있던 아카리가 걱정스러운 목소리로 불렀다. 자신의 표정이 심상치 않았기 때문일 것이다.

아무것도 아니라며 물리치고 스마트폰으로 쿄코의 번호를 불러왔다. 화면을 터치하는 손가락이 마치 다른 사람의 몸처럼 느껴졌다.

한 번, 두 번, 세 번 수신음이 이어졌지만 쿄코는 받을 기미가 전혀 없었다. 유미는 열다섯 번까지 기다리다가 전화를 끊었다. 다른 용건으로 정신이 없을지도 모른다.

그러면 메일을 보내자.

손익보고서를 확인했는데 납득이 가지 않는 부분이 많습니다. 특히 최종 금액이 다섯 자릿수인 점은 뭔가 착오가 있는 거 아닌가요? 지급 전화 부탁드립니다.

메일을 보낸 뒤 오타를 발견했지만 그런 사소한 것은 아무래도 좋았다. 지금은 한시라도 빨리 쿄코와 이야기하는 것이 급선무였다.

그런데 아무리 기다려도 쿄코에게 전화나 메일은 오지 않았다.

이렇게 된 이상 직접 만날 수밖에 없다. 유미는 만사 제쳐놓고 쿄코의 사무실이 있는 마루노우치로 향했다.

그러나 막상 도착해서 문제의 펜슬 빌딩 안에 발을 들여놓는 순간, 유미는 극도의 불안에 휩싸였다.

안내판에서 '노노미야 트레이드 오피스'의 이름이 사라진 것이다.

무슨 이런 말도 안 되는 일이.

그때, 유미는 머릿속으로 절반은 이미 자신이 사기당했다는 사실을 받아들일 준비를 하고 있었다. 하지만 나머지 절반은 그 사실을 미친 듯이 부정하고 있었다.

7층으로 올라가자 그곳에서 비정한 광경이 펼쳐졌다.

사무실은 흔적 하나 남아 있지 않았고, 문에는 '임대 문의'라는 종이가 붙어 있었다. 안을 들여다보니 내부는 텅 비어 있었다.

넋이 나간 상태에 초조함이 뒤섞여 머리를 짓눌렀다. 벽에 붙어 있는 종이에서 관리회사의 연락처를 간신히 발견해 당장 전화를 걸었다.

— 아, 7층의 '노노미야 트레이드 오피스'요? 거긴 일주일 전에 나갔어요.

"어디로 이전했는지 아세요?"

— 글쎄요. 그런 말은 아예 안 했는데요. 원래부터 단기 임대 계약이기도 했고요.

"그래……요?"

일주일 전이라면 쿄코의 계좌에 1억 엔을 송금한 다음 날이었다.

사실을 확인하자마자 온몸에서 힘이 다 빠져 다리가 풀렸다. 유미는 바닥에 풀썩 주저앉고 말았다.

쿄코는 1억 엔을 손에 넣자마자 재빨리 사무실을 정리하고 종적을 감췄다. 그러니까 처음부터 1억 엔을 운용할 생각이 없었다는 이야기다.

꿈을 꾸고 있는 기분으로 엘리베이터로 향했다. 망연자실한 상태에서도 몸이 물먹은 솜처럼 무거운 것을 느낄 수 있었다. 1층 입구에서 스쳐지나가던 중년의 회사원이 자신을 보고 기겁했다. 왜 그런가 싶어 유리에 비친 자신의 모습을 확인하고는 이해했다.

마치 죽은 사람 같은 눈으로 입을 반쯤 헤 벌리고 있었다.

인간은 너무 큰 충격을 받으면 이런 흐리멍덩한 얼굴이 되는구나. 이런 얼굴로 협회로 돌아가면 아카리를 비롯한 직원들이 뭐라고 생각할까. 침착해지기 위해 가까운 카페로 들어갔다.

주문한 커피를 입가로 가져갔지만 손이 떨려서 제대로 움직일 수 없었다. 모래를 씹는 것 같다는 말이 있더라니,

갓 내린 커피에서는 흙탕물 같은 맛이 났다.

문득 경찰에 신고해야겠다는 생각이 들었다.

제대로 속아 넘어갔다. 피해액은 총 1억 2백만 엔, 게다가 그중 1억 엔은 다른 곳에서 이자를 끼고 빌린 돈이다. 여기서 한가롭게 커피나 홀짝거리고 있을 때가 아니다. 사건은 일주일 전에 발생했다. 유미가 체면 때문에, 혹은 협회의 질타가 두려워 침묵한다면 쿄코는 손쉽게 도망쳐 버리고 말 것이다. 설령 침묵을 지킨다고 해도 이자와 독촉에 쫓기므로 결과는 매한가지다.

유미는 커피가 남은 찻잔을 테이블에 그대로 올려둔 채, 관할서인 마루노우치 경찰서로 향했다.

마루노우치 경찰서에서 개략적인 피해 내용을 말하고 기다린 끝에 지능범죄수사팀으로 안내받았다. 모습을 드러낸 사람은 미덥지 않은 풍모의 중년 남자로 도가시라는 형사였다.

분명 도가시가 중대 사건이라고 판단하면 그보다 더 위에 있는 책임자가 사건을 맡아 주겠지. 유미는 은근히 기대하면서 쿄코와 처음 만났던 때의 일부터 1억 엔 남짓한 돈을 들고 달아난 일을 절실하게 호소했다. 전에 받은 기간손익보고서도 한 장도 남김없이 증거로 제출했다.

도가시는 피해 상황을 얼추 듣더니 흰머리가 섞인 머리를 마구 긁어대기 시작했다.

"후지사와 씨. 이 건은 힘들겠어요. 경찰로서는 입건하기 힘든 사건입니다. 그 노노미야 쿄코라는 여자의 행방을 찾는다고 해도 경찰은 그 사람을 체포할 수 없고 검찰도 기소할 수 없습니다."

도가시의 말을 이해할 수 없어 유미는 그저 고개를 저을 수밖에 없었다.

"사기죄 성립 요건이 있는데요, 간단히 말씀드리면 상대방이 금품을 주고 싶도록 착오에 빠지게 만든 다음 그것을 갈취할 때 사기죄가 적용됩니다."

"제가 바로 그런 경우잖아요."

"아뇨, 사기죄가 성립하려면 '기망→착오→교부행위→재산 이전'이라는 과정을 증명해야 해요. 이때 교부행위와 재산 이전은 송금기록으로 확인할 수 있지만, 최초 기망 행위부터 착오 단계, 즉 노노미야 쿄코가 정말로 당신을 속일 계획이었는지를 입증하기 어렵습니다."

당사자의 속셈을 입증하는 건 분명 어려울 것이다. 하지만 유미는 그런 이유로 물러설 수 없었다.

"그 여자는 1억 엔을 받자마자 잠적했다고요."

"하지만 이 보고서를 자세히 읽어 보면, 노노미야 쿄코가 외환시장에서 거래를 하던 건 사실인 것 같아요. 그 여자가 돈을 갖고 달아난 것이 아니라 후지사와 씨가 맡긴 1억 2백만 엔을 정당한 상행위를 통해 소비한 형태로 되어 있습니다. 뭐, 투자 기법이 너무 아마추어 티가 나서 마치 일부러 손실을 낸 것처럼 보이기도 하지만, 그거야말로 트레이더 능력의 문제니까요. 운용을 잘 못했다고 처벌할 수는 없는 노릇 아닙니까. 무엇보다 개인 트레이더에게 자격을 요구할 수도 없고, 후지사와 씨도 개인적으로 그 여자를 고용했잖아요. 즉 제삼자가 보기에는, 능력 있는 트레이더라는 소문을 들은 당신이 개인적으로 그녀에게 돈을 맡겼는데, 운용에 실패한 그 여자는 면목이 없어 도주했다……. 이런 구도밖에 되지 않습니다. 속았다는 심정도 이해하지만 그것도 주관적인 것이라서 노노미야가 '속일 생각은 없었다'고 하면 입증할 수도 없어요."

생각지도 못했던 이야기에 유미의 사고회로가 멈춰 버릴 것 같았다. 이것이 사기가 아니라면 도대체 뭐가 사기란 말인가.

"이 사건은 처음에 그 여자가 15분 뒤의 환율을 정확히

다시 비웃는 숙녀

82

맞춘 것에서부터 시작됐는데, 그것도 증거가 없으면 기망 행위로 단정할 수 없습니다. 조금 상식 밖의 이야기지만 그 여자에게 정말로 그런 능력이 있을 가능성도 제로는 아니지요. 그때 우연히 맞췄다고 볼 수도 있고요."

절대 동의할 수 없지만 도가시의 설명은 논리정연해서 반박의 여지가 없었다.

그렇다면 환율을 정확하게 맞춘 건 뭘까. 독보적인 능력자라면 아마추어처럼 운용할 리 없고, 반대로 아마추어라면 그 일은 기적이라고밖에 생각할 수 없다. 우연히 맞췄다고 해도 그 확률이 무척 낮기 때문이다.

유미가 그 점을 지적하자 도가시는 난감하다는 듯 또다시 머리를 긁적였다.

"이미 증거가 없으니 억측이긴 하지만 속임수 냄새가 물씬 나는군요."

"속임수라니. 제가 계속 컴퓨터 화면을 뚫어져라 쳐다보고 있었고, 그 여자가 무언가 조작하는 기색은 전혀 없었다고요."

"모니터가 본체와 연결되어 있었죠? 제 생각에 그 본체는 모뎀이나 외장 하드가 아니라 속임수 그 자체였을 것 같습니다. 실제로 화면 표시를 실제보다 늦출 수 있는 장치가 있습니다. 즉 원래는 실시간으로 표시되어야 할 내용을 일부러 늦춰서 나중에 뜨게 만드는 거죠. 아마 이런 상황이었을 것 같은데, 13시 30분 환율을 외워 놓은 노노미야 쿄코는 당신에게 다른 화면으로 15분 전 수치를 보여 줬겠죠. 마치 그게 실시간 환율인 것처럼. 정답을 미리 알고 있다면 당연히 맞추겠죠. 남보다 빨리 안다는 것은 남에게 늦게 알린다는 것과 같은 의미입니다."

"그런, 말도 안 되는."

"재작년이었나, 비슷한 짓을 하다 체포된 경마장 놈이 있었습니다. 그놈의 주요 수법은 비디오로 찍은 경마 중계였죠. 그 왜, 앞으로 돌려보는 타임시프트 기능을 이용한 거예요. 그건 시청 시각보다 과거 시점에서 재생할 수 있으니까요."

머릿속이 뒤죽박죽이어서 설명을 따라갈 수 없었다.

"후지사와 씨는 그때, 시계를 안 가지고 계셨죠. 듣자 하니 사무실에 벽시계도 없었던 것 같고요. 매번 시간을 확인한 사람은 항상 당신 이외의 사람이었습니다. 더욱이 13시 30분 전후에는 FX에 관한 전문적인 이야기와 당신 자신에 대한 이야기가 끊임없이 계속되어서 시간 감각이 사라졌다고 해도 결코 이상하지 않아요. 오히려 시간 감각을 마비시키려고 그런 흐름으로 끌고 갔을 거라고 생각합니다."

그때 상황을 떠올린 유미는 경악으로 말을 잇지 못했다.

13시 30분이라는 시각을 자신에게 알려준 사람은 아카리였다.

"죄송한 말씀이지만. 아무튼 주변 기기도 그렇고 물적 증거가 없으면 다 상상일 뿐입니다. 검찰도 그런 건 기소하려고 하지도 않을 거예요."

도가시의 권유로 일단 피해신고를 하고 유미는 흔들리는 발걸음으로 마루노우치 경찰서를 나왔다. 아카리에게 전화해 봤지만 아니나 다를까 아무런 응답이 없었다. 그녀가 살던 맨션도 이미 떠난 후였다.

아카리도 한 패였다. 동기는 모르지만 틀림없이 쿄코와 공모해서 자신을 함정에 빠뜨린 것이다.

믿었는데.

믿고 있었는데.

유미는 무언가에 이끌리듯 셔터를 내린 협회 빌딩으로 들어갔다. 지은 지 15년 된 7층 건물로 빌딩 옥상은 개방되어 있었고, 각 층의 책임자들이 열쇠를 갖고 있었다. 지금 하려는 행위가 무엇인지 이해하면서도 몸은 멈추지 않았다.

꼭대기 층까지 올라가 옥상 문을 열었다.

눈앞에 땅거미가 내리고 있었다.

쿄코는 운용자금인 1억 2백만 엔을 본인이 챙기지 않고 외환거래로 날려 버렸다. 그 점에서 사리사욕은 인정되지 않는다. 도대체 왜 그런 짓을 했을까. 생면부지의 유미를 함정에 빠뜨린 이유가 도대체 무엇일까. 아카리도 마찬가지다. 그녀가 자신을 미워할 이유도 질투할 만한 사건도 없었다. 그런데 왜.

아니, 그런 것들은 아무래도 상관없다. 당사자들과 연락이 끊긴 지금 확인할 길은 없다.

확실한 사실은 자신이 협회 자금 2백만 엔을 횡령했다는 배임행위와 개인 명의로 1억 엔의 빚을 졌다는 사실이다. 틀림없이 해고당할 것이다. 해고당해 몸을 판다고 해도 도저히 갚을 수 없는 금액이다.

아야카의 경멸 가득한 얼굴이 눈에 선하다. 그런 여자에게 앞으로 죽을 때까지 멸시당해야 하는 인생 따위 사절이다. 그리고 무엇보다 자신에게 실망할 야나이를 생각하니 유미는 무너져 내렸다. 그의 눈 밖에 나는 이상 자신에게 미래는 없다.

안전난간을 타고 그 끝에 오르자 바람이 얼굴을 스쳤다.

문득 자신이 살아온 삼십 몇 년이 주마등처럼 스쳐지나
갔다.

타인을 위하는 마음으로 행동한 적은 한 번도 없었다.

언제나 분수에 맞지 않는 것을 원하고, 분수에 맞지 않는
다는 사실을 알고 실망하고서도 분수에 맞지 않는 또 다른
것을 좇았다.

부질없는 인생이었다.

그렇게 결론을 내린 순간, 유미는 어둠이 옅게 깔린 허공
으로 몸을 날렸다.

이노
덴젠

I

"묘한 상호 갖춘 세존이시여, 지금 거듭 묻사오니 저 불자
는 어떤 인연으로 이름이 관세음입니까?"

"묘한 상호 갖추신 세존께서 게송으로 답하시되, 그대는
곳곳마다 알맞게 응현하는 관세음행 들으라. 큰 서원 바다
같아 헤아릴 수 없는 긴 세월 지내며 천억 부처님 모시고 크
고 청정한 서원을 세웠노라."

경당이라고 불리는 큰 대청에서는 오늘도 신자들의 독경
소리가 흘러나왔다. 〈묘법연화경〉에서 발췌한 내용이지만
경문에 저작권은 없다. 오히려 많은 신자가 소리 내어 읽어
주니 니치렌 쇼닌도 분명 흡족하겠지. 이노 덴젠은 복도를

걸어가며 생각했다.

쇼도관 본부는 메구로구 오하시 한쪽에 있다. 크고 작은 빌딩들 사이에서 드넓은 부지를 차지하고 있을 수 있는 이유는 이 땅의 원래 주인이 쇼도관에 땅을 시주해 준 덕분이다. 주변에서는 어떻게 볼지 몰라도 시주한 당사자는 감사하고 있고, 토지건물은 종교법인 소유로 되어 있어서 고정자산세도 납부하지 않는다. 온통 좋은 일투성이다.

거기까지 생각하다가 이노는 아니지, 하며 부정했다. 결코 좋은 일만 있는 것은 아니다.

진노 다테와키를 교주로 모시는 종교법인 쇼도관이 설립된 것은 지금으로부터 15년 전 일이다. 2000년 당시, 장기 불황과 이상기후로 인한 자연재해가 잇따르며 세기말이 자아내는 불온한 분위기와 맞물려 신자들은 순식간에 불어났다. 현재 신자 수는 8만 명을 넘어, 신흥 종교 단체 중에서도 제법 알려진 존재가 되었다.

"온갖 고통 멸하느니라. 가령 누가 해치려 하여 큰 불구덩이 떨어져도 관세음보살 염하는 힘으로 불구덩이 연못으로 변하고, 큰 바다에 표류하여 용과 물고기 귀신 재난 만나도 관세음보살 염하는 힘으로 파도가 삼킬 수 없으며."

이노는 경당 안을 슬그머니 들여다봤다. 집중해서 불경을 외는 신자들을 앞에 두고 진노가 명상에 잠겨 있었다. 하지만 명상을 하고 있다는 것은 신자들의 생각일 뿐, 사실은 무슨 생각을 하는지 알 길이 없다. 적어도 신자나 현세의 불행에 대해 근심하고 있지는 않을 것이다.

교난을 키운 외부 요인은 사회불안이지만 무엇보다 교주인 진노의 카리스마 넘치는 분위기가 가장 큰 역할을 했다. 올해로 일흔다섯 살이 되었지만 탱탱한 피부는 여전하고 큰 키에 철인 같은 외모와 저음의 목소리는 과연 교주다웠다. 진노가 엄숙하게 설법을 시작하자 신자들은 마치 신비로운 체험을 경험하는 것처럼 황홀한 표정을 지었다. 개중에는 감격에 겨워 울음을 터뜨리는 사람까지 있을 정도였다.

"망나니의 칼끝에 서게 되어도 관세음을 염하는 거룩한 힘에 칼날이 조각조각 부수어지네. 옥중에 갇히어서 큰 칼을 쓰고 손발에 고랑을 채웠더라도 관세음을 염하는 거룩한 힘에 저절로 시원하게 풀려 나오고 방자히 저주하며 독한 약으로 나의 몸을 해치려 할지라도."

그러나 사실 진노는 신앙심이 없었다. 있다고 한다면 분명 길가에 있는 지장보살에게 볼일을 보지 않는 정도일 것이다. 진노에게 신통력이 있으면 신자를 더 많이 끌어모을 수 있을 텐데…….

이노는 자신도 모르게 한탄했다. 신자 수를 늘리는 것은 현재 이노를 괴롭히는 난제였다.

"부관장님."

누군가 뒤에서 갑자기 이노를 불러 세우는 바람에 멈춰 섰다. 돌아보니 시종관 구쓰미 료헤이가 서 있었다.

"입교 희망자가 한 명 와 있습니다."

"만나러 갑시다."

입교에 특별한 자격이나 조건이 있는 것은 아니다.

본래 입교 절차는 총무가 맡고 있지만, 최근에는 경찰과 국세청 사람이 입교자로 속이고 잠입한다는 소문도 있어 이노가 면접관 역할을 맡고 있다. 역시 부관장인 이노의 눈에 차지 않는 사람은 안 된다며 이노에게 이 일을 맡기는 바람에 마지못해 받아들였는데, 결국 한 사람이 담당할 수 있을 정도로 입교 희망자가 감소했다는 사실을 비꼬는 것이나 마찬가지였다.

이노는 경당에서 현관으로 이동했다. 면담실로 꾸며진 곳은 다다미 열두 장* 정도 크기의 작은 방이었다. 내부 인테

*　약 20제곱미터.

리어는 사무적이거나 궁상스러워 보이지 않도록 신경을 썼다. 모조품이지만 불상을 몇 구 늘어놓고 교주와 저명인사가 나란히 서서 찍은 사진을 액자에 끼워 걸어 놓았다. 함께 서 있는 저명인사가 신자라는 말은 한 줄도 적혀 있지 않지만, 처음 쇼도관의 문을 두드린 사람이 먼저 이 사진을 보고 신자 층이 폭넓다는 점에 감탄하도록 유도한 것이다.

면담실에는 50대 중반으로 보이는 주부가 있었다.

"부관장 이노입니다."

"무, 무라야마 세이코라고 합니다."

가볍게 인사한 세이코를, 이노는 머리부터 발끝까지 살펴봤다.

사람을 처음 만날 때, 또는 면담 자리에서는 차림새를 점검하는 법이다. 그런데 세이코는 거의 평상복 차림에 반지나 손목시계도 결코 비싸 보이지 않는다. 이것만으로도 무라야마의 살림 사정을 어렴풋이 짐작할 수 있었다.

"입교를 희망하신다고요."

"네. 교주님을 꼭 만나 뵙고 싶은 마음에 옷만 급하게 입고 나왔습니다."

옷만 급하게 입고 나왔다고 강조하는 것은 평범한 차림새를 얼버무리려는 의도일까. 하지만 발끝에 광택이 없고 손등도 거칠거칠한 점에서 생활이 넉넉하지 않다는 사실을 숨길 수 없었다.

"어느 분의 소개로 오셨는지요."

"메구로상점가의 사사지마 씨가 감사한 일을 겪었다기에……."

메구로상점가의 사사지마라면 사사지마 부동산의 여주인을 말하는 것일 테지. 갱년기 장애인지 무엇인지 때문에 우울해져서 지인의 권유로 입교했다. 젊고 잘생긴 시종을 붙여줬더니 연애 생각이 났는지 상태가 좋아졌는데, 그것을 진노가 행한 기적의 힘이라고 착각한 것이다.

"아무튼 저도 교주님의 힘으로 악운과 불행을 물리치고 싶습니다."

"당신을 불행하게 하는 것은 무엇인가요?"

세이코는 얼마간 침묵했지만 이윽고 결심한 듯 앞머리를 흩뜨렸다.

이마 오른쪽에 푸른 멍이 있었다.

"가정폭력인가요?"

이노가 묻자 세이코가 말없이 고개를 끄덕였다. 하지만 이노는 이쯤에 만족하지 않았다.

"다른 곳은요? 옷으로 감춘 곳은 없습니까?"

세이코는 잠시 망설이다가 곧 뒤돌아서 스웨터 자락을 걷어 올려 등을 보였다.

견갑골 주위에 타박상 흔적이 세 개 있었다.

"됐습니다. 그만하세요."

교단에 잠입하려는 자들 중에는 자해를 한 뒤 가정폭력으로 가장하는 경우도 있다. 스스로의 손이 닿지 않을 만한 부위에 상처가 있는 사람은 의심자에서 제외해도 좋을 것 같다. 더욱이 세이코의 겁먹은 모습을 보니 진짜 같았다.

남편의 폭력에 시달리는 와중에 효험이 있다는 종교 단체 이야기를 들었다. 평소라면 웃고 넘길 화제라도 궁지에 몰린 사람에게는 복음으로 들린다. 그리고 안달복달하며 종교 단체의 문을 두드린다. 어디에나 있을 법한 흔한 이야기다. 그리고 이노 일당들은 그러한 흔한 이야기 속 피해자에 기생해 살아가고 있다.

이노는 세이코의 경제 상태를 생각해 봤다. 되는대로 입고 급하게 나왔다는 말을 감안하더라도 평상복에는 일상생활이 드러난다. 무라야마의 집은 단독주택일까, 다세대 주택일까. 귀금속은 얼마나 가지고 있을까. 집은 자가일까.

"저희 절은 피신처 역할도 하고 있습니다. 입교 여부는 잠 간 접어두고 잠시 이곳에서 지내 보시겠습니까? 어떻게 처 신할지는 그다음에 생각해도 늦지 않을 것 같군요."

가정폭력에서 도망친 사람이 하룻밤 안식처를 얻으면 그곳에서 좀처럼 벗어날 수 없어진다. 생존본능이 체면을 만들기 때문이다. 이노 입장에서는 그편이 좋다. 사람들은 함께 먹고 자는 사이 경계를 풀기 마련이다. 본부에서 숙식하는 신자는 모두 그랬다. 세이코도 며칠 안에 가정환경뿐 아니라 재산 규모, 남편의 수입, 나아가 친정의 자산까지 이야기하리라. 이 여자에게 무엇을 어떻게 뜯어낼지는 그 이야기를 듣고 나서 천천히 생각해도 된다.

이노의 계획대로 세이코는 지옥에서 부처를 만난 얼굴로 몇 번이나 고개를 끄덕였다.

"그러면 휴대폰, 귀중품 종류는 이쪽에 맡기세요."

"네?"

"휴대폰을 가지고 있다가 자칫 잘못하면 남편분의 전화를 받아 버릴 수 있잖아요. 그렇게 세이코 씨의 거처가 알려지면 귀찮아질 겁니다. 그리고 귀중품을 맡기는 이유는 다른 신자들에게 상대적 박탈감을 줄 수 있기 때문입니다. 또 금전류를 소지하고 있으면 푹 잘 수도 없겠죠. 물론 강요하는 건 아닙니다."

"아, 아뇨. 알겠습니다. 맡기겠습니다. 맡길게요."

세이코는 당황한 모습으로 가방에서 휴대폰과 지갑을 이노 앞에 꺼내 놓았다.

"좋습니다. 잘 맡아 두겠습니다. 이것으로 일시적이지만 당신은 세속과 욕심에서 벗어나게 되었습니다."

휴대폰은 외부와 소통하는 창이다. 장시간 외부 정보를 차단하면 처음에는 불안해하지만 점점 건물 안에서 얻는 정보만으로 상황을 판단하게 된다. 지갑을 거두어 가는 이유도 재산에 대한 집착을 조금씩 희석시키기 위해서다. 이 상태가 계속되면 대부분의 사람들은 가족과 사유재산보다 교단에 귀의하는 것이 중요하다고 생각하게 된다.

"그럼 사무실 쪽으로 가시지요. 세이코 씨가 의탁할 곳을 배정해 줄 겁니다."

"감사합니다, 감사합니다."

세이코는 방아깨비처럼 연신 고개를 숙였다.

"아뇨, 이것도 다 교주님께서 강조하시는 자비의 실천입니다. 당신도 신자들 속으로 들어가 쇼도관의 가르침을 몸에 새기는 것이 좋겠습니다."

"감사합니다, 정말로 감사합니다."

이노 덴젠

고개를 더욱 조아리는 세이코를 그대로 두고 면담실을 나갔다. 방 앞에 또 구쓰미가 있었다.

"자꾸 죄송합니다. 관장님께서 찾으십니다. 지금 당장 본당 쪽으로 오라십니다."

이나오가 자신을 찾는다면 어차피 또 신자 수 확대에 관한 이야기를 하려는 것일 테다. 그것만 생각하면 지긋지긋하지만 시종관에게 그런 얼굴을 보일 수도 없어 이노는 짐짓 위엄 있는 표정을 지으며 고개를 끄덕여 보였다.

"바로 가지요."

이노는 구쓰미를 그 자리에 남겨 두고 본당으로 향했다. 발걸음이 자연히 무거워졌지만 관장의 명령을 거절할 이유를 지금 당장은 찾을 수 없었다. 관장실은 본당 옆에 마련되어 있었다. 보라색 가쿠에* 차림의 이나오는 다다미 스무 장**짜리 방에서 값비싼 항아리와 칠기에 둘러싸여 앉아 있었다. 교의의 기본은 니치렌종日蓮宗***으로 간부가 가쿠에를 입고 있는 것은 매우 희한한 일이지만, 이 옷을 입는 편이 성직자다워 보인다는 이나오의 의견에 반대할 수 없었다.

---

* 신도, 신사 등 일본 종교에서 신에 봉사하는 종교인이 입는 윗도리.
** 약 33제곱미터.
*** 일본 불교의 종파 중 하나.

이나오 옆에서 시중을 들고 있는 여자는 간자키 아카리였다. 한 달 전에 갓 입교했지만 애교 있고 임기응변이 뛰어나서 관장을 직접 시중드는 시녀로 발탁되었다. 화장을 조금 더 잘하면 보기에 좋겠지만 종교 단체에서 일하는 여자라면 다소 촌스러운 편이 낫다.

"중요한 이야기니까 물러나 있어요."

이나오의 명령에 아카리는 즉시 방을 나가면서 아주 잠깐 이노에게 시선을 던졌다. 그 시선이 의미하는 바를 생각하기 전에 이나오가 말했다.

"제가 부른 이유는 알고 계실 겁니다."

"뭐, 대략은요."

"올해 신자 수가 전혀 늘지 않았습니다. 아니, 오히려 탈퇴자까지 생기는 실정이죠. 홍보 담당이신 부관장님은 이 사태를 얼마나 심각하게 느끼고 있습니까?"

이나오의 말투는 이미 문책에 가까웠다. 심사가 뒤틀린 듯 입술도 뾰족해져서 신자를 대할 때의 얼굴과는 전혀 딴판이었다.

"교단의 재정 상태는 관장님도 알고 계시는 대로입니다. 현재 있는 신자들을 설득할 만한 명목이 없으면 추가로 봉헌을 부탁할 수 없습니다. 재정을 늘리려면 아무래도 새 신

이노 덴젠

101

자를 구해야 합니다."

재정을 늘리는 일은 간부들의 생계 안정을 위해서이니 이나오가 표방하는 방침이 반드시 틀린 것은 아니다. 출가한 신자들은 대부분 이미 재산을 헌납한 상태고, 일반 신자도 더 이상 봉헌을 요구하면 교단을 떠날 우려가 있다. 사실 신자들이 이탈한 이유는 교단이 요구하는 봉헌에 주머니 사정이 버티지 못했기 때문이다.

신자 수를 늘리는 일은 부관장인 이노의 업무다. 이노 혼자서 떠맡기에는 다소 부담스럽지만, 관장인 이나오는 교단 운영과 자금 운용을 총괄하고 있어서 더 이상 다른 일을 맡기 어렵다.

"하다못해 교주님이 무언가 기적이라도 보여 준다면 신자도 부쩍 늘어날 텐데요."

이노가 푸념하자 이나오가 코웃음 쳤다.

"그 멍청이에게 그런 요령이 있었다면 우리도 이렇게 고생하지 않았을 겁니다. 그럴싸한 교리를 꾸며내지 않아도 되고 신자 한 사람 한 사람에게 말도 안 되는 할당량을 부과하지 않아도 됐겠죠. 그야말로 기적의 동영상을 인터넷에 올리기만 하면 되니까요."

교단의 내력을 알고 있는 이노와 하는 대화라서 그런지

이나오는 민낯을 슬쩍 드러냈다. 평소에는 고고한 척하지만 그 내면에 신앙심이라고는 한 톨도 없는 사기꾼과 같다. 진짜 사기꾼과의 차이점이라면 애당초 실체가 없는 것을 팔기 때문에 사기를 입증하기 어렵다는 것 정도일까.

"교단 운영비를 여기서 더 삭감할 수는 없습니다. 반드시 신자를 많이 모을 수 있는 방안을 짜내세요. 그게 안 되면 이노 씨가 부관장 자리에 있을 이유가 없어질 겁니다."

완곡하게 말했지만 최후통첩이나 마찬가지였다. 요컨대 이대로 신자를 늘리지 못하면 이노를 강등시키겠다는 압박이었다. 이런 압박을 가할 때의 이나오에게는 바늘 하나 들어갈 틈도 없다는 사실을, 최근 몇 년 동안 알고 지내며 싫을 정도로 뼈저리게 느끼고 있다. 게다가 이나오가 자신의 목소리에 거만한 성격을 실어 다른 사람을 질책하면 할수록 그의 혀끝은 더욱 날카롭고 몹시 집요해진다.

"애초에 말이죠, 당신이 주장해서 의원님의 표를 확보하고 있지만, 최근에는 그 의원님에게서 돌아오는 게 없어졌잖습니까."

"야나이 의원님의 동료나 같은 계파 분들은 빠짐없이 입교해 주셨습니다. 최대 계파도 아닌데 더는 의원님들을 신자로 만들기는 곤란합니다."

이노는 2년 전부터 국회의원을 신자로 만드는 수법을 이용하고 있다. 입교한 사람이 여당 의원의 후원회장이었던 것을 계기로 정치권으로 세력을 확대해 나가려는 시도였다. 국회의원 수만큼 후원회가 존재한다면 의원을 한 명 입교시킬 때마다 후원회가 통째로 신자가 되어 신자 수를 늘릴 수 있을 것이라고 계산한 것이다.

그런데 상대 의원도 빈틈이 없었다. 후원회도 함께 입교하는 조건으로 교단에 조직적인 투표를 요구한 것이다. 쇼도관 입장에서는 신자들의 표가 어디로 흘러가는지 알 바 아니었다. 두말없이 이 조건을 받아들였다.

처음에는 순조로웠다. 의원 쪽에서도 조직적인 단체 투표가 예상된다며 계파 내에서 신자를 모집했고, 각 후원회 사람들도 의원을 위해서라며 차례차례 쇼도관에 들어왔다.

하지만 계파 의원의 수에는 한계가 있었다. 그 한계는 새 신자의 한도이기도 했다.

"처음부터 국민당 의원을 끌어들여도 한계가 있을 것이라는 사실은 분명 알고 있었을 겁니다. 아무리 단독 정권이라고 해도 현재의 국민당이 마가키 총리의 인기에 의존하고 있다는 건 다들 알고 있는 사실. 그런 위태로운 정권이 그나마 겨우 명맥을 유지하고 있는 건 같은 보수당인 공민당이 다음 연립 정권을 염두에 두고 각외협력*을 하고 있기 때문이죠. 미래를 생각하면 국민당 의원을 포섭한다고 해도 곧 배신당하리라는 건 자명한 일 아닙니까."

이나오의 지적은 지당했다. 공민당의 지지층은 일본 최대의 신흥 종교인 통가협회이며, 국민당이 공민당과 연립 정권을 구성한 이상, 국민당은 통가협회와 손을 잡은 셈이 된다. 그렇다면 당연히 통가협회 외 종교 단체는 방해자일 뿐이었다.

"제 생각에는 밀려난 민생당 의원들을 포섭하는 편이 나을 것 같습니다. 반反국공, 반反통가로도 그쪽이 훨씬 적합하고요."

이 또한 그럴듯한 지적이었지만 진심인지 의심스러울 따름이었다.

이노는 남몰래 쇼도관 관장 자리를 노리고 있다. 조금 더 직설적으로 말하면 이나오가 실각되기를 바라거나 자신이 재정적인 실권을 쥐기를 간절히 바라고 있다.

이나오가 교단의 재정난에 시달리는 이유는 새 신도의 유입에 한계점이 왔다는 것 때문만은 아니다. 교단 확대를

---

* 내각 책임제에서 내각 성립에는 협력하지만 다른 사업에는 적극적으로 협력하지 않는 것.

목표로 지부나 시설에 투자하기 위해 대출을 받았고, 그것을 갚기 어려운 상황에 빠졌기 때문이다. 데이토다이이치은행이라는 번듯한 시중은행에서 20억 엔이 넘는 자금을 빌렸다. 하루 이자만 해도 어마어마한 금액인데, 이 부채에 대한 책임은 전부 이나오에게 있다. 그래서 교단의 내부 사정을 아는 다른 간부들은 거액의 부채를 만든 이나오의 경영 수완에 의문을 품기 시작했다.

이노가 이번 기회에 재정 개선에 큰 기여를 한다면 간부들의 신망이 단번에 이노 쪽으로 기울 것이다. 교주인 진노는 허수아비일 뿐이라 이노가 관장이 되어도 손쉽게 조종할 수 있다. 그렇게 되면 이나오가 언제까지나 계속 관장 자리에서 군림하기는 힘들어진다. 신관직은 고사하고 실권을 넘겨야 할 위기에 몰릴 것이다.

한편 이나오도 이노의 수를 읽지 못할 정도로 바보는 아니다. 노골적으로 티를 내지는 않지만 자신이 실각되기를 바란다는 사실을 알고 있다는 기색을 가끔 내비친다. 그것이 어디까지 진심인지를 헤아릴 수 없고, 섣불리 움직였다가는 먼저 숙청당한다는 것을 알고 있기 때문에 이노도 경솔하게 움직일 수 없다. 그리고 이나오도 이노의 실수를 들취내려고 눈에 불을 켜고 있는 것 같았다.

결국은 각자 꿍꿍이속을 감추고 서로를 견제하고 있는 형국이었다.

"하지만 관장님. 반대하려는 건 아니지만, 민생당은 더 이상 정권을 잡기 힘들 겁니다."

"저는 통가협회와 경쟁할 생각은 없습니다. 더 많은 신자를 끌어모으는 것이 가장 중요하죠. 그렇다면 현재 공민당과 거리를 두고 있는 민생당 의원을 포섭하는 편이 미래를 생각했을 때 상당히 유리하다고 봅니다. 한마디로 당신의 대책은 안배가 부족하다는 이야기입니다."

이노는 무의식중에 발끈했다. 현 방침이 누구의 입에서 나왔는데. 여당 의원 몇 명과 후원회를 끌어들였을 때 자신의 공처럼 선전한 사람은 이나오 아니었던가.

"아무튼 신자를 모을 새로운 계획을 서둘러 세우세요. 기한은…… 그래요, 2주 드리죠."

기한이라는 소리를 듣자마자 엉덩이가 들썩였다.

"2주라뇨. 그렇게 짧은 시간 안에 뭘 하라는 겁니까?"

"지레짐작하지 마세요. 2주 안에 몇 십억 엔을 가져오라는 이야기가 아닙니다. 방법을 생각해 오라는 거지요."

같은 말 아닌가.

"하루는 24시간, 2주는 336시간입니다. 그 정도면 묘안

이노 덴젠

107

이 하나 둘쯤은 떠오를 만하죠."

　현재의 상하 관계에서는 이나오에게 반박할 수 있는 여지가 없었다. 이노는 목구멍까지 나온 말을 간신히 삼키며 목례를 하고 방을 나왔다.

　그런데 문 근처에 아카리가 앉아 있었고, 이노를 보자마자 황급히 시선을 돌렸다. 그 태도에 사심이 느껴지지 않아 호되게 질책할 마음이 사라져 버렸다.

　"아카리 씨, 무례하군요. 이런 곳에서 엿듣고 있다니."

　"관장님께 말씀드릴 것이 있어서, 엿들으려는 건 아니었고……. 굉장한 무례를 저질렀습니다. 죄송합니다."

　"뭐, 당신도 관장님 곁에 있으면 입조심 해야 한다는 걸 알고 있겠죠. 부디 가벼운 행동은 삼가 주세요."

　그 한 마디에 기가 죽을 줄 알았는데 아카리의 반응은 의외였다.

　"저기, 부관장님. 의도치 않게 들은 김에 드리는 말씀인데……. 혹시라도 부관장님에게 도움이 될까 싶어서요."

　"말씀해 보세요."

　아카리는 이노의 귓가에 속삭였다.

　"아는 사람 중에 대단한 사람이 있습니다. 그 사람이라면 부관장님의 고민을 해결해 줄지도 몰라요."

그 말은 이노가 처음 온 사람에게 쇼도관을 권유할 때 쓰는 단골 멘트와 매우 비슷했다. 평소라면 상대하지 않고 웃어 넘겼겠지만 궁지에 몰리니, 조금 전 세이코처럼 자신도 모르게 뜻밖의 대답을 뱉어냈다.

"그게 무슨 말씀이시죠?"

다음 날 이노가 아카리와 함께 간 곳은 미나토구 아자부주방, 싱가포르 대사관 근처에 있는 빌딩 앞이었다. 규모는 작지만 새 빌딩으로, 치과와 법률사무소 같은 견실한 업종이 많이 입주해 있었다. 아카리의 목적지는 4층에 있는 '노노미야 플래닝 스튜디오'라는 곳인 것 같았다.

"플래닝 스튜디오라니 생소한 단어네요. 도대체 어떤 일을 하는 곳입니까?"

"대표는 뭐든 하는 심부름센터 같은 곳이라고 하더군요. 개인이든 기업이든 곤란한 일이 생기면 조언을 해 준다고. 다만 금전적인 문제만 상담해 준다고 해요."

"생활 설계 같은 건가."

"그럴 수도 있습니다. 여기 대표가 예전에 그런 일을 했다는 것 같더라고요."

결론은 프리랜서 자산운용사라는 말인가.

"아카리 씨의 말을 들으면 대단히 능력 있는 사람 같은데, 어떻게 그런 분을 알게 됐습니까?"

"광고대행사에서 근무하는 친구에게 소개받았습니다. 그 광고대행사가 자금난을 겪고 있을 때, 적절하게 조언을 받은 덕분에 살아날 수 있다는 이야기를 들었거든요. 그래서 몇 번인가 이야기를 나누게 되었는데……. 그렇다고 해도 저는 주머니 사정이 여의치 않아서 무엇을 부탁한 적은 한 번도 없지만 말이에요."

"그런데 우리는 종교 단체라는 특수한 사정도 있습니다. 과연 적절한 조언을 받을 수 있을지. 게다가 아직 보수나 상담료에 대해서도 모르고요."

"상담은 무료예요. 대표는 어디까지나 성공 보수와 업무상 발생하는 비용의 실비만 받습니다."

엘리베이터를 타고 4층까지 올라가자 그곳에는 사무실 여섯 개가 있었다. 외관에 비해 내부는 다소 예스러웠다. 아카리가 향한 곳은 가장 안쪽에 있는 사무실이었다.

내부는 매우 단출하게 꾸며져 있었다. 사무실 집기들이 최소한으로 놓여 있고 포인트 정도로 걸려 있는 그림. 벽에 덕지덕지 장식해 놓은 교단의 인테리어와는 정반대인 분위기에 이노는 호감이 생겼다.

"어서 오세요."

노노미야 쿄코의 첫인상은 '화용월태'라는 사자성어 그 자체였다. 상대방이 무심코 경계를 풀게 되는 여성스러운 미모에 가볍게 인사하는 몸짓이나 말투에서 세련됨이 묻어 나왔다.

"쇼도관 부관장인 이노입니다. 아 그렇지, 쇼도관은 아십니까?"

"네. 물론 알고 있습니다. 권유하셔도 입교할 수 없다는 점은 유감스럽지만."

"실례지만 어느 쪽 종파이신지요?"

"무교입니다. 예수님도 부처님도 다른 신과도 인연이 없거든요."

"아하, 무신론자이시군요."

"그렇게 대단한 것도 아닙니다. 지금까지 인생이 신앙심과는 연이 없었을 뿐입니다."

그때 아카리가 끼어들었다.

"하지만 연이 없었다기보다도 쿄코 씨는 신께 의지할 만한 구석이 없으니까요. 무엇을 하든 계획적이고 착실해서, 운이나 기적 같은 걸 믿는 것처럼 보이지 않는다고요."

아카리는 쿄코에게 스스럼없는 말투로 말을 걸었다. 사무

이노 덴젠

적인 관계보다는 마음을 터놓을 수 있는 친구 같은 분위기였다.

"어머, 운을 부정하지는 않아요. 다만 운에 기대기 전에 스스로 해야만 하는 일은 전부 끝내 놓고 싶을 뿐이랍니다. 어려울 때 신께 빈다고들 하지만, 그건 단지 스스로 준비가 부족했던 것을 짐짓 모른 체하는 것뿐이에요."

"상당히 엄격하게 말씀하시는군요. 모든 사람이 노노미야 씨 같다면 누구도 신을 믿지 않을 겁니다."

"신앙심을 부정하는 것도 아닙니다. 적어도 사업할 때는 불필요하다고 생각할 뿐이죠."

그리고 쿄코는 의미심장한 눈빛으로 이노를 살폈다.

"아카리 씨에게 이야기를 조금 전해 들었습니다. 이노 씨의 고민도 신앙심보다는 사업 쪽이시라고요. 익숙하지 않아서 신앙에 대한 이야기를 나눌 수는 없지만 사업 관련 상담이라면 무언가 도움을 드릴 수 있을지도 모르겠군요."

쿄코의 냉정한 눈빛을 보면서 확신했다.

사전 조사를 했는지 아카리에게 들었는지, 이 여자는 쇼도관의 교주와 교리가 가짜라는 사실을 알고 있지만, 그것을 비난할 생각은 추호도 없는 것 같았다. 신흥 종교의 존속을 단지 사업 문제로 여기고 있었다.

갑자기 마음이 가벼워졌다. 쿄코가 종교를 사업이라고 딱 잘라 말한다면 이렇게나 말이 통하는 상대는 없을 것이다. 교주와 교리를 설파하는 것이 새삼스럽게 망설여진다거나 창피하다는 것은 아니지만, 보통은 일단 하는 척은 해야 한다. 하지만 지금은 그러지 않아도 되는 만큼 마음이 편해졌다.

다시 마주보고 앉자 쿄코는 이노의 눈을 부드럽게 응시했다. 노려보는 시선은 결코 아니었지만 상대의 속셈을 전부 들여다보는 것 같아 찜찜했다. 속을 알 수 없는 쿄코의 미소도 그렇지만, 이곳에 오는 동안 아카리가 늘어 놓았던 쿄코에 대한 평판이 선입견을 만들어 냈다.

예를 들면 광고대행사의 자금난을 구제한 일.

예를 들면 자금 운용으로 몇 명이나 되는 의뢰인을 부자로 만든 일.

예를 들면 적자 상태였던 개인상점을 반년 만에 우량기업으로 변신시킨 일.

이야기를 들었을 때는 미심쩍었는데 이렇게 당사자와 대화를 나누어 보니 신뢰감이 생겼다.

노골적으로 말하면 인간은 외모가 90퍼센트다. 외모가 그럴싸하면 대부분의 인간을 속일 수 있다는 이야기다. 교주로 추앙받는 진노 같은 인간이 바로 그 예다. 이나오가 발굴하기 전까지 진노는 신주쿠역 서쪽 출구에서 노숙 생활을 하던 인물이었는데, 목욕을 하고 수염을 정돈하자 언제 그랬냐는 듯 엄숙한 외모로 변신했다.

그와 동급이라는 말은 아니지만 쿄코도 같은 부류라고 할 수 있다. 불쾌감을 주지 않는 미모와 사람을 매료시키는 목소리부터 카리스마를 뿜어낸다. 이런 사람이 하는 말이라면 믿어 볼까, 라는 생각이 들고 만다.

"거두절미하고 말씀드리면 신자를 늘리고 싶습니다."

이노는 일부러 단도직입적으로 말을 꺼냈다.

"뭐라고 말씀드려야 할지, 교주님이 화려한 퍼포먼스를 보여 주는 것도 아니고, 교리 해석 자체도 새롭지 않습니다. 믿는 자에게는 행복이, 믿지 않는 자에게는 불행을. 쇼도관 외의 가르침은 모두 사이비라는……. 그렇게 반복해서 주문을 거는 것만으로는 더 이상 신자를 늘릴 수 없는 지경입니다."

"그건 시장이 포화상태기 때문입니다."

뜬금없이 시장이라고?

의표를 찌른 접근법에 이노는 내심 속이 다 시원했다. 그래, 이런 말을 하고 싶었던 것이다.

"신흥 종교를 하나의 사업이라고 생각하면 역시 전략과 전술을 무시할 수 없습니다. 하지만 지금 이노 씨가 말씀하신 대로 어느 교단이나 비슷한 방식으로 운영됩니다. 삼대 종교에서 그럴듯한 부분만 뽑아낸 교리, 카리스마 있는 교주, 그리고 배타성. 즉 어느 업체나 똑같은 상품만 제공하므로 소비자는 자연스럽게 유서 깊은 가게나 이미 무난한 평가를 받는 업체를 찾게 되는 겁니다. 이런 상황에서는 후발주자일수록 한계점에 다다르는 시기도 빨라집니다. 또 전체적으로 이용자가 일정하다는 점도 이 업계의 특징이라고 생각합니다. 시장은 늘지 않고 한정적인데, 구매자 수와 구매층도 항상 일정하다. 이는 같은 이용자가 환승할 뿐이기 때문입니다. A라는 종교 단체에 들어간 사람은 A가 없어지면 B라는 종교 단체로 옮기지만, 처음부터 A에 관심이 없는 사람은 B에도 관심이 없습니다. 바꿔 말하면 어떤 업체가 흥하면 다른 업체는 그만큼 쇠한다는 말입니다. 파이를 나눠 먹는 꼴이니 그럴 만도 하죠."

이노가 종교를 단순히 사업으로 치부하기 때문에 뜻밖에도 쿄코의 말에 납득이 갔다. 쿄코가 지적한 내용들은 자신도 전부터 품고 있던 의구심 그 자체였다.

"하지만 그렇다고 해서 미끼상품인 교주가 불필요하게

기괴한 행동을 하거나 교단 전체의 사상이 컬트처럼 변해 버리면 거부감을 주죠. 과격한 변화는 주목은 끌 수 있어도 반드시 고객 증가로 이어지지는 않습니다. 오히려 이탈을 유발할 수 있습니다."

"그러면 저희는 도대체 어떻게 하면 좋겠습니까?"

"개선책을 세우려면 현재 상태를 인식해야 합니다. 쇼도관의 신자 수와 연령별 연 수입. 그런 자료들이 있으면 도움이 될 것 같네요."

신자 개개인의 자산에 대해서는 이미 데이터가 있다. 교단의 호스트 컴퓨터에 입력되어 있으므로 그래프도 손쉽게 만들 수 있을 터였다.

"알겠습니다. 바로 가져다 드리겠습니다."

이노는 곧바로 대답한 자신에게 놀랐다.

이런, 겨우 이 정도 만남에 자신은 이미 쿄코를 신뢰하고 있다. 정말 대단한 카리스마라며 혀를 내둘렀다. 진노에게, 적어도 이 여자의 10분의 1만큼의 매력이라도 있으면 좋으련만.

아니, 차라리 쿄코를 교주로 만드는 편이 더 간단하고 효과적일지도 모른다.

이노는 그 모습을 상상하면서 혼자 즐거워했다.

2

"성급한 짓을 했군요. 유미 씨."

경찰서 노트북. 화면에 뜬 사체 사진을 보며 도가시는 나지막이 중얼거렸다.

지상 7층 옥상에서 뛰어내린 사체는 머리부터 떨어져 아스팔트로 내던져졌다. 정수리의 반이 깨져 뇌수가 반경 1미터까지 튀어 있었다.

사기 피해를 신고하러 왔던 유미의 얼굴을 지금도 기억한다. 분수에 맞지 않는 것을 갈망하며, 자신의 등에서는 날개가 자라지 않는다는 사실을 모르는 인간 특유의 얼굴을 하고 있었다. 아스팔트에 세게 부딪치며 얼굴까지 깨졌는데, 유일한 구원은 즉사했다는 사실 정도일까.

유미에게 설명한 대로 FX 사기 한 건으로는 도저히 입건할 수 없었다. 무리해서 입건한다고 해도 검찰이 불기소 처리할 것이다. 유죄 확정률 99.8퍼센트라는 수치는, 다르게 생각하면 지는 재판은 기소하지 않는다는 뜻이다.

하지만 아무리 그래도 죽음을 선택할 필요는 없었다.

1억 2백만 엔을 사기당했다고 형편없이 넋이 나가 있었지만, 그녀가 죽는다고 돈이 돌아오는 것은 아니다. 죽음으로 갚는다고 해도 1억 2백만 엔을 빌려 준 곳에서 유미에게 면죄부를 주리라 생각할 수도 없다. 결국 그냥 개죽음이다. 빌딩 옥상에 섰을 때, 그녀의 가슴에 무엇이 스쳐지나갔는 지 알 도리가 없다. 그러나 무엇을 생각했든 무엇을 원했든 그녀의 죽음으로 얻은 건 아무것도 없었다. 이득을 본 자는 아무도 없고 후련해진 사람도 없다. 사체 처리에 동원된 경 찰과 빌딩 주인에게 피해를 끼쳤을 뿐이다.

죽음을 선택하지 않고 파산이나 민사재생을 신청했으면 최소한 법률상으로 지급의무가 줄어들거나 면제됐을 것이 다. 어째서 그 방법을 선택하지 않았을까.

도가시는 사기 사건이 발생할 때마다 느끼는 분노와 무 력감을 되새겼다. 대부분의 사기 사건은 범인이 체포되어 사건을 해결해도 피해자에게 돈이 돌아가지는 않는다. 세상 과 언론도 범인의 얼굴과 성장배경에만 주목할 뿐, 사건 이 후 피해자의 삶에는 관심을 보이지 않는다.

그렇지만 아무도 돌아보지 않는 그들의 이후를 도가시는 어쩔 수 없이 알게 된다. 사기당한 돈은 피해자에게는 생명 줄 같은 돈이다. 당연하지만 그 돈을 잃으면 당장 그달 생활 비도 부족해진다. 일가친척에게 돈을 빌리거나 도움을 받을 수 있는 사람들은 그래도 사정이 낫다. 그런 연줄마저 없는 사람은 빚더미 지옥으로 떨어지거나 최악의 경우 자살을 선택한다. 반면 사기 사건을 일으킨 장본인은 세상에서 잊혀질 무렵, 담장 밖으로 돌아와 또다시 같은 악행을 계획하고 같은 먹잇감을 물색하기 시작한다.

젠장.

도가시는 유미의 사체 사진을 슬며시 껐다. 직업상 익숙하긴 하지만 피해 신고를 한 당사자를 마주했던 기억이 지워지지 않아 곤혹스럽다. 마치 저승에서 도가시를 향해 원망의 노래를 부르고 있을 것 같다.

애당초 이놈 때문이다.

도가시는 책상 위에 놓인 스마트폰으로 시선을 옮겼다.

나일론 봉투에 담긴 화면에 금이 간 단말기. 유미의 사체를 검시할 때 감식반이 별도로 보관하고 있던 물건인데, 서류상 실수로 깜빡 잊고 유족에게 돌려주지 않은 모양이다.

— 피해 신고서를 처리했던 인연도 있으니 유족에게 돌려주도록 해.

감식반의 부탁을 받을 때는 가벼운 마음이었다. 하지만 곧바로 몹시 후회했다.

피해 신고서를 접수하고 지능범죄수사팀이 진지하게 사기범을 쫓았다면 어쩌면 유미는 자살하지 않았을지도 모른다. 돈은 돌려받지 못해도 빌딩 옥상으로 내몰리지는 않았을 수도 있다. 그런 생각이 들기 시작하자 유미의 사체를 확인하지 않을 수 없었던 것이다.

맹세코 홍미가 동해서가 아니라 오히려 자신의 딱지를 떼어내는 느낌에 가까웠다. 스스로가 저지른 죄를 확인하기 위해 자료를 뒤지다시피 했다.

스마트폰은 화면에 금이 가 있었지만 완전히 망가진 것은 아니었다. 심심풀이로 나일론 봉투에서 스마트폰을 꺼내 전원 버튼을 눌러 보니 화면에 불이 들어오며 작동했다.

발신 기록을 조사해 볼 생각은 그저 충동에 불과했다. 죽음을 결심한 유미가 마지막으로 누구와 통화했는지, 또는 누구와 통화하려고 했는지 궁금증이 일었다.

발신 상대는 둘밖에 없었다. 자살 직전에는 '간자키 아카리'에게 세 번, '노노미야 쿄코'에게 무려 열다섯 번 전화한 기록이 남아 있었다. 물론 이만큼이나 계속 전화했다는 것은 상대가 받지 않았다는 방증일 것이다. 줄줄이 이어지는 '노노미야 쿄코'라는 이름이 유미의 원한의 깊이를 대변하는 것처럼 보였다.

그러던 중, 도가시는 묘한 기분에 사로잡혔다.

기억 한구석에서 타닥타닥 불꽃이 튀는 감각.

이 노노미야 쿄코라는 이름을 어딘가에서 보거나 들은 적이 있는 것 아닐까.

사기 사건 관계자가 아니라는 사실은 명확하다. 과거 중대 범죄의 범인이나 상습범죄자는 머리에 인이 박여 있다. 노노미야 쿄코라는 이름은 사기 이외의 사건에서 등장했던 기억이 있다.

사기 사건 말고 세상을 떠들썩하게 했던, 그것도 최근 몇 년 사이에 벌어졌던 사건이 분명하다.

도대체 무슨 사건이었지.

유미에게 피해 정황을 물었을 때, 우선 '노노미야 쿄코'라는 전과자를 찾아봤지만 명단에 없었다.

그러면 전과자가 아닌 사건 관계자인가.

도가시는 중대 사건의 사건 기록을 닥치는 대로 검색하기 시작했다. 강도, 방화, 유괴, 살인. 북쪽의 홋카이도부터 남쪽의 오키나와까지, 세상의 이목을 집중시킨 흉악범죄는 다양했다. 피해 규모가 큰 것, 범죄 내용이 매우 흉악한 것, 연속성이 있는 것 등 중대한 요소도 다양했다.

한 시간쯤 검색했을 때, 마침내 찾아냈다. 이른바 '가모우 사건'이었다.

2006년 2월 25일, 생활 플래너 간판을 내건 가모우 미치루는 자신의 고객이었던 사기누마 사요에게 은행 돈 2억 3천만 엔을 횡령하도록 사주해, 그중 약 2억 엔을 갈취한 뒤 사요를 도쿄메트로 오모테산도역 플랫폼에서 떠밀어 열차에 치여 숨지게 했다. 그리고 2007년 8월 20일, 공범의 본가에 잠입, 공범의 친동생인 노노미야 히로키를 뛰어난 말솜씨로 조종해 같은 집에 살던 친아버지와 공범을 살해하게 했다. 그 외에도 여죄가 줄줄이 드러나서 가모우 미치루는 희대의 악녀로 세상을 떠들썩하게 만들었다. 그리고 그 공범이 바로 노노미야 쿄코였다.

그런데 검찰 측이 절대적으로 유리했던 공판에서 터무니없는 사실이 밝혀졌다. 노노미야 일가 사건이 터졌을 때, 노노미야 쿄코는 동경하던 가모우 미치루와 똑같이 성형한 상태여서 간신히 동생의 손에서 벗어날 수 있었다. 즉 진짜 가모우 미치루는, 그녀를 쿄코로 착각한 히로키에게 살해당하고 만 것이다.

범인이 이미 살해당했다는 사실 때문에 검찰 측의 논증은 전부 무효화되고, 공판을 계속할 수 없게 되었다. 결과적으로 잘못 체포되었던 쿄코는 무죄 방면되고 재판은 종결되었다. 가모우 미치루의 얼굴을 한 쿄코는 도쿄구치소를 출소한 뒤 어디로 사라졌을까. 이 사실을 보도한 언론은 한 군데도 없었다.

가모우 미치루의 수법은 유례없는 화술로 타인을 교사해, 바로 어제까지만 해도 평범했던 인간을 범죄자로 바꾸어 버리는 것이었다. 노노미야 쿄코가 후지사와 유미를 옭아맨 계략과 동일하다.

도가시의 등줄기에 소름이 돋았다.

가모우 사건에서는 공범이었다가 피해자가 된 노노미야 쿄코. 그랬던 그녀가 지금, 예전부터 동경하던 가모우 미치루와 같은 수법으로 타인을 함정에 빠뜨리고 있다.

소스라치게 놀란 도가시는 서서히 어떤 결론에 이르렀다.

유감스럽게도 이것은 마루노우치 경찰서 지능범죄수사 팀의 사건이 아니다.

*

마루노우치 경찰서 지능범죄수사팀이 도대체 무슨 용건으로?

접수처에서 방문 소식을 전해 들은 아소는 기억을 더듬으며 형사실로 향했다. 경시청 수사1과는 모든 반 수사원이 전부 나가 있어서 대화를 나누기에 불편하지 않았다. 같은 경찰끼리 이야기를 나누는데 응접실까지는 필요 없겠지 싶었다.

　그런데 지능범죄수사팀이라니 뜻밖이다. 관할서와는 여러 번 합동 수사를 했지만 항상 강력범죄가 대상이었고, 지능범죄수사팀과 팀을 이룬 적은 거의 없었다. 어디에서 어떻게 알고 자신을 찾아왔을까.

　형사부실에 도착하자 방문자가 먼저 와서 기다리고 있었다. 도가시라고 소개한 형사는 흐리멍덩해 보이는 외모의 중년 남성으로 머리는 희끗희끗했다. 계급이 순사부장*이라는 것을 보면 논 커리어조**로 출세 코스에서 벗어나 있을 것이다. 어딘지 모르게 달관한 듯한 분위기에 아소는 기묘한 친근감을 느꼈다.

　"마루노우치 경찰서 지능범죄수사팀 도가시입니다."

　"수사1과 아소입니다. 전에 뵌 적이 있던가요?"

　"아뇨, 오늘이 처음입니다."

　"그러면 오늘 처음 뵙는 도가시 순사부장이 제게 무슨 일로?"

---

*　　한국 경찰의 경사에 해당한다.
**　Non career 組. 일본 경찰은 국가공무원 1종 시험(우리의 행정고시에 해당)을 통과한 커리어조와 국가공무원 2종 시험 또는 지방공무원 공채를 통과한 논 커리어조로 나뉜다. 커리어조는 엘리트 경찰관으로 승진이 빠르며 논 커리어조는 승진에 한계가 있다.

"경부*님은 2012년에 일어났던 '가모우 사건'을 기억하십니까?"

그 말을 듣는 순간 아소는 기분이 나빴다.

파출소 근무부터 시작해 벌써 20년 이상 흉악범죄사건과 싸워 왔다. 해결한 사건은 무수히 많지만 해결하지 못한 사건도 적지 않다. 그리고 무엇보다 미해결 사건은 똑똑히 기억하고 있다.

그중에서도 '가모우 사건'은 특별했다. 범인을 체포하고 물적 증거를 확보한 뒤 자신만만하게 송치했다. 마침내 시작된 재판에서 백 퍼센트 유죄 판결이 나리라 믿었다.

그런데 뚜껑을 열어 보니 체포했던 사냥감은 얼굴을 바꾼 다른 사람이었고, 판결은 무죄. 송치했던 아소와 수사팀은 오인 체포의 오명을 뒤집어쓰고 잠시 동안 입지가 좁아졌다. 변호를 맡았던 변호사가 민사에서 초과지불금 반환 안건을 전문으로 하는 양아치 변호사였다는 점도 오명을 더한 요인이었다.

"네. 기억하고 싶지 않지만 기억하고 있습니다. 그런데 무슨 일이라도 있습니까?"

* 한국 경찰의 경감에 해당한다.

"그럼 노노미야 쿄코라는 관계자도 기억하십니까?"

"물론이죠. 가모우 미치루의 얼굴과 세트로 기억 속에 각인되어 있습니다. 방면된 이후의 소식은 듣지 못했지만요."

"그 노노미야 쿄코가 사기 사건에 관여하고 있습니다."

"뭐라고요?"

도가시는 후지사와 유미라는 여성이 마루노우치 경찰서를 찾아온 일부터 설명하기 시작했다.

비영리법인의 사무국장이었는데, 운영자금 문제로 어려움을 겪고 있었던 일. 직원의 소개로 노노미야 쿄코와 만나게 되어 FX 사기를 당한 일. 그리고 사무실이 입주해 있는 빌딩 옥상에서 투신자살한 일.

듣기만 해도 기시감이 쓰나미처럼 몰려온다. 마치 가모우 미치루가 살아 돌아온 것 같지 않은가. 예전에 공범으로 범행에 가담했던 쿄코가 방면되자마자 미치루의 범죄를 이어받은 느낌이었다.

"후지사와 유미의 스마트폰에 남아 있던 발신 기록은 확인했습니까?"

"노노미야 쿄코와 간자키 아카리, 둘 다 현재는 없는 번호입니다."

"그 사람은 가모우 미치루의 공범이었던 노노미야 쿄코

가 맞습니까?"

"확인하고 싶어도 후지사와 유미가 이미 사망했습니다."

"동명이인일 가능성도 있지 않습니까."

"그렇다고 해도 범행 수법이 너무 비슷하다고 생각하지 않으십니까?"

도가시의 지적은 타당했다. 그래서 더욱 가슴이 철렁했다.

순간 아소는 들판에 피는 꽃을 떠올렸다. 꽃은 지고 없어도 씨를 날리고 또 다른 땅에 자신과 같은 꽃을 피운다. 가모우 미치루도 그처럼 사악한 씨앗을 남겼고, 그것이 노노미야 쿄코라는 독을 품은 꽃을 피운 것은 아닐까……

아소는 몸을 부르르 떨며 고개를 저었다. 말도 안 돼. 지나친 생각이야.

"어째서 제게 그런 이야기를 하는 겁니까?"

"보고하지 않으면 나중에 무슨 일이 일어났을 때 항의를 받을 것 같았거든요."

그것 또한 부정할 수 없었다.

"취지는 잘 알겠습니다. 협조 감사합니다. 하지만 노노미야 쿄코라는 이름은 드물지 않습니다. 동명이인일 가능성은 여전합니다."

거짓말.

이야기를 들었을 때부터 아소 스스로도 쿄코의 관여 여부를 의심하고 있었다. 그러나 이만 한 증거로 수사1과가 나설 수도 없다. 그러한 사정을 알고 있을 것이다. 도가시도 이해한 듯 가볍게 고개를 끄덕여 보였다.

"물론입니다, 경부님. 저로서는 이것이 큰 사건으로 이어지지 않기를 바랄 뿐입니다. 그럼."

배웅은 필요 없다는 듯 도가시는 자리에서 일어났다. 그리고 그대로 나가려다가 갑자기 걸음을 멈췄다.

"이렇게 경부님을 찾아뵙게 된 건 어떤 인연을 느꼈기 때문이기도 합니다."

"오호, 어떤 인연입니까?"

"후지사와 씨의 스마트폰을 유족에게 돌려주는 것을 잊었습니다. 서류상 실수로 그렇게 됐지만 평소라면 있을 수 없는 실수입니다. 딱히 제 식구를 감싸려는 건 아니지만 왜인지 저는 그녀의 집념 같은 것을 느꼈습니다."

도가시의 말투에서 안타까움이 느껴졌다.

"절대로 노노미야 쿄코를 잊지 마. 반드시 복수해 줘……. 그녀가 저승에서 이렇게 빌고 있는 것 같은 기분이 들었습니다. 물론 보잘것없는 형사의 지나친 생각이겠지만요."

그리고 도가시는 이번에야말로 방을 나갔다.

남겨진 아소는 도가시의 말을 씁쓸하게 되새겨 봤다.

되살아난 희대의 악녀와 죽은 자의 집념.

싸구려 기사의 제목으로 딱 어울리는 문구일 것이다.

하지만 안타깝게도 현실은 대부분 싸구려 기사와 한몸처럼 굴러간다.

3

"이노 씨는 출판 사업에 대해 잘 아십니까?"

'노노미야 플래닝 스튜디오'를 다시 찾은 이노는 쿄코의 질문에 순간 당황했다. 종교를 포함해서 지금까지 여러 사기 행각을 벌였지만 출판만큼은 아직 손을 댄 적이 없다.

"그 말씀은 교단의 출판물과 관련된 이야기입니까? 물론 포교용 팸플릿이나 경본은 만들고 있습니다."

"제 말씀은 하드커버로 제작해 일반서점에서 정식으로 판매하는 책을 의미합니다."

쿄코의 말을 대번에 이해했다.

"아아. 통가협회처럼 교주가 내는 자서전 같은 걸 말씀하시는 거군요?"

통가협회에서 다방면에 걸쳐 출판물을 출간한다는 사실

을 같은 업계 사람이라면 모를 수가 없다. 교주의 자서전격 서적은 출간일에 신자들이 마구 사들이기도 해서 항상 베스트셀러가 된다고 한다. 그 자금력으로 영화나 애니메이션까지 만들게 되었다는 이야기도 들었다.

쇼도관도 따라 하고 싶은 마음은 굴뚝같지만 진노가 하필 노숙자 출신이라 그럴듯한 자서전을 낼 수 없다. 과거 경력을 조작하는 방법도 있지만 특정 소수가 대상인 설법이라면 몰라도 불특정 다수가 대상인 출판물에 허위사실이나 오류를 기록으로 남기면 비난의 빌미를 제공할 수 있다. 그러한 우려 때문에 이나오와 이노는 주저한 것이다.

"저희 교단에서도 비슷한 기획을 생각했지만 여러 사정으로 진행하지 못했습니다. 게다가 출판물의 인세도 그리 크지 않다고 들어서."

"확실히 저자에게 지불하는 인세는 10퍼센트 언저리죠. 게다가 정식 간행물이라면 그 가격에 걸맞은 내용도 갖춰야 한다고 생각하실 겁니다."

쿄코의 목소리에 마음이 편안해졌다. 타고나기를 노래하듯 리듬감 있는 말투여서 이 목소리에 질책당하는 것도 나쁘지 않다는 생각이 들었다.

"제안하기 전에 저도 조금 알아봤습니다. 이 건은 이노 씨가 그렇게까지 걱정할 만한 이야기는 아닌 것 같더군요."

"말씀하시죠."

"먼저 말씀드리면 제가 제안하는 건 교단이 주체가 되는 출판 사업입니다. 그러니까 인세 10퍼센트에 그칠 법한 수익성 작은 이야기를 드릴 생각은 없습니다."

쿄코는 이노의 눈앞에 A4 크기의 파일을 내밀었다. 내용을 읽어 보니 서적 출판에 관한 구조와 각종 경비가 줄줄이 적혀 있었다.

"그건 어디까지나 확인 자료로 작성한 것이니까 참고용으로 보시면 됩니다."

"노노미야 씨의 제안은 요컨대 구조나 경비에는 너무 얽매이지 말라는 것입니까?"

"비교 대상으로 딱 알맞은, 통가협회에서 출판된 최신간 서적을 예로 들어 설명하겠습니다. 덧붙여서 이노 씨. 현재 쇼도관의 신자는 총 몇 명인가요?"

"정확히 7만 8천 520명입니다."

"서점에 진열되어 있는 하드커버는 소위 사륙판이라고 불리는 B6 크기인데, 3백 쪽 정도에 정가 1,600엔으로, 만약 80만 부를 판매하면 12억 8천만 엔이 됩니다."

12억 8천만 엔.

금액을 듣고 침을 꿀꺽 삼켰다. 이노가 전혀 상상하지 못할 숫자는 아니다. 그만큼 현실감이 느껴지는 금액이었다.

"그런데 노노미야 씨. 그 12억 8천만 엔이 그대로 수중에 들어오는 것은 아니지 않습니까. 제본비와 제작에 필요한 인건비도 계산을 해야죠. 서점에 진열하려면 서점 쪽에 드는 비용도 고려해야 해요."

"출판에서 중개, 중개에서 서점으로 이어지는 유통 과정에서 아무래도 마진이라는 것이 발생합니다. 물론 책뿐 아니라 물류 자체가 그렇습니다만, 그러면 지역에서 생산해 지역에서 소비하는 방법을 채택하면 될 일입니다. 인쇄는 업체에 발주해야 하지만 인쇄된 책을 그대로 신자들이 구입하면 되죠. 그것도 한 사람당 열 권씩."

"신자 8만 명이 열 권씩. 그래서 80만 부라고 하셨군요."

"이럴 경우 반품을 고려하지 않아도 됩니다. 총 만 6천 엔. 홍보 수단으로도 유용하다고 생각하지 않으시나요?"

신자 한 명당 만 6천 엔. 이는 확실히 적당한 금액이다. 이상한 항아리나 족자를 판매하는 것보다는 훨씬 그럴싸하다.

"한 사람당 열 권씩 사게 하고 그것을 되팔게 하는 것이 목적이지만, 되팔지 못해도 상관없습니다. 쇼도관 포교용 자료로 친척이나 지인에게 나눠 주라고 하면 신자들은 기꺼이 그리 할 테니까요. 그렇지 않습니까, 이노 씨?"

"네, 그렇죠. 물론이고 말고요."

책을 읽는 사람은 의외로 적다. 종교 서적이라면 더욱 그렇다. 신자가 아무리 열성적으로 권해도 기껏해야 대충 읽거나 대개는 그대로 방치한다.

하지만 그렇다고 해서 교단이 곤란할 일은 전혀 없다. 핵심은 책을 파는 것이므로 이후에 책이 어떤 취급을 받든 알 바 아니다.

무엇보다 이것은 통가협회뿐 아니라 대부분의 종교 법인이 하고 있는 일이다. 이노는 긴자의 밤거리를 걷다가 길에서 교단의 책을 무료로 나눠 주던 다른 교단의 신자와 우연히 마주쳤던 일을 떠올렸다. 팔다 남은 재고나 배포하지 못한 책은 사장되거나 버려지겠지만 그것 또한 교단이 알 바 아니다. 이 모든 것은 사업이다.

"실질적으로 80만 부를 찍어내려면 1억 천만 엔이 필요한데, 이는 최소 금액이라는 점을 감안하셔야 합니다. 하지만 매출이 12억 8천만 엔이라고 가정하면 단순히 계산했을 때 순이익이 11억 7천만 엔. 그리고 이 경우 종교 활동으로 인정받아 경감 세율이 적용되므로 일반 출판 사업보다 유리하죠."

1억 천만 엔. 교단의 재정 상황은 결코 넉넉하지 않지만 그 정도라면 어떻게든 마련할 수 있을 것 같다. 아니, 빌려서라도 준비해야겠다고 이노는 생각하기 시작했다. 쿄코가 설명한 대로 11억 7천만 엔을 걷어 들이기 위해서라면 확실히 1억 엔 정도는 최소 필요 지출일 것이다.

"매우 매력적인 제안이라는 생각이 드는군요. 쇼도관 신자들의 신앙심을 생각하면 실제로도 충분히 효과가 있을 것 같습니다. 다만……."

"다만?"

"안타깝게도 저희 교주님이 책 한 권 분량의 원고를 쓸 수 있을지 모르겠네요. 음, 식견이나 교리와는 달리 집필 능력은 교주의 능력과 별개니까요."

"굳이 교주님이 직접 집필할 필요는 없잖아요?"

역시 그렇게 되는군.

"교주님의 말을 간부분이 대필하시죠. 아니면 교리에 정통한 다른 분이 대신 집필하시고 그 내용을 교주님이 감수하는 것으로도 포교 목적은 달성할 수 있지 않겠습니까?"

쿄코의 말은 변함없이 살며시 가슴으로 파고들었다. 그도 그럴 것이 종교 법인에서 출간되는 서적 중 대부분이 고스트라이터의 손을 거쳐 탄생되는 것이라는 사실은 업계 내

에서 공공연한 비밀이다. 비교 대상으로 거론되는 통가협회
도 다르지 않다. 교주의 책이 시리즈로 출간되고 있지만 몇
년 전부터는 계속 대필로 제작되고 있다. 그래도 매출이 떨
어지지 않는 이유는 오로지 교주의 카리스마 덕분이다. 실
제로 본인이 집필하지 않더라도 교주의 이름을 강조하면
잘 팔린다.

"부정하지는 않겠습니다. 뭐니 뭐니 해도 쇼도관의 신자
들은 모두 교리를 아주 잘 외우고 있거든요."

자화자찬이라기에는 황당한 자랑이었지만 부관장으로서
체면을 세우기 위해 할 만한 말이었다.

"하지만 교리를 아무리 잘 외우고 있어도 그것을 글로 쓰
는 것은 신앙심과 별개의 문제입니다. 글솜씨가 좋은 신자
면 좋겠는데……."

"그 점은 걱정하실 필요 없습니다."

쿄코는 생긋 웃으며 옆에 있던 아카리에게 시선을 던졌다.

"아카리 씨도 교리에 충실한 신자이지요? 실은 아카리 씨
는 글재주가 꽤 좋답니다. 처음부터 소설을 쓰는 것과는 다
르지만 교주님의 말씀이나 쇼도관의 교리를 알기 쉽게 풀
어쓸 수 있을 것 같습니다."

꼭 저를 시켜 주세요, 라는 듯 아카리는 상체를 내밀었다.

이노 덴젠

"교주님의 말씀을 책으로 엮을 수 있는 데다 쇼도관에 도움이 될 수 있다니, 이보다 더한 영광은 없을 거예요."

아카리는 눈을 빛내며 말했다.

"열심히 쓰겠습니다. 부관장님께 원고를 검토 부탁드리겠습니다."

이노는 순간 망설였지만 쿄코의 추천을 따르기로 했다. 집필한 원고를 열 장만 봐도 사용할 수 있을지 없을지는 판단할 수 있을 것이다. 아카리의 필력이 쓸 만하다면 끝까지 맡기면 된다. 어차피 원고료도 필요 없으니 적절하다.

"아카리 씨의 원고가 완성되는 대로 제가 인쇄소에 발주를 넣겠습니다. 괜찮으시죠?"

아카리의 집필 속도가 얼마나 빠를지는 모르겠지만 설마 3백 쪽을 사흘 밤낮으로 완성할 수는 없을 것이다. 그것보다 지금 가장 중요한 것은 자금 마련 문제다.

"좋습니다. 다만 아무리 쇼도관이라도 1억 남짓한 자금은 쉽게 융통할 수 있는 금액이 아닙니다. 자금이 조달되면 제가 연락드릴 테니 발주는 그때까지 기다려 주시지요."

쿄코의 동의를 끝으로 이날의 만남은 종료되었다. 이노는 교단 본부로 돌아가서 집필에 필요한 교단 자료와 경본, 기타 인쇄물을 아카리에게 주겠다고 약속했다.

그러나 고생이 많겠다는 말은 건네지 않았다.

이노는 쇼도칸 본부로 돌아와 그대로 관장실로 직행했다. 돈 이야기를 최우선하는 것은 상대의 신용을 얻는 비법이다.

그러나 예상했던 일이라고는 해도 이나오의 반응은 또 다른 난관이었다.

"출판 사업 말입니까?"

이나오는 불만스럽게 코웃음 쳤다.

"출판 관련해서는 과거에도 몇 번인가 이야기했을 텐데요. 수입과 광고 모두 관련된 일이니까요. 그런데 그때마다 엎어졌죠. 이유는 말할 것도 없고 우리 진노 교주에게 자랑할 만한 경력이나 풀어낼 만한 신탁도 없으니까요. 그런 인간의 자서전이라니, 신자라면 몰라도 일반인에게는 어림도 없을 겁니다."

이 말은 조금 전에 이노가 쿄코에게 한 말과 똑같았다. 꼭 그래서는 아니지만 이노는 쿄코가 말했던 설득 요소를 그대로 차용하기로 했다. 이상하게도 쿄코의 제안을 따르기로 결정한 순간 그녀의 설명을 그대로 따라 하는 것이 가장 효과적이라는 생각이 들었다.

자신을 설득했던 논리로 이나오를 설득하지 못할 리 없

다. 그런 생각으로 이야기하고 있는데 얼마 지나지 않아 이나오가 손을 들어 제지했다.

"이봐요, 부관장님. 당신의 말은 잘 알겠습니다. 통가협회의 건을 보면 그 계획이 전혀 말이 안 된다고 생각하지는 않아요. 신자 한 사람당 만 6천 엔을 내는 것도 봉헌이라고 생각하면 타당한 금액이죠."

이야기 중간부터 이노는 재빨리 경계했다. 이나오가 이렇게 밑밥을 던질 때는 그 뒤에 반드시 부정적인 이야기가 뒤따라 온다.

"하지만."

역시나.

"아무리 효과 좋은 대단한 기획이라고 해도 초기 투자는 어떻게 할 계획입니까. 지금 교단에 1억 천만 엔이라는 거금이 없다는 것쯤은 부관장님도 잘 아시겠죠."

원래부터 이나오는 이노가 뛰어난 홍보 성과를 거둘까 봐 두려워한다. 아니, 교단의 이익으로 연결되는 것 자체는 좋아하지만 그 성과로 관장인 자신보다 신망을 얻을까 봐 경계한다. 그래서 아무리 매력적인 제안이라도 찬물을 끼얹지 않고는 견딜 수 없는 것이다.

"80만 권을 한꺼번에 출간하지 말고 처음에는 신자 수에 맞춰 8만 권부터 시작하는 건 어떻습니까."

"안 됩니다."

이노는 일언지하에 거절했다. 여기서 밀려 이나오의 의
견에 따르게 되면 이 계획이 성공을 거둬도 공을 빼앗기기
쉽다.

"이런 말씀을 드리는 것도 좀 그렇지만, 첫 한 권이 신자
들의 마음을 사로잡지 못하면 아마 증쇄를 해도 좋은 반응
을 얻기는 어려울 겁니다. 남에게 권할 때도 역시 책 내용이
시원치 않다고 주저하게 되니까요."

"열 권을 사도 반품이 없을 거란 말입니까?"

"적어도 내용이 마음에 안 든다며 환불해 달라는 신자는
없겠죠."

이나오는 흠, 하고 생각에 잠긴 듯 고개를 갸웃했다. 이
마당에 아직도 허세를 부리고 싶은 것인가.

진노를 섬기는 신자들이라고 모두 신앙에 눈이 먼 것은
아니다. 교단에 봉헌하는 것과 현실의 교우 관계를 저울질
하는 자도 일부 존재한다. 일반 신자는 더욱 그러할 것이다.
그렇기 때문에 돈을 쓰게 할 기회는 한 번으로 줄이는 편이
무난하다는 것은 관장인 이나오도 알고 있을 터였다. 그 증
거로 이나오도 고개를 살짝 끄덕였다.

"그 말도 일리가 있군요. 하지만 말입니다, 부관장님. 역할 분담으로 따지자면 1억 천만 엔을 마련하는 사람은 당신이 아닙니다. 경리 책임자인 나죠."

이나오는 이때다 싶은 듯 기세등등해졌다.

"설마 부관장님이 이 금액을 준비하신다는 뜻인가요?"

"아뇨……."

이노는 별수 없이 입술만 깨물었다. 아무리 좋은 기획을 내놓아도 결국 돈을 내놓는 인간의 목소리가 가장 큰 법이다.

"그건 관장님께서 힘을 좀 빌려주시죠."

"역시, 그렇죠. 그럼 관장으로서 돈을 어디서 마련하면 될지 적절한 조언을 해 주실 수 있습니까?"

정말 심보가 못된 남자다. 재정에 대한 실무와 지식이 부족한 자신에게 일부러 묻는 것은 싫은 소리를 하기 위함, 그 이상도 그 이하도 아니다. 상대의 무지를 비웃으며 상호 간의 입장을 다시 인식시키기 위한 행위다.

"……제 얕은 식견으로는 은행에서 대출을 받는 것 정도밖에 생각나지 않는군요."

"은행이라. 흠, 이율이 낮고 건전성까지 보장되죠. 일반적으로 생각하면 확실히 그게 무난하겠군요. 하지만 부관장님도 아시다시피 쇼도관은 이미 데이토다이이치은행에서 20

억 엔 이상을 대출받았습니다."

쇼도관의 부채는 전부 토지와 관련이 있다. 신자 모집에 혈안이 된 간부들은 출가 신자들이 토지 건물을 봉헌하도록 열을 올렸다. 부동산은 매각하면 돈이 된다. 보금자리를 잃은 신자들은 자연히 교단에 의존할 수밖에 없고, 나중에는 노동력을 착취할 수 있다.

그런데 쇼도관 간부들은 실질적 이익과 함께 세력을 확대하려고 했다. 그래서 신자들이 바친 토지를 이용해 지방에 교단 지부를 설립한 것이다.

토지는 신자들의 봉헌으로 손쉽게 얻을 수 있었다. 그러나 민가를 그대로 기도소나 집회장으로 사용할 수는 없어서 본부와 같은 건물을 지어야 했다. 종교 법인을 기업체로 생각한다면 이것은 선행 투자의 하나였지만, 기업체라고 자칭하기에는 교단 간부들에게 선견지명이 없었다. 건물을 짓는 데 수십 억의 자금을 은행에서 조달했지만 그 직후부터 신자가 늘어나지 않았다. 시주로 거둬들이는 수입이 역시 늘지 않아 빚만 떠안았다.

현재 쇼도관이 떠안고 있는 데이토다이이치은행의 대출금은 20억 천만 엔 남짓. 여기에 1억 천만 엔을 추가로 대출받게 되면 대출 총액은 21억 엔에 달한다. 애초에 데이토다이이치은행이 추가 대출을 승인해 줄지도 불투명한 상황이다. 추가 대출에 맞는 담보도 없으며, 들리는 이야기로는 오히려 매달 상환액 납부마저도 연체하고 있는 지경이라지 않나.

"데이토다이이치은행에서 과연 추가 대출을 허락해 줄까요. 말할 것도 없이 상황이 매우 어렵습니다. 부관장님은 다소 경솔하게 상황을 판단하는군요."

이나오는 이노를 뒤흔들었다. 이노의 제안이 지극히 타당하다고 해도 트집을 잡고야 말겠다는 의지가 엿보였다.

"죄송합니다, 관장님. 그러니까 그 부분을 관장님의 인망과 지시로 어떻게든."

말을 쥐어짜내느라 고생했지만 이렇게라도 말하지 않으면 이나오는 고개를 끄덕이지 않는다.

무릎을 꿇고 있던 이노는 입술을 꽉 다물고 고개를 깊게 숙였다. 속이 부글부글 끓었지만 이렇게라도 하지 않으면 이야기가 진행되지 않는다.

"뭐, 좋습니다."

이노가 엎드려 고개를 조아리자 비로소 이나오의 승낙이 떨어졌다. 이노는 가슴을 쓸어내렸다.

하지만 역시 이 남자는 호락호락하지 않다.

"단, 조건이 있습니다."

"무엇입니까?"

"그렇지 않아도 교단 살림이 몹시 쪼들리는데 1억 엔 이상 대출을 받아 지출하겠다고 밀어붙여야 하는 상황입니다. 계획에 성공해서 11억 7천만 엔의 수익이 나면 다행이지만, 만에 하나라도 실패한다면 그 책임은 모두 부관장님이 져야 합니다."

순간, 말문이 막혔다.

"저더러 어떤 책임을 지라는 말씀이시죠? 1억 천만 엔을 제가 갚기라도 하라는 말씀이십니까?"

"책임을 지는 방법은 하나만 있는 게 아니죠."

이나오는 의미심장한 표정을 지었다.

"돈이 있는 사람은 돈으로, 노동력이 있는 사람은 노동력으로 신앙의 깊이를 증명합니다. 그게 쇼도관의 기본 이념이지 않습니까."

이나오의 말이 뭉툭한 칼날이 되어 찔러 왔다. 칼끝이 뭉툭해서 단번에 베지 않고 상처를 좌우로 헤집으며 밀고 들어온다.

끝을 알 수 없을 정도로 음습하고 한없이 교활한 남자다. 책임이라는 두 글자를 짊어지도록 해 이노를 옭아매고, 만

이노 덴젠

143

약 성공한다고 해도 중책에서 벗어난다는 최소한의 해방감 정도로 만족시키려는 것이다. 이 상황에서 이노가 조건을 받아들이지 않으면 이나오는 아무렇지도 않게 제안을 거절할 것이다. 그리고 잊을 만할 때쯤 짐짓 모르는 척 이노가 제안했던 기획과 똑같은 것을 꺼내놓을 것이다. 이나오는 그런 남자다.

그래서 이노는 이렇게 말할 수밖에 없었다.

"알겠습니다. 만약 실패하면 어떤 형태로든 제가 책임지겠습니다."

"역시 부관장님입니다. 말씀에 무게가 있어요."

이나오는 만족스럽게 고개를 끄덕였다. 확답을 받아내서 이노의 목줄을 죄려는 속셈일 것이다.

어디 두고 보라며 이노는 속으로 욕설을 퍼부었다. 일단 출판 사업에 대한 모든 책임을 짊어진 이상 판을 뒤집을 기회는 이노에게 있다.

아무튼 인쇄물이라는 것은 일단 출간하면 회수하지 않는 이상 내용을 정정할 수 없다.

뜻밖에도 이나오의 행동은 예상보다 훨씬 빨랐다. 이노가 제안하고 나서 열흘 뒤에 자금 조달의 가닥을 잡은 것이다.

"도대체 은행을 어떻게 설득하신 겁니까?"

관장실로 불려간 이노는 놀라움을 감추지 못하고 물었다.

"정말 은행원이라는 작자들은 배금주의에 찌들었더군요. 마치 돈을 숭배하는 맹신자들처럼."

이나오는 그때 주고받은 대화를 떠올렸는지 몹시 불쾌한 듯 얼굴을 찌푸렸다. 배금주의라면 교단 간부들도 똑같은 놈들이라고 생각하지만, 아무래도 은행원이라는 부류는 그보다 더 열렬한 신자들인 것 같다.

"매달 납부를 연체하는 건 우리도 면목 없기는 합니다. 그래도 그렇지 마치 들개를 상대하는 것처럼 굴더군요. 데이토다이이치은행 입장에서는 1억 따위 발톱의 때만큼도 안 되는 돈일 텐데 이런저런 핑계를 대며 우리 이야기를 전혀 들으려고도 하지 않고요."

"추가 대출을 못 받을 정도로 관계가 악화됐습니까?"

"아뇨, 그 정도로 나빠지지는 않았습니다. 상환액 지급은 늦게나마 제대로 이행하고 있으니까 그게 방해 요소는 아닙니다. 다만 쇼도관의 수익 확대를 믿지 않아요. 대출담당자는 말할 것도 없고, 하나같이 '관장님이 교주님을 믿는 것처럼 저희도 쇼도관을 믿고 싶습니다. 하지만 담보가 더 믿음이 가겠죠'라고 하니. 그러니까 쇼도관의 신용만으로는 1

억 엔을 추가로 대출받는 것조차 불가능하다는 말이죠."

"그것참, 고생 많으셨습니다."

"그게 끝이 아닙니다. 최근 연체의 이유가 뭔가, 신자 수가 한계에 이른 것은 아닌가, 신자 수가 늘지 않는다는 것은 사업이 쇠퇴 일로에 있다는 뜻은 아닌가 묻더라고요. 정말 무례하달까 집요하달까, 돈이 없다면 정보라도 내놓으라는 태도였습니다."

"결국 은행은 추가 대출을 결정한 거죠?"

"네. 담보가 있으면 신용할 수 있다고 말했으니까요. 우리도 새 담보를 마련하겠다고 해서 겨우 설득했습니다."

"아직 우리 교단에서 내놓을 담보가 있습니까?"

이것 또한 이노에게 뜻밖의 이야기였다. 교단 본부에 지부, 그리고 신자들이 봉헌한 토지와 건물들, 담보가 될 만한 것들은 전부 저당이 잡혀 있을 터였다. 그런데 이노도 모르는 현물이 아직 존재한다는 말인가.

"내놓은 담보는 부관장님. 당신의 집입니다."

이노는 할 말을 잃었다.

"한조몬에 분양받은 맨션 있죠? 그건 현금으로 구입했기 때문에 저당권이 설정되어 있지 않을 겁니다. 그걸 이번 추가 담보로 내놓으시죠."

"내놓으라니……. 그건 제 집인데요. 어떻게 마음대로 담보로 지정할 수가."

"책임을 지겠다고 하셨잖아요."

이나오는 입꼬리를 올렸지만 눈은 웃고 있지 않았다.

"당신이 제안하고 당신이 책임을 지겠다고 장담한 기획입니다. 그렇다면 자금을 끌어올 담보도 당연히 당신이 내놓아야죠."

"그건 제 돈으로 산 맨션입니다."

"하지만 쇼도관의 부관장이 아니었다면 현금으로는 도저히 살 수 없을 만한 물건이었던 건 맞지요. 제 말이 틀렸습니까?"

이노는 이번에도 대답할 수 없었다. 분하지만 이나오의 말이 정곡을 찔렀다. 원룸 임대아파트에서 방 4개 딸린 신축 분양 맨션으로 옮길 수 있었던 이유는 지금의 지위와 수입이 있었기 때문이다.

"내놓는다고 해도 저당권을 설정할 뿐입니다. 데이토다이이치은행에서 대출받은 1억 천만 엔을 바로 갚기만 하면 되는 이야기고요. 아니면 맨션을 담보로 내놓을 수 없을 정도로 당신의 아이디어에 자신이 없습니까?"

"그렇지…… 않습니다."

"공교롭게도 제 집은 이미 저당이 잡혀 있어서 더 이상 어찌할 도리가 없군요. 계약상에는 쇼도관의 보증인으로 부관장님의 이름을 올려 담보를 제공하는 형태가 될 겁니다. 물건 감정은 이미 끝났고, 부관장님의 인감과 서명만 있으면 일주일 뒤라도 추가 대출이 실행되도록 조율해 놨습니다."

벌써 거기까지 이야기를 진행했다니. 당사자에게 한마디 말도 없이 계약 직전 상황까지 만들었다는 사실에 온몸이 떨리도록 화가 났지만, 처음 이노가 이야기를 꺼낼 때부터 계획한 큰 그림이라고 생각하니 이번에는 자신의 어리석음에 구역질이 났다.

확답을 강요한 것은 사소한 것부터 해결하려는 철저한 행위였다. 그리고 데이토다이이치은행과의 이야기를 진행한 것으로 핵심 문제까지 해결해 버렸다. 역시 이런 흥정은 이나오가 한 수 위였다.

이렇게 이노는 집을 저당잡히고 말았다.

예상하지 못한 일은 하나 더, 아카리의 집필 속도였다. 이노가 담보 건을 통보받은 날에 이미 초고를 완성했다고 했다. 이노가 서둘러 '노노미야 플래닝 스튜디오'로 향하자 아카리가 그곳에서 기다리고 있었다.

"그날 이후 열흘밖에 안 지났는데 벌써 3백 쪽을 다 썼다는 말입니까?"

이노가 놀라자 아카리는 장난스럽게 혀를 내밀었다.

"솔직하게 말씀드리면 쿄코 씨가 부관장님께 출판 사업을 제안하기 전부터 책을 쓰기 시작했습니다. 준비해 주신 자료는 대부분 저도 가지고 있어서 바로 작업을 시작했죠."

그러면 이노가 쿄코의 제안을 수락하리라 이미 예상하고 계획을 짰다는 말인가. 왜인지 자신의 행동을 간파당한 것 같은 기분이 들었지만 그로 인해 일이 순조롭게 진행된다면 감수할 수 있었다.

초고는 인쇄용지에 2쪽 양면보기로 출력되어 이미 편집되어 있었다. 아카리의 설명으로는 제본했을 때와 같은 편집이며, 전문용어로는 교정쇄라고 했다.

"파일을 보내면 인쇄소에서 이런 모양으로 만들어 줍니다."

이노는 재빨리 훑어보면서 순수하게 감탄했다.

아카리를 포함해서 신자들에게 나눠주는 교단의 인쇄물은 솔직히 말해 괴이하고 조잡스럽다. 교리든 경본이든 다양한 종교, 다양한 종파의 것을 짜깁기해서 만든다. 진노의 경력은 거짓투성이고, 그가 일으킨 기적이라며 이러쿵저러쿵 써놓은 갖가지 일화는 어느새 판타지의 영역이나 다름

없다.

그런데 아카리는 그것들을 진지한 문체로 풀어냈다. 물론 아마추어가 쓴 문장이라서 가독성이 떨어지는 부분도 군데군데 보이고, 서술이 이상한 부분도 여기저기 보인다. 하지만 이보다 더 정제된 문장으로 쓰라고 한다면 이노도 자신은 없었다. 진노 본인은 아마 제대로된 일본어조차 쓰지 못할 것이다.

구성도 깔끔하고 보기 편하다. 제1장은 진노의 자서전 형식으로 구성되어 있고, 제2장은 창립부터 발전까지의 쇼도관 역사, 제3장은 교리 내용을 심도 있게 다뤘다. 진노를 신격화하지만 결코 허황되게 비유하지 않고 교단의 존재 의의를 세계평화라고 단언하는 점도 호감을 이끌어내기에 충분했다. 혼란스러운 현세에서 쇼도관의 역할을 인류구원이라고 규정하면서도 고압적인 문체로 서술하지는 않았다. 신자에게는 교본이, 일반 독자에게는 입문서가 될 수 있는 책이었다. 기이하게 가르치려고 들지 않는 문장이라서 강압적인 느낌도 아니고, 아카리의 성격 때문인지 과하지도 모자라지도 않았다.

애당초 일반 서점에서 판매할 용도가 아니라 신자에게 직접 판매할 목적으로 만드는 책이다 보니 문장을 공들여서 쓸 필요는 없다. 아니, 쓸데없이 수준 높은 문장보다는 오히려 아마추어 같은 문장이 더 친근하게 느껴질 것이다.

도리어 공들여야 할 부분은 편집이다. 신자는 물론 일반 독자가 봤을 때도 엄숙한 분위기를 풍기는 표지가 바람직하다.

이노가 원고를 읽는 동안 아카리는 긴장한 얼굴을 하고 정자세로 앉아 있었다. 전부 읽는 데 세 시간. 그녀는 여전히 그 자세로 앉아 있었다.

"잘 썼네요."

진심에서 우러 나온 말이었다.

"문장도 이해하기 쉽고 구성도 빼어나고. 제목도 좋습니다. 『인류구원의 법』. 간결하고 명쾌하며 쇼도관의 기본 이념을 그대로 표현하고 있어요."

"영광입니다!"

아카리는 감격에 겨워 소리쳤다. 일개 신자로서 분에 넘치는 기쁨이리라는 것은 쉽게 상상할 수 있었다.

그리고 굳이 말하지는 않았지만 이노가 가장 강조해서 쓰고 싶었던 것이 판권에 적혀 있었다.

'저자 진노 다테와키, 감수 이노 덴젠.'

감수 이노 덴젠이라는 여섯 글자가 유난히 돋보였다. 관

이노 덴젠

151

장 이나오가 아니라 이노의 이름을 이곳에 명시함으로써 『인류구원의 법』의 책임자가 누구인가를 당당하게 선언하고 있다. 이는 서적 출간이 성공적인 결과를 냈을 때 그 공은 전부 이노의 차지가 된다는 증거이기도 했다. 사실 이노에게는 진노의 자서전이나 교의에 대한 해설보다도 이 여섯 글자가 적혀 있는지가 훨씬 중요했다. 그러니까 이것만으로도 이노는 목적을 달성한 것이다.

"트집 잡을 만한 구석이 하나도 없군요. 이 책은 쇼도관 첫 서적으로 최고의 완성물이에요."

"감사합니다!"

"이걸로 바로 인쇄 작업에 들어갈 수 있겠습니까?"

"오탈자 교정만 끝내면 내일이라도 가능합니다."

"그렇군요. 다행히 관장님께서 수고해 주신 덕분에 80만 부 인쇄비용도 마련할 수 있게 되었습니다. 제가 지시하면 즉시 인쇄할 수 있도록 대기해 주세요."

"알겠습니다."

교정쇄 원고를 아카리에게 돌려주며 이노는 의기양양하게 사무실을 떠났다.

80만 부의 행방은 이미 정해져 있다. 쇼도관 신자 중에서 이 기념비적인 복음서를 구입하지 않을 사람은 없을 것이다. 한 사람당 열 권, 만 6천 엔 정도를 지출하는 것 쯤이야 대수롭지 않아 할 것이다.

결과를 알고 있는 주사위 게임만큼 즐거운 것도 없다. 복음서를 구입한 신자들에게 긁어모을 12억 8천 엔 중 1억 천만 엔을 데이토다이이치은행에 갚고, 남은 돈다발 속에서 헤엄치는 것도 즐거울 것이다.

이 사업을 계기로 이나오는 자신 앞에서 고개를 들 수 없게 될 것이다. 다른 간부들의 의견을 모으면 그놈을 관장 자리에서 끌어내리는 것도 불가능하지 않다. 그런 역전극이 실현된다면 그놈에게 어떤 욕을 퍼부어 줄까.

이노는 비열한 웃음이 솟구치는 것을 필사적으로 억눌렀다.

4

다음 날, 아카리에게 검토 완료 소식을 듣고 원고를 인쇄소로 무사히 넘겼다. 인쇄비과 제본비 1억 천만 엔은 이미 인쇄소 계좌로 입금한 상태였다. 아카리의 이야기로는 일주일 후에 책 80만 부가 교단 본부로 배송될 계획이라고 했다.

이노는 책이 도착할 날을 손꼽아 기다렸다. 하루가 일 년 같은 마음이란 이런 것일까. 하루하루 지날 때마다 승리의 순간이 다가오고 있었다. 반대로 이나오에게는 심판의 순간이 다가가고 있었다.

책의 판권에 이노의 이름이 적혀 있다는 사실은 아직 이나오에게 말하지 않았다. 미리 알려 주면 도로아미타불이 된다. 인쇄하기 직전에 자신의 이름으로 바꿀 것이 뻔하다. 하지만 80만 부를 인쇄해 버리면 되돌릴 수 없다. 반품했다가는 1억 천만 엔을 허공에 날리게 되므로 더는 손 쓸 방법이 없다. 신자의 손에 넘어가기 전에 수작업으로 수정하는 방법도 있지만, 80만 부라는 부수를 생각하면 그 방법은 비현실적이다.

게다가 추가 대출금 1억 천만 엔을 회수해야 할 뿐 아니라 11억 7천만 엔의 수익을 올려야 하기 때문에 정작 이나오는 이노와 함께 책이 도착하기를 기다리는 꼴이 됐다. 교단의 재정 담당자로서 당연한 일이겠지만, 역전의 증거인 여섯 글자를 걸어 둔 이노는 이 상황이 통쾌해서 견딜 수 없었다. 마치 독이 든 만주를 나눠 주길 기다리는 걸인 같다고나 할까.

초조함이 극에 달한 일주일째가 되는 날, 마침내 인쇄소에서 책이 도착했다.

그야말로 장관이었다.

80만 부라고 해도 실제 물량이 어느 정도인지 이노는 짐작도 하지 못했다. 그러다 교단 본부 앞에 10톤 트럭이 줄지어 도착했을 때, 처음으로 그 방대함을 보고 위축되었다. 거대한 컨테이너에 실려 있는 내용물이 전부 같은 책이라는 것을 생각하니 가벼운 현기증까지 일었다.

10톤 트럭이라도 한 번에 배송할 수 있는 물량은 2만 부 정도다. 먼저 2만 부를 배포한 뒤 그다음 트럭이 책을 배송할 계획이었다.

단순히 책이 아니다.

책의 형태를 한 돈이다.

서둘러서 신자들에게 짐을 내리게 하고 책은 본당에 쌓아 놓기로 했다. 신자 여럿에게 부탁해 한 줄로 늘어서서 복음서를 본당 마루 위에 차곡차곡 쌓기 시작했다.

"이것 참 장관이네요."

책이 들어오는 모습을 지켜보던 이나오가 뭉클한 듯 중얼거렸다. 이노도 들뜨는 마음을 차마 다 억누르지 못한 목소리로 말했다.

"정말로요. 몇 십만 부 베스트셀러니 하는 이야기를 자주 듣는데 이렇게 실제로 보니 엄청난 양이네요."

"그런데 아무리 튼튼하다고 해도 이 방 하나에 2만 부를 보관하는 건 무리입니다. 공간이 문제가 되기 전에 마루가 중량을 버티지 못할 수도 있어요."

"그 점은 안심하셔도 좋습니다. 하중 계산을 해놔서, 한계를 넘지 않도록 다른 방에도 분산시킬 겁니다. 다 옮긴 뒤 신자들에게 차차 배부할 테니 이 산더미를 보고 있는 것도 지금뿐입니다."

"그 말을 들으니 조금 아깝다는 생각이 들기도 하는군요."

이나오의 얼굴은 평소와 달리 매우 흥분돼 보였다. 이 광경을 눈앞에 두고 과연 평상심을 유지할 수는 없겠지. 이노는 이나오의 옆모습을 바라보며 속으로 잔뜩 별렀다.

그렇게 웃을 수 있는 것도 지금뿐이다. 『인류구원의 법』을 정독하면서 기쁨에 젖어 보시라고.

독서가들 중에도 판권까지 꼼꼼하게 보는 사람은 극소수라고 들은 적이 있다. 당연한 이야기다. 책을 읽는 사람은 이야기에 집중하고 싶어 할 것이다. 그런 사람이 현실을 떠올리게 하는 출판정보에 관심을 보일 것이라고는 생각하기 힘들다. 이나오도 마찬가지다. 책 내용은 읽어도 판권의 여섯 글자를 발견할 가능성은 지극히 적었다.

눈치채지 못하면 못하는 대로 좋다. 이것은 지뢰와 같다. 모르는 것이 약. 자신의 발끝이 신관*을 건드렸다는 사실을 안 순간, 공포로 파랗게 질릴 것이다. 그런 얼굴을 지켜보는 것도 하나의 재미겠지.

"한 권, 가져가도 됩니까?"

이나오의 물음에 몸이 움찔 반응했다. 하지만 당황하는 모습을 보일 수는 없다. 이노는 동요를 감추며 산처럼 쌓여 있는 책 중 한 묶음을 꺼냈다. 책은 열 권씩 묶여 있어서 한 권만 꺼내기도 번거로웠다.

"호오. 표지가 참 호화스럽군요."

이나오는 또다시 감탄했다. 이노는 뿌듯했다. 누가 뭐래도 책 디자인을 지시한 사람은 자신이었기 때문이다.

표지 한가득 만다라로 장식하고 한가운데에 진노의 최근 사진을 넣었다. 그 옆에는 고딕체로 커다랗게 제목을 넣었다. 언뜻 종교전문서적처럼 보이면서 자세히 들여다보면 보이는 금박무늬가 엄숙함을 연출하고 있었다.

"이 표지를 보니 정가 1,600엔이라는 가격이 저렴하게 느껴지네요. 내용을 찬찬히 살펴보도록 합시다."

---

* 폭탄, 지뢰 등을 폭발시키는 기폭 장치.

이 말을 남기고 이나오는 본당을 떠났다. 관장실에서 읽을 생각이겠지.

이나오가 한 번 읽고 판권에 설치된 폭탄을 발견할 것인가. 이노는 지뢰밭인 줄도 모르고 활보하는 자를 관찰하는 기분이 들었다. 하마터면 사정할 것 같은 우월감까지 맛보았다.

그러면 나도 승리의 예감을 만끽해 볼까.

이노는 묶음에서 한 권을 더 빼서 책장을 홀홀 넘기기 시작했다. 내용은 아카리가 보여 줬던 교정쇄와 다르지 않았지만 역시 책의 형태로 읽으니 전혀 다른 맛이 있었다.

그때, 불현듯 어떤 생각이 이노의 머리를 스치고 지나갔다.

교정쇄를 인쇄소에 보냈다는 보고를 받은 날부터 아카리가 보이지 않았다. 평소라면 이나오의 곁을 떠나지 않았을 텐데 지금도 자리에 없었다.

뭐, 상관없었다. 그 정도 분량의 원고였으니 분명히 먹고 자는 것도 잊고 집필했을 것이다. 『인류구원의 법』 출간의 일등공신은 단연 그녀다. 1~2주 정도 휴가를 준다고 해도 천벌을 받지는 않을 것이다.

본당 구석에서 책상 다리를 하고 앉아 첫 장부터 읽기 시작했다.

제1장 진노 다테와키의 생애

몇 쪽을 읽다 보니 위화감이 느껴졌다.

처음에 훑어봤던 교정쇄 원고와 내용이 달랐다. 본 적 없는 내용이 이어졌고, 기억하던 문장은 어디에도 보이지 않았다. 원고를 완성할 때 수정 작업을 했다고 해도 너무 다르다.

이상하다. 그런 생각이 들기 시작할 때, 복도 저편에서 쿵쾅쿵쾅 어수선한 발소리가 들려왔다.

"부관장!"

살기를 띤 노성을 내지른 사람은 이나오였다.

"이, 이게 도대체 무슨 짓이야!"

이나오는 눈을 부라리며 격노했다. 조금 전 가지고 간 『인류구원의 법』을 펼쳐 이노의 눈앞에 들이밀었다.

"왜 그렇게 화가 나셨⋯⋯."

"개수작 부리지 마! 이걸 읽고도 변명할 셈이야!"

이나오가 가리킨 부분으로 황급히 시선을 옮겼다.

이번에는 이노가 눈을 부라렸다.

⋯⋯텐트촌에서 노숙자 생활을 하던 진노를 거둔 사람은 당시 돈을 벌 방법을 모색하던 이나오였다. 노숙자라고 해도 목욕을 시키고 덥수룩한 수염을 깎으니 철학자 같은 얼굴로 변신했다.

이노 덴젠

입만 다물고 있으면 나름대로 똑똑해 보이기는 한다. 교주로 추앙받기에는 적당한 인재였다.

이나오라는 남자는 타고난 사기꾼이었고, 돈을 벌기 위해서라면 살인을 제외하고는 어떤 일이든 서슴지 않는 남자였다. 그런 남자에게, 기존 종교의 교의 중 좋은 부분들만 뽑아내 신흥 종교를 만드는 것은 매우 쉬운 일이었다. 애초에 신앙심이라고는 털끝만큼도 없었기 때문에 신심이 깊은 사람들을 속이는 일에 일말의 죄책감도 없었다.

이나오는 물욕으로 가득 찬 인간이었다. 아무것도 모르는 신자들에게 사기를 쳐서 재산을 갈취하고, 신자들에게는 변변치 않은 식사를 제공하면서 자신은 긴자와 신주쿠 같은 유흥가에서 끝없는 향락을 누리고 있다.

이나오는 악랄하고 염치없으며,

이나오는

이나오는

생각하는 속도가 읽는 속도를 따라가지 못했다. 이게 어떻게 된 일이야.

"이게 뭐야. 너 이 새끼, 처음부터 나를 배신할 작정이었지!"

"아니, 그런 게, 이건, 저기, 전혀."

다시 비웃는 숙녀

160

"복음서는커녕 고발서잖아! 이런 물건을 신자들에게 나눠줘서 나를 파멸시킬 속셈이지!?"

"제, 제가 원고를 봤을 때는, 이런 글은 어디에도,"

"시끄러워, 이 빌어먹을 새끼!"

다짜고짜 주먹이 날아왔다. 직격탄을 맞은 이노는 버티지 못하고 뒤로 나가 떨어졌다.

"배송 온 책은 회수업자를 시켜 한 권도 남김없이 폐기한다. 그리고 넌 내일이라도 당장 맨션을 팔아. 그 돈으로 이번 추가 대출금을 갚을 것이니."

"그런 말도 안 되는."

"말이 안 된다니, 누가 할 소릴! 잘 들어. 내 말을 하나라도 거역하지 않는 게 좋을 거야. 부젓가락을 눈에 꽂아서라도 매매계약서에 사인하게 해 줄 테니까. 처음부터 모든 책임은 네가 진다고 장담했잖아. 약속 지켜. 판권에도 분명히 '감수 이노 텐젠'이라고 적혀 있어. 이제 와서 실수라는 둥 헛소리 지껄이지 마."

분노에 휩싸인 이나오의 말은 전부 진심이었다. 신자 몇 명을 시켜 주위를 에워싼 뒤 맨션 매매계약서에 억지로 사인을 시켰다. 매매계약 체결과 동시에 저당권이 사라져 추가 대출금도 그 자리에서 데이토다이이치은행에 상환되었다.

이나오의 역린을 건드린 인간이 교단에 남을 수 있을 리 없으므로 이노는 그날로 파문당했다.

그리고 지금, 이노는 머물 곳을 찾아 메구로덴쿠 하늘정원 근처를 헤매고 있다. 오후 10시가 넘은 시각. 덴쿠 하늘정원은 벌써 문을 닫았고, 인적도 끊겼다. 오하시 분기점을 오가는 자동차들의 주행 소리만 귓가를 스쳤다.

도대체 왜 이렇게 됐을까.

아니, 사건의 개요는 이미 파악했다. 전부 아카리가, 혹은 쿄코와 공모한 짓임이 틀림없다.

그날 자신에게 보여 준 원고는 가짜였다. 진짜 원고는 따로 있었고, 일부러 두 가지 원고를 써둔 것이다. 그리고 이노가 방심한 틈을 타 교단을 폭로하는 진짜 원고를 인쇄소에 넘긴 것이다.

그런데 뭣 때문에.

인쇄비와 제본비 1억 천만 엔은 인쇄소 계좌로 송금했다. 그 두 사람은 땡전 한 푼 받지 못했다. 수고를 들여 두 가지 원고를 썼을 뿐이니 이익은커녕 일방적인 손해였다. 자신에게 원한이라도 있는 것일까.

아니다, 그것도 아니다. 쿄코는 물론 입교하기 전까지 아카리와는 일면식도 없는 사이였다. 두 사람에게 원한을 산 기억은 전혀 없다. 진의를 추궁하려고 '노노미야 플래닝 스튜디오'로 발걸음을 옮겼지만 사무실 문은 닫혀 있었다. 알고 있는 번호로 전화를 걸어도 연결되지 않았다.

아무튼 날이 바뀌면 다시 찾아오는 수밖에 없다. 그 두 사람에게 사정을 묻지 않고는 아무것도 할 수 없다.

당장 코앞에 닥친 문제는 오늘 밤 묵을 곳을 찾는 일이다. 지갑 속에 만 엔짜리 지폐 두 장과 동전 몇 개가 들어 있었다. 저렴한 비즈니스호텔이라면 이틀은 묵을 수 있겠지. 그런데 이 주변에 과연 그런 호텔이 있을까.

가로등이 적은 길을 얼마간 걷다 보니 인적이 더욱 드물어졌다. 눈앞에 새하얀 의복 차림을 한 남자들 몇 명이 나타난 것은 마침 그때였다.

가운데 있는 덩치 좋은 스킨헤드를 중심으로 다섯 명. 스킨헤드 남자와는 구면이었다.

"마다라이 씨 아닌가?"

마다라이는 교화부를 총괄하는 간부 중 한 명인데, 그 직함은 어디까지나 대외적인 용도였다. 사실 이나오가 명령하면 다른 사람들이 꺼리는 더러운 일들을 처리하는 역할을 맡고 있었다.

"배신자가 마음대로 내 이름을 부르는군."

억양이 전혀 느껴지지 않는 말로 대꾸하자 이노는 순간 신변의 위협을 느꼈다.

발길을 돌려 오던 길로 되돌아가려고 했지만 이미 늦었다. 신자 두 명이 퇴로를 차단하며 버티고 섰다.

"무슨 짓을 할 셈이야."

"전 간부였으니까 알 텐데. 쇼도관에 재앙을 불러온 자의 최후는 신벌神罰로 심판한다."

말이 끝나기도 전에 마다라이는 눈에 보이지 않을 만큼 빠른 발차기로 명치를 가격했다.

순간 숨이 턱 막혔다.

이노는 배를 부여잡고 그 자리에 주저앉았다.

하지만 그것이 끝이 아니었다.

"천벌!"

"천벌!"

신자들의 주먹질과 발길질이 연이어 이노를 덮쳤다. 사전에 협의라도 했는지 아니면 평소에 훈련한 것인지, 그들의 공격은 급소를 정확하게 파고들었다.

"살려줘."

"쇼도관에 화살을 겨눌 때부터 네 운명은 정해진 것이다."

"오해야."

"닥쳐!"

옆구리, 얼굴, 쇄골, 목. 과녁 정중앙을 집요하게, 그리고 중점적으로 공격했다. 처음에는 들렸던 이노의 신음 소리도 점차 사라졌다.

희미해져 가는 의식 속에서 이노를 비웃는 두 여자의 얼굴이 떠올랐다. 쿄코와 아카리였다. 두 사람은 일말의 동정심도 보이지 않은 채 그저 묘하게 웃으며 자신을 바라보고 있었다.

마침내 아무 저항도 할 수 없게 된 이노의 목을 커다란 손이 움켜쥐었다. 감각조차 흐릿하지만 이 손이 마다라이의 것이라는 사실만은 간신히 알 수 있었다.

이제 그만 용서해 줘.

말하려고 했지만 소리가 나오지 않았다.

이노의 몸은 질질 끌려 어디론가 옮겨지고 있었다. 발이 탕탕 부딪히는 감각으로 계단을 올라가고 있다는 것을 알아차렸다.

서서히 감각이 되돌아오자 자동차 지나가는 소리가 아래쪽에서 들려왔다. 그럼 여기는 육교 위 어딘가인가?

"천벌."

이노 덴젠

마다라이의 감정 없는 목소리와 함께 몸이 들린 그다음 순간, 이노는 허공으로 내던져졌다.

1초 후, 무서운 충격과 함께 이노의 의식이 끊겼다.

*

이노가 쇼도관에서 추방된 다음 날, 구쓰미는 '노노미야 플래닝 스튜디오'의 문을 열었다.

사무실 안에는 아카리와 다른 여자 한 명이 있었다. 이 사람이 바로 사무실의 주인, 노노미야 쿄코겠지.

"구쓰미 씨."

아카리는 의아한 얼굴로 구쓰미를 맞았다.

"갑자기 여기까지, 무슨 일이세요?"

"이노 씨가 오늘 아침에 사체로 발견되었습니다."

아카리의 표정에 변화는 없었다. 분명 아침 뉴스로 가장 먼저 사건 소식을 들은 모양이었다.

"오하시 분기점 근처 육교에서 뛰어내렸다는군요. 아스팔트에 부딪치자마자 직진해 오던 차량에 치여 온몸에 강한 충격을 받은 뒤 즉사했다는 것 같아요."

"안됐네요."

"쇼도관에서는 당장 천벌을 받은 것이라고 신탁이 내려

왔다고 했습니다. 교주님을 배신한 간신, 교단을 공격한 자가 당연한 업보를 치룬 것이라고."

"쇼도관도 큰일이네요. 이노 씨는 이노 씨 몫의 일을 잘하는 사람이었으니까 그분의 빈자리를 메우기도 힘들겠지요. 아니면 구쓰미 씨가 부관장으로 추대되면 좋을 텐데요."

"경찰에서는 사건과 사고 두 가지 가능성을 모두 열어 두고 수사하고 있다고 합니다. 아스팔트와 자동차와의 충돌 외에도 원인이 불분명한 타박상이 남아 있었다나 봐요."

"그것도 천벌이라고 하시겠지요. 쇼도관이라면."

"천벌은커녕 개죽음이죠."

구쓰미는 허탈한 듯 말했다.

"교단을 배신했다는 죄목으로 목숨을 잃었다고 해도, 그의 죽음으로 이득을 본 사람은 없습니다. 오히려 손해를 본 사람은 있지만요."

"의미심장하네요."

흥미를 느꼈는지 쿄코로 짐작되는 여자가 끼어들었다.

"교단을 배신한 사람인데 누가 손해를 봤다는 거죠?"

"이노 씨가 없어지면 야나이 의원을 비롯한 국민당 국회의원들에게 조직적으로 던질 표를 결집시킬 사람이 없습니다. 관장인 이나오 씨는 원래부터 국민당 의원보다는 민생당 의원을 끌어들이는 편이 통가협회와 경쟁하기에 유리하다고 생각했죠. 앞으로 야나이 의원을 향한 쇼도관의 조직적인 투표를 전혀 장담할 수 없게 됐습니다. 즉 이노 씨가 죽으면서 가장 타격을 입은 사람은 야나이 의원이라는 말이 되죠. 이노 씨를 낚은 것도 그 목적 때문 아닙니까?"

"무슨 말씀이신지 저는 잘 모르겠네요."

쿄코와 아카리의 눈에 경계의 빛이 스쳤다.

"생전에 이노 씨가 이곳을 여러 번 방문했다는 걸 알고 있습니다. 아는 사람이 저뿐이긴 하지만요. 미심쩍어서 방문해 봤는데, 무려 관장님 시중을 들던 아카리 씨가 이곳에 있지 뭡니까. 확실한 증거는 없더라도 여기에서 무언가를 계획하고 있었다는 게 그다지 틀린 생각은 아닌 것 같군요."

"너무 넘겨짚으셨네요, 구쓰미 씨."

이번에는 아카리가 나섰다.

"지레짐작으로 말씀하지 마시죠."

"아참, 오해하지 마세요. 저는 두 분을 추궁하려고 여기에 온 게 아닙니다. 오히려 그 반대죠. 저는 당신들의 편, 아니 동료라고 해도 좋습니다."

"동료. 그게 무슨 뜻이죠?"

"저도 나름대로 약간의 조사 능력이 있어서요. 노노미야 쿄코 씨. 예전에 가모우 미치루와 공모한 적이 있으시죠."

쿄코의 표정이 순식간에 바뀌었다. 좋은 반응이다. 애써 승부수를 띄웠으니, 적어도 이 정도 반응을 보여 주지 않으면 섭섭하다.

"희대의 악녀 가모우 미치루의 옛 파트너에게 이번에는 무슨 꿍꿍이가 있을까요?"

"저는 떳떳하지 않은 일은 무엇 하나,"

"만약 당신의 표적이 야나이 고이치로라면 딱 좋습니다. 실은 저도 야나이에게 볼일이 있거든요. 이쯤에서 한번 공동 전선을 펴지 않겠습니까?"

구라하시
효에

I

"항상 감사합니다."

후원회 사무실에 들어가자마자 사키타 아야카가 허리를 90도로 숙였다.

언제 봐도 황홀한 인사다. 구라하시 효에는 그녀의 가슴 골을 훔쳐보며 감탄했다. 국회의원 비서라는 사람들은 아야카처럼 모두 이런 스타일일까.

"야나이 의원은 건강하신가."

"변함없이 지방 유세를 돌고 있습니다. 평균 수면 시간이 4시간 남짓이긴 하지만요."

의원 본인의 수면 시간이 4시간 남짓이라면, 공설비서의

구라하시 효에

173

그것은 반 정도일 것이다. 잠잘 틈도 없는데 잘도 이런 미모를 유지한다고 생각했다.

"역시 TPP(환태평양경제동반자협정) 관련인가?"

"이러니저러니 해도 농림부회 부회장이니까요. 어떤 입장이 됐든 여러 지원자분께 정부의 방침을 설명해야만 합니다."

"정책비서라면 의원님 옆에 딱 붙어 있어야겠구먼. 당신도 힘들겠군."

"비서는 의원님의 그림자니까요. 그림자는 어디든 따라다니는 법이죠."

응수하는 말에도 실수가 없다. 후원자로서는 든든하지만 한편으로는 야나이가 부럽기도 하다. 이런 여자가 온종일 곁에 있다면 그야말로 힘이 절로 나겠지. 아니, 자신이라면 아야카를 정부로 삼는 바람에 정치 활동을 못할 처지가 될지도 모른다.

변변치 않은 것이라고 말하면서 아야카가 쇼핑백을 내밀었다. 봉투를 보기만 해도 구라하시가 좋아하는 '소게쓰'의 도라야키가 들어 있다는 것을 알 수 있었다.

"여전히 센스가 좋군."

"감사합니다. 하지만 이 정도는 당연한걸요. 늘 야나이 의원님을 지지해 주시니까요."

야나이 고이치로 본인을 지지한다기보다 선대인 야나이 고노스케의 후계자로서 그를 지지하는 것이지만 굳이 말할 필요는 없다.

구라하시는 야나이 고노스케와 고등학교 선후배 사이였던 인연으로 후원회 회장을 맡고 있다. 고노스케라는 남자는 국민당 최대 파벌에 속한 인물로 세 번이나 대신大臣*을 지낸 인물이다. 정치인인데도 지나치게 고지식하고 인정이 많아 서민들에게 사랑받은, 의지할 수 있는 리더상의 남자였다. 구라하시가 후원회를 설립한 이유도 '이 남자를 위해서라면'이라는 생각이 들 정도로 매력적이었기 때문이다.

그 고노스케가 약 6년 전에 뇌출혈로 갑작스럽게 유명을 달리했다. 공교롭게도 국회의원 선거 후보자 등록일 일주일 전이었다. 국민당으로서도 당 도쿄도연합회로서도 두 눈 멀쩡히 뜨고 야당에게 의석을 내줄 수는 없는 노릇이었다. 그래서 당시 사설비서였던 장남을 후계자로 내세웠다. 선거는 죽은 자를 위로하기 위한 전투 같은 양상을 띠며 2위 후보를 압도적인 차이로 제치며 승리했다. 그것이 야나이 고이

* 일본 정부의 최고 기관인 성(省)의 우두머리. 우리나라의 장관에 해당한다.

치로의 첫 출마였다. 그리하여 고노스케의 후원회는 그대로 고이치로의 후원회가 되어 현재에 이르렀다.

그러나 솔직히 고이치로에게는 아버지만큼의 카리스마가 없다. 어쩌면 같은 선거구의 야당 의원보다도 자질이 없는 것 같다는 생각도 든다.

완전히 바보는 아니고 세상 물정은 안다. 보통 정도의 상식도 있으며 여성들에게 인기도 좋다.

다만 그뿐이다.

묘하게 그릇이 작아서 아버지처럼 호방하지도 도량이 넓지도 않으며 노회하지도 않다. 앞을 내다보지도 못하고 리더십도 없다. 선거에 이겨서 여태껏 의원 배지를 달고 있는 것도 돌아가신 아버지의 후광 덕분일 뿐이다.

문득 흥미가 일어 물어보았다.

"이봐, 사키타 씨. 당신은 왜 야나이 의원의 비서로 일하는 거지?"

아야카는 잠시 생각에 잠긴듯하다가 입을 열었다.

"야나이 의원님을 총리대신으로 만들고 싶기 때문입니다."

"총리대신이라고. 그런 평범한 녀석이 한 나라의 수상이 될 수 있겠나."

"국회의원이면 누구나 총리대신을 목표로 한다고 들었습

니다. 그렇지 않으면 의원이 아니다, 라고요. 처음 국회에 들어갔을 때는 모두가 이 나라를 좋은 나라로 만들어야겠다는 포부를 품는데, 그러려면 본인이 총리가 되는 방법이 최고니까요."

"자네는 어떻게 생각하나. 국회의원 공설비서는 근무 시간에 비해 수입이 적다고 들었는데."

"여러 의견이 있지만 역시 나라의 제도나 법률을 만들어 가는 사람은 국회의원입니다. 그동안 법과 제도적으로 사회 안전망이 구축되지 않아 어려웠던 사람, 의지할 사람도 상담할 사람도 없이 방구석에서 울기만 했던 사람. 저희 비서들은 그런 사람들의 목소리를 의원님들께 전달할 수 있습니다. 이는 급여 이상의 가치가 있다고 생각합니다."

"모범생다운 발언이구먼."

"아뇨. 다른 의원님들의 비서분들과도 이야기하는데, 모두 같은 생각인 것 같습니다."

"그렇군."

"비서라는 부류는 모두 의원님들에게 푹 빠져 있습니다."

"그럼 만약 내가 출마해서 의원으로 당선이라도 된다면 사키타 씨가 비서가 되어 줄 텐가?"

입 밖으로 내뱉은 뒤에 아차 싶었다.

아야카가 청산유수로 대답하는 바람에 그만 분위기에 휩쓸려 버렸지만 이 자리에서 그녀에게 할 말은 아니었다.

웃어넘길까, 의심스러운 얼굴을 할까. 자신의 경솔함을 후회하는데 아야카는 극히 자연스럽게 되받아쳤다.

"저는 야나이 의원님의 전속 비서니까 그건 어렵지만 구라하시 회장님이라면 발 벗고 나설 사람이 분명 많을 거예요."

"……나는 단순한 남자라서 그렇게 말하면 곧이곧대로 듣는다고."

"그런 분이시니까 야나이 의원님과 제가 의지할 수 있는 것이죠."

구라하시는 올해 예순다섯이다. 외모가 예쁘다는 이유만으로 여자의 말을 믿을 정도로 순진하지 않다. 그래도 아야카의 말에 가슴이 떨린 이유는 총명한 그녀의 판단력에서 희망을 엿보았기 때문일 것이다.

"어머나. 이렇게 또 '소게쓰'의 도라야키를."

아야카와 엇갈려 들어온 부인 히사에는 쇼핑백을 보고 콧소리를 냈다. 후원회 사무실이라고 해도 선거 기간이 아닐 때는 부동산 중개사무소로 활용하고 있다.

"이런 과자 상자 하나로 표를 얻을 수 있다고 생각하다니. 너무 거저먹으려는 거 아닌가?"

"그런 말 마. 그냥 인사 치레일 뿐이야."

"글쎄. 누구 씨처럼 헤벌쭉해졌다가는 보일 것도 안 보일 것 같은데."

"당신 말이야."

"아 맞다. 방금 구니에다 법무사님한테 전화 왔어요. 물건 매매거래 서류, 당일까지 못 맞출 것 같으니 하루 늦춰 달라고."

구라하시 같은 부동산 매매를 생업으로 하는 자에게 등기신청을 처리해 주는 법무사는 끊으려야 끊을 수 없는 사업 파트너다. 구니에다 법무사는 그중 한 사람이었다.

"기한에 맞출 수 없을 것 같다니……. 아니, 나흘 전부터 거래 예고를 했는데."

"급한 일이 생겼다고 그러던데."

대강 짐작은 간다. 의리보다 실익을 중요시하는 남자다. 보나마나 초과지불금 징수로 시간이 부족해졌을 것이다.

법무사법 개정 이후, 본래는 변호사의 일이었던 초과지불금 청구를, 소액訴額 140만 엔까지는 법무사가 처리하도록 바뀌었다. 초과지불금 청구는 계산 프로그램만 있으면 중학생도 할 수 있는 작업인 데다 수수료나 보수에 엄격한 규정이 없어 더욱 쏠쏠하다. 그래서 많은 법무사가 등기절차를 미루고 초과지불금 청구에 집중하기 시작했다. 법무사의 업무는 서류 작성과 등기 또는 공탁에 관한 절차 대행인데 초과지불금 건에 주력하는 무리들은 대리인이라고 칭하며 업자와의 협상과 위법성 있는 소송 지원에까지 열을 올리고 있다. 그것이 구라하시의 눈에는 변호사 행세를 하며 치졸하게 돈을 버는 행태로만 보였다. 그러고 보니 얼마 전 구니에다의 사무실을 방문했을 때, 그곳의 직원은 부동산 물건의 표기조차 제대로 하지 못했다. 매일매일 초과지불금 청구만 한다는 뜻이다.

"어쩔 수 없지. 다른 법무사에게 부탁할 수밖에."

구라하시는 투덜거리며 다른 법무사에게 연락했다. 두 번째 연락만에 간신히 등기절차를 맡기고는 안도의 한숨을 토했다.

어쨌든 이번 건을 계기로 구니에다에게 다시는 일을 의뢰하지 않을 것이다. 본래 업무를 망각하고 돈벌이에 급급한 인간들은 신용할 수 없다.

돈에 영혼까지 판 놈 같으니라고.

속으로 욕을 퍼붓다가 문득 자신도 비슷한 처지라는 사실을 깨닫고는 자기혐오에 빠졌다.

원래 부동산 중개사무소는 아버지 대에서 시작한 사업이

다. 아버지가 수완이 뛰어난 데다, 다행히 고도 성장기에 주택 건설 붐이 일면서 상당한 자산을 축적하게 된 것이다.

하지만 구라하시는 사업 감각이 전혀 없었다. 20대와 30대를 직업 없이 보내다가 보다 못한 아버지가 그를 거두었다. 아버지가 사망한 뒤에는 별다른 목적의식 없이 유산을 물려받았다. 이후, 부모가 쌓아둔 자산을 탕진하는 날들을 이어가고 있었다.

자신이 사업에 적합한 사람이 아니라는 사실은 구라하시 스스로도 알고 있다. 아니, 애초에 토지를 이곳저곳으로 넘기는 것만으로 수익을 낸다니 얼마나 비생산적인 일인가.

그러고 보니 처음에 사키타 아야카와 나눈 대화가 떠오른다. 분위기에 휩쓸려 그만 빈말을 내뱉었지만 그럴 때일수록 본심이 나오는 법이다.

자신이 정치가에 어울리는 것은 아닐까.

구라하시가 대학생일 때, 이 나라는 혁명의 계절이었다. 시위와 보이콧 때문에 수업은 제대로 이루어지지 않았고 구라하시도 중퇴를 하고 말았지만 후회는 하지 않는다. 그 시기에 제대로 졸업한 놈들은 전부 기회주의자라고 멸시당한다. 안정적인 직장에 취직하려고 하지 않은 이유도 세상 돌아가는 일을 모르는 체하는 톱니바퀴가 되고 싶지 않았기 때문이다.

그로부터 약 30년, 일찍이 혁명 전사로 추앙받던 자들도 제각각 직함을 얻었다. 개중에는 한 줌의 흙으로 돌아간 자도 있다. 자신에게 어울리는 삶이었는지는 본인보다도 후대가 판단할 것이다.

나는 어떨까. 구라하시는 스스로에게 물었다. 이대로 부동산 중개사무소의 주인으로 불경기를 저주하며 불성실한 법무사에게 욕설을 퍼붓는 인생으로 만족할 수 있는가.

아니다. 그럴 수는 없다.

자신에게는 훨씬 특별한, 어울리는 무대가 분명 있을 것이다. 예컨대 사회구조를 개혁하고 새로운 나라를 만드는 일이.

야나이 고노스케의 후원회장을 맡기 시작했을 무렵, 왕년에 불태웠던 정치열에 다시 불이 붙었다. 하지만 구라하시의 갈망이나 이상을 실현해 주는 남자가 있어서 그를 꽃가마에 태우기만 하면 됐다.

그런데 그 꽃가마의 주인이 사라지고 말았다. 그 대신 가마에 태운 인물은 빛 좋은 개살구에 불과했다. 태운 보람이 없어서 얼마나 실망했던가.

그리고 생각했다.

그런 개살구도 국회의원 노릇을 하는데 자신도 못할 것 없다고.

"의원님 '국회 의정 활동 보고서', 보셨습니까?"

구쓰미가 사무실을 방문한 것은 오후가 지나서였다. 구쓰미는 반년 전에 후원회에 들어온 남자인데, 회원들의 의견을 잘 정리해 주고, 후원회 여행 일정을 세우거나 모두들 싫어하는 일을 도맡아 해 구라하시가 전폭적으로 신뢰하고 있다.

"아, 읽었지. TPP 협상에 얼마나 어려움을 겪고 있는지. 경제산업성이 어떤 기만적인 주장을 하는지. 본인이 얼마나 농가의 대변인인지 행간에서 읽을 수 있더군."

구라하시는 다소 빈정거리며 평했다. 이런 종류의 활동 보고서도 지금은 대부분 국회의원 공식 사이트에 발표된다. 야나이도 마찬가지다. 다만 후원자에게는 정기 간행물 형태로 인쇄물을 보내주고 있다.

"이것 참, 엄격한 의견이시네요. 저 같은 사람은 단순히 열심히 하고 있구나, 하고 감탄할 뿐인데요."

"실제로 협상 테이블에 서는 사람은 가사야 농림부회장이고 야나이 의원은 그 보조일 뿐이야."

"보조만이라도 대단하다고 생각해요. 겉으로 드러나지 않으니까 그야말로 숨은 권력자 아닙니까."

"권력자가 아니라 기생충이야."

자신보다 띠동갑 연하 정도 되지만 이 남자에게는 속마음을 내보일 수 있는 편안함이 있다. 실제로 이렇게 야나이를 욕해도 구쓰미는 온화한 웃음을 지을 뿐이다.

"구라하시 회장님, 가차 없으시네요. 뭐, 그래도 의원님을 아끼는 마음에서 하시는 말씀이라고 생각하는데요."

"아무래도 선대와 비교되니까 말이야. 구쓰미 씨는 야나이 고노스케를 아는가?"

"TV에서 보고 들은 정도죠. 개인적으로는 한 세대 전 분이라는 느낌입니다."

구라하시 입장에서 보면 고노스케가 세상을 떠난 지 아직 6년밖에 안 됐지만, 그렇지 않은 사람에게는 벌써 6년이나 됐다는 느낌이겠지.

"회장님과, 돌아가신 고노스케 의원님은 고등학교 선후배 사이셨죠."

"럭비부였지. 카리스마 있고 주변을 돌볼 줄 알았어. 얼굴은 불독처럼 생겼는데 잔정이 많았지. 정치가가 되어도 성격은 변하지 않더라. 말은 다소 거칠게 해도 요즘 활동하는 애송이 의원들처럼 일일이 정정하거나 사과하지 않았지. 말보다는 행동으로 평가받은 정치인이었으니까 말이야. 그에 비하면 그 도련님은 아직 멀었어."

"어떤 말씀인지 알 것 같네요. 유서 깊은 단골집이 대물림으로 주인이 바뀐 순간 불만스러워지는 그런 것 아닙니까."

구쓰미는 양쪽 모두의 체면을 챙기듯 말했다. 이렇게 요령 좋게 균형을 잡는 모습도 구라하시에게 좋은 인상을 줬다.

"후원하던 배우가 선대의 이름을 이어받자 선대의 팬은 역시 전만 못하다고 말한다. 하지만 현재만 아는 팬은 그걸 이해하지 못한다. 이 설명이면 충분할까요?"

"요리나 예술과 비교하다니. 이건 국정 이야기라고. 요리가 맛없다, 기술이 떨어진다, 같은 수준이면 관심을 끊으면 그만이야. 하지만 의원이 바뀔 때마다 국정을 운영하는 인간의 자질이 떨어지면 곤란하지. 포기한다고 해도 다음 선거까지 4년 혹은 6년이 걸려. 그 사이에 국민들은 속에서 천불이 난다고."

"하지만 회장님. 정치인들도 성장하지 않습니까. 태어날 때부터 정치인인 사람은 없습니다. 야나이 의원님은 아직 6년 차죠. 앞으로 점점 고인을 닮아갈지도 몰라요."

구라하시 효에

"어떤 일을 할 때는 자질이라는 게 필요하다네. 누구에게든 어떤 장사를 대충이라도 가르치면 웬만한 일은 할 수 있게 되지. 하지만 녀석들은 대부분 평범하거나 그 정도도 못 돼. 어떤 분야에서 남보다 뛰어난 사람이 되려면 나름대로 요구되는 사항이 있는 법이야."

이는 진심이었다. 역시 부동산 중개업에도 요구되는 자질이 있으며, 자신은 그것을 갖추지 못했다는 사실을 뼈저리게 알고 있었다.

"그래도 개인차가 있어도 훈련 방법에 따라 자질을 향상시킬 수 있지 않습니까. 지금 국회의원 모두가 우수한 자질을 갖춘 사람들이라고 생각하지도 않고요."

"자질은 개인차만 의미하는 게 아니야. 세대 간의 차이를 뜻하기도 하네."

그러자 구쓰미는 의아한 표정을 지었다. 과연 총명해 보여도 거기까지는 알지 못하는 것 같다.

그렇다면 한 수 가르쳐 줄까.

"전공투*에 대해 알고 있나?"

"이름만 알고 있습니다. 학생들이 했던 사회운동이지요.

---

* 전국 학생 공동 투쟁 회의. 1968년 일본에서 일어난 학생운동.

옛날에 뉴스에서 본 적이 있습니다."

"학생뿐 아니라 시민도 참가했어. 체제에 뜻을 품은 사람들이 반기를 들었지. 이 나라가 뜨겁게 불타올랐던 시대였어."

하지만 그 후, 일부 혁명가가 극단적인 무력투쟁으로 치달아서 일반 시민과 멀어지기 시작했고 급기야 고립되어 버리고 말았다. 그와 동시에 휘몰아치던 열풍은 멎었고 이후에는 허탈한 기분만 남았다.

"세대를 비교하면 지금의 젊은 것들은 곧잘 들으려 하지 않지만, 당시 학생들은 진지하게 이 나라의 미래와 올바른 정치가 지향해야 할 길을 모색했네. 그런데 어떤가. 고도 경제성장기가 끝나고 버블 경제가 터지자마자 사람들의 관심은 투자로 쏠렸지. 철학에 대한 주장보다 당장의 생활이 얼마나 나아지느냐에 중점을 뒀어. 선거 행태를 보면 알 수 있어. 유권자의 투표 기준은 후보자의 사상이 아니라 그 후보자가 자신에게 득이냐 손해냐가 되었지."

"생활이 궁핍한 사람이 사정이 나아지기를 바라는 마음에 후보를 선택하는 건 어쩔 수 없는 일 아닙니까."

"그게 바로 근시안적이라는 말이야. 후보자의 철학이 틀리지 않는다면 언젠가 결과로 나타나게 돼. 경제도 살아나지."

"그런가요."

"그렇지. 실제로 최근 10년 동안 야당이었던 민생당이 한 때 정권을 잡았을 때는 난리도 아니었지 않나. 주가는 떨어지고 디플레이션이 장기화되면서 국민의 생활 수준은 떨어질 대로 떨어졌지. 민생당이 내세운 사상이 눈 가리고 아웅하는 속 빈 강정이었기 때문이야. 어설픈 철학만으로 정치를 하려니 그럴 수밖에."

"국민당, 아니 야나이 의원님이라면 그런 전철을 밟지 않을 겁니다."

"그렇게 믿고 싶지만 말이야. 아무리 봐도 선대에 비해 리더십이 떨어져. 행실도 너무 얌전하고."

"얌전한 게 안 좋은가요?"

"적어도 정치인이 갖춰야 할 자질은 아니지. 정치인은 백년대계를 내다보고 옳다고 믿는 일에 대해서는 누가 뭐래도 밀고 나가는 뚝심과 신념이 있어야 해. 막말을 하든 불륜을 저지르든 관계없어. 다른 나라로부터 비난을 받아도 상관없고. 흔들리지 않는 신념만 있으면 족해. 그런데 그 도련님에게는 그런 점이 보이지를 않아. 계파의 우두머리나 후원단체, 하다못해 언론에까지 휘둘리지. 그래서야 백년대계 따위는 바랄 수도 없어. 역시 나라를 움직이려면 실제로

체제에 직접 저항해 본, 정치 신념이 확고한 사람이어야 해. 그 도련님은 도저히 안 돼."

"아직 젊다는 말씀이신가요?"

"어리다는 말이야. 정권을 잡고 있는 사람은 모두 60~70대들뿐이지 않나."

구쓰미는 잠시 구라하시의 눈치를 보더니 이윽고 가볍게 말을 꺼냈다.

"차라리 구라하시 회장님이 국회의원을 하시면 되잖아요."

마음속 어딘가에서 기대하고 있던 말이었지만, 막상 듣고 보니 참을 수 없이 자존심을 자극하는 말이었다.

"체제에 저항한 세대로 꼿꼿한 신념을 지닌 사람. 부동산을 다루시니 실물경제에도 밝고, 서민의 마음도 이해하시죠. 아주 딱인데요."

"그런가?"

아주 싫지만은 않은 듯 솔깃해하자 아니나 다를까 구쓰미가 덥석 물었다.

"그럼요. 회장님의 말씀을 들어서 그런 게 아니라 사실 저도 전부터 계속 생각했습니다. 이분은 왜 본인이 할 수 있을 것 같은 일을 남에게 맡기는 걸까. 회장님한텐 정치가가 어울려요."

자신에게는 자질이 있다. 스스로 그렇게 생각하긴 했지만 막상 다른 사람한테 그 말을 들으면 기분이 한결 좋아진다. 그렇지만 환갑을 넘기면 타인의 한마디에 행동을 결정할 정도로 경솔하지는 않다. 이쯤에서 구쓰미를 타이르는 척하며 스스로를 자제했다.

"말은 고맙지만, 자네는 중요한 사실을 잊고 있어. 정치가가 되려면 신념만으로는 부족하네. 당선에 필요한 표를 긁어모을 능력이 필요해. 아무리 정치에 어울린다고 해도 복덕방 할아버지가 갑자기 출마해서 당선될 정도로 선거판은 만만하지 않아. 선대부터 선거를 지켜봐 온 내가 그걸 모르겠나?"

그러나 실망할 줄 알았던 구쓰미는 의외의 반응을 보였다.

"당사자보다 제삼자가 상황을 더 잘 본다는 말이 있습니다."

"뭐라고?"

"회장님은 본인을 과소평가하고 계십니다. 그야 생초짜가 아무런 준비도 없이 선거에 나갔다가는 처참하게 참패하겠죠. 하지만 방금 말씀하셨듯이 회장님은 야나이 집안의 2대에 걸친 선거전을 지켜봐 오셨어요. 게다가 후보자와 가장 가까운 거리에서. 그 말인즉슨 지식과 경험이 충분하다는 이야기 아닙니까."

"지식과 경험만으로 당선될 수 있는 게 아니래도."

"조직을 뜻하는 기반, 지명도를 뜻하는 간판, 돈을 뜻하는 가방을 말씀하시는 거라면 더더욱 그렇죠. 선대부터 계속 후원회장을 맡고 계시잖아요. 그렇다면 기반은 후원회를 그대로 이용해서 다지면 되고, 야나이 의원님의 후원회장으로 이름을 알리셨을 테니 간판도 이미 갖고 계신 거죠. 부족한 건 돈뿐이에요."

"이봐, 말도 안 되는 소리 하지 말게. 나더러 야나이 의원의 후원회를 빼앗으라는 말인가? 아무리 그래도 그렇지."

"그게 아닙니다. 처음부터 국회의원을 노리라는 말씀이 아닙니다."

"그럼 무슨 뜻인가."

"이제 곧 도의회의원 선거운동이 시작되지 않습니까. 도의원을 노린다면 딱히 야나이 의원님의 기반을 빼앗는 것도 아니고요. 공존공영共存共榮이 뭐예요, 하나 더하기 하나가 둘도 셋도 되는 거라고요."

생각지도 못한 제안에 가슴이 술렁였다. 도쿄 여섯 개 구의 유권자는 약 47만 명. 국회의원 선거에서 당선하려면 투표율에 따라 적어도 10만 표 이상이 필요할 것이다. 하지만 도의회의원이라면 그보다는 장벽이 훨씬 낮을 터였다.

가슴속에서 무언가 뭉게뭉게 피어났다. 이것은 야망인가, 불안인가.

어느 쪽으로든 해석할 수 있지만 60여 년을 살면서 몸으로 익힌 지혜는 위험신호를 보내고 있었다. 어쨌든 이 자리에서 판단할 문제는 아니다.

구라하시는 동요를 숨기며 평온한 체했다.

"역시 자네는 재미있어. 대화를 나누면 나까지 가슴이 설렌다니까."

"설레는 건 저도 마찬가지입니다."

"거듭 고맙지만 말이야. 아까 당사자보다 제삼자가 상황을 더 잘 본다고 했는데, 내가 선거를 냉정하게 분석하거나 전략을 짤 수 있는 건 후보자 본인이 아니기 때문이야. 그런 식으로 대단한 척 말했지만 막상 선거유세차량 위에 서면 머리가 새하얘지고 말도 더듬거리게 되더라고."

"후보자와 선거참모를 겸임하라는 뜻이 아닙니다. 만약 출마하게 된다면 회장님은 후보자로서 매진하시기만 하면 됩니다."

"호오. 그럼 자네가 선거참모를 맡아 준다는 말인가?"

"아닙니다."

구쓰미는 의미심장하게 검지손가락을 세웠다.

"사실, 선거판을 아주 잘 읽는 사람을 알고 있습니다."

"어디 진영 사람인가?"

"특정 의원이나 정당에 소속된 인물이 아닙니다. 요컨대 프리랜서 당선청부인이죠."

당선청부인이라고? 그런 사람이 있기는 하다. 선거참모로 두면 어지간한 악조건이 아닌 이상 확실하게 당선시켜 준다는 인재다. 다만 소문이 과장되어 도시전설 같은 이야기가 된 경우도 많다. 현실은 아군 진영의 취약점을 보완하고, 당선 확률을 높이는 정도인 실정이다.

그래도 구라하시의 흥미를 자극하기에는 충분했다.

"일단 속는 셈 치고 이름만이라도 들어볼까?"

"노노미야 쿄코라는 사람입니다."

2

다음 날이 되어도 구쓰미의 말이 숙취처럼 머리에 남았다.

그래, 그야말로 숙취다. 구라하시는 당신이야말로 의원에 적합하다는 칭찬에 도취되어 하룻밤의 달콤한 꿈을 꾸었다.

물론 판단력은 있다. 구쓰미의 한마디에 스스로를 잃고

곧바로 도의회의원 후보 등록을 준비할 정도로 단세포는 아니다.

구쓰미의 칭찬이 무서운 이유는 지금까지 몽상에 지나지 않았던 가능성에 현실성을 부가했기 때문이다. 선거에 필요한 기반, 간판, 가방 중 현재 구라하시에게 없는 것은 가방뿐이다. 바꿔 말하면 선거자금만 풍족하면 도의회의원 선거에서 승리할 확률이 충분하다는 말이다.

국회의원은 아니더라도 의원이라는 직함에는 달콤한 울림이 있다. 일반 시민과는 차별되는 특권 계급. 경찰도 함부로 손댈 수 없는 불가침 성역. 실질적인 수입은 현재와 큰 차이 없다고 해도 부동산 중개사무소의 늙은 주인보다는 훨씬 내세우기 좋다.

그러나 한편으로는 머리 한구석에서 경고음이 울렸다. 후원회장이라는 입장에서 기반과 간판을 이용했을 때, 야나이의 후원자 중에는 달가워하지 않는 인간도 생길 것이다. 남의 떡으로 제사 지내는 거 아니냐고 주장하는 사람이 반드시 나올 것이다. 그런 목소리가 커지면 커질수록 승산이 낮아진다. 자칫 잘못해서 낙선이라도 한다면 꼴불견이다. 후원회 사람들은 구라하시를 불신하게 되고 개중에는 공공연하게 비난하고 비웃는 자들도 생길 것이다.

그것만은 피해야 한다. 부동산 중개사무소 주인에게도 나름의 자존심과 사회적 신용이 있다.

어떤 일에든 타이밍이 있다. 의원 출마는 매력적인 속삭임이지만 시기에 따라서 천사의 속삭임이 될 수도 악마의 속삭임이 될 수도 있다. 잠시 상황을 지켜봐야 한다.

구라하시는 관망하기로 결정했다.

솔직히 말해 초조하기도 했다. 다음 도의원 선거는 의회가 해산되지 않는 한 4년 후, 그다음은 8년 후. 구라하시에게 남은 기회가 그렇게 많지 않았다.

자제해야 한다는 마음과 초조한 마음, 그 상반된 감정이 희롱했다. 후원회에게는 시련이 될, 구라하시에게는 천재일우의 기회가 될 소식이 전해진 것은 마침 그때였다.

"회장님. 인터넷 뉴스, 보셨어요?"

구쓰미가 몹시 당황해 사무실에 뛰어들어 왔을 때는 무슨 일이 생겼나 싶었다. 아직 아침 시간으로, 조간신문을 훑어보는 중이라 인터넷 기사는 읽지 않은 상태였다.

"야나이 의원님의 스캔들이 터졌습니다."

"뭐라고!?"

구쓰미의 재촉에 스마트폰을 꺼내자 곧바로 톱뉴스에 야나이의 이름이 떠 있었다.

국민당 정치인 2세 야나이 고이치로 불륜 의혹. 여성과 함께 롯폰기 고급 러브호텔에서 나오는 장면 포착!

제길. 구라하시는 숨을 죽이고 기사를 읽기 시작했다.

롯폰기에는 러브호텔이 많다. 장소가 장소인 만큼, 사진에 찍힌 가게처럼 어디나 고급스러움을 강조하며, 일반 이용자는 별로 없다. 즉 유명 인사들이 즐겨 찾는 곳이다. 자정이 조금 지났을 무렵, 그 남녀는 입구에 모습을 드러냈다. 남성은 한눈에 봐도 국민당의 희망이자 TPP 협상으로 어려움을 겪고 있는 농림부 부회장 야나이 고이치로(39) 의원이다.

기사 옆에 실린 사진에는 밤에 성황을 이루는 모던한 호텔 입구에서 막 나오는 것으로 추정되는 남녀가 찍혀 있었다. 여자의 얼굴은 모자이크로 가렸지만 수정 없이 실린 남자는 영락없는 야나이 본인이었다.

야나이 의원은 결혼 8년째, 슬하에 자녀가 두 명 있으며 도내에서 가족과 함께 살고 있다. 별거하지 않으며 사진의 여성은 부인이 아니다. TPP 협상이 막바지인 지금, 의원의 이러한 경솔한 행동에 정계에서는 벌써 책임론이 제기되고 있다.

이 도련님 자식, 결국 사고 쳤구나.

치밀어 오르는 분노로 자칫하면 욕설이 튀어나올 뻔했다. 구라하시는 필사적으로 억누르며 다시 한번 기사를 뚫어지게 쳐다봤다. 후원회장인 자신이 당황해서 우왕좌왕하면 어쩌자는 말인가. 이럴 때일수록 냉정하게 상황을 판단해야 한다.

사진을 바라보다가 모자이크로 가려진 여자의 얼굴이 낯익다는 사실을 깨달았다. 이목구비는 보이지 않아도 헤어스타일과 체형, 온몸으로 풍기는 미색은 감춰지지 않았다.

틀림없어, 이 여자는 비서인 사키타 아야카다.

더욱 화가 치밀었다. 롯폰기 한복판에서 불륜 현장을 찍히다니, 허술한 것도 정도가 있지. 야나이도 야나이지만 아야카도 아야카다. 의원의 애인인지 아닌지는 차치하고 본래 야나이를 통제해야 하는 아야카가 함께 사진을 찍히다니, 무슨 황당한 경우인가.

회원들에게 사정을 설명하고 앞으로의 대책을 세워야 한다. 해야 할 일이 한꺼번에 늘었다. 인터넷 뉴스를 시작으로 기존 언론들이 뒤따라 후속 취재를 한다면 새로운 스캔들

구라하시 효에

197

이 터질 가능성도 배제할 수 없다.

구라하시는 야나이의 부인과도 안면이 있으므로 입장상 그녀에게도 설명해야만 한다. 스캔들에 불이 붙으면 배신자도 속출한다. 이건 또 어떻게 막아야 할까.

폭발할 것 같은 분노를 억누르는데 구쓰미가 걱정스럽게 바라봤다.

"회장님, 괜찮으십니까? 스캔들이 이대로 퍼지기라도 한다면……."

"자네는 걱정하지 말게. 아니, 고민해 줬으면 하는 일이 산더미 같지만 그건 내 일이니까 말이야."

"하지만."

"자네의 힘이 필요할 때는 반드시 부탁함세. 그때까지는 섣불리 움직이지 않는 편이 좋겠어. 불난 집에 기름을 붓는 격이 될 수도 있어."

"알겠습니다. 하지만 후원회 차원의 대응은 구라하시 회장님께서 맡으신다고 해도 야나이 의원님 주변에 대한 대응은 어떻게 하시겠습니까?"

"그건 머지않아 그쪽에서 소식이 들어오겠지. 후원회의 뒤통수를 친 거나 마찬가지야. 이대로 계속 입 다물고 있을 작정이라면 내가 먼저 엉덩이를 걷어차 주겠어."

구라하시의 예상대로 그날 낮에 아야카가 급히 달려왔다.

"대단히 죄송합니다."

아야카는 허리를 90도 이상 굽혔다. 잘도 그 자세를 유지하는구나 감탄한 것도 잠시, 그녀의 얼굴을 보자마자 울화통이 터졌다.

"회장님과 후원회 여러분들께는 뭐라고 사죄를 드려야할지 면목이 없습니다."

"진심이 부족해."

구라하시는 사무실 소파에 앉아 아야카를 노려봤다.

"정작 당사자인 야나이 의원이 직접 얼굴을 내밀지 않는 것은 어떻게 해석하면 되지?"

"지금, 야나이 의원님은 농림부회와 계파 의원님들에게 사과를 드리느라 정신이 없습니다. 사정 또한 설명 드리고 있으니 내일은 하루 종일 의원회관을 벗어나지 못할 것 같습니다."

"그러니까 후원회 사람들은 뒷전이라는 말인가. 상당히 만만해 보이나 보군."

"아뇨, 결코 그런 말이 아니라."

"아무리 만만하다고 해도 당신 엉덩이만 할까. 저 사진, 야나이 의원과 함께 찍힌 사람 당신이지?"

아야카는 순간 꿀 먹은 벙어리가 됐다. 그녀가 처음으로 어쩔 줄 몰라 하자 구라하시는 그녀를 더욱 괴롭히고 싶어졌다.

"내 눈을 속일 수 있을 것 같아? 아니, 나뿐만이 아니야. 당신 얼굴을 아는 녀석들은 전부 눈치챘을 게 분명해. 남녀 관계에 대해 장황하게 설교할 생각은 없네. 주변머리가 없으니 곁에 있는 여자만 손대는 것도 어쩔 수 없다 치지. 하지만 말이야, 아야카 씨 자신과 상대의 입장을 조금이라도 분별력 있게 판단하라고."

아야카는 입술이 새하얘질 정도로 꽉 깨물었지만 잠시 후 다시 고개를 깊이 숙였다.

"면목이 없습니다."

"야나이 의원의 공설비서의 고개는 거기까지밖에 안 내려가나 보지? 앉아 있는 나보다도 고개가 높으면 어쩌나."

구라하시의 말을 이해한 아야카는 무릎을 꿇고 사무실 바닥에 손을 짚었다.

"정말로…… 죄송합니다."

"사과를 받는 사람은 나뿐인가."

"아뇨, 앞으로 후원자분들의 댁을 일일이 돌면서 사과드릴 계획입니다."

"그래, 좋은 마음가짐이야. 그렇다면 당연히 야나이 부인에게도 가겠지?"

아야카는 엎드린 채 대답할 기미가 보이지 않았다.

"왜 대답이 없어. 부인에게는 가는 거야, 마는 거야?"

"……사과드리고 싶은 마음은 굴뚝같지만 지금 제가 얼굴을 비추면 사모님의 화를 돋우게 됩니다."

"그래서 찾아가지 않겠다는 건가?"

"죄송합니다."

"그러면 입장상, 내가 부인에게 고개를 숙이러 가야 하는데."

"구라하시 회장님에게는 하나부터 열까지 누를 끼치게 됐습니다."

"입만 살아서는!"

치밀어오르는 분노에 폭력성까지 가세해 구라하시는 무심코 책상 위에 있는 찻잔을 들어 아야카에게 뿌렸다.

완전히 미지근해진 녹차가 아야카의 머리와 이마를 적셨다. 앞머리 끝에 물방울이 맺혀 뚝뚝 떨어졌다. 그래도 아야카는 꿈쩍도 하지 않았다. 이 이상 했다가는 구라하시가 자기혐오에 빠질 것 같았다.

"흥. 과연 공설비서를 할 만하군. 됐어, 사과는 받아주지.

일어나도 좋아."

"감사합니다."

한 자세로 오래 앉아 있던 탓인지 아야카는 조금 비틀거리며 일어섰다. 여전히 물방울이 맺혀서 떨어지는 머리카락이 묘하게 색정적이었다.

구라하시는 분명하게 자각했다.

자신은 야나이를 질투하고 있는 것이다. 이 여자의 몸을 매일 밤 예뻐해 준다고 생각하니 흑심이 충성심을 집어삼키는 것 같았다.

그 세상 물정 모르는 남자는 국회의원만으로도 분에 넘치는 복을 누리고 있는데, 심지어 이런 좋은 여자를 마음대로 다루다니.

의원이라는 이유 때문에.

의원이라는 이유만으로.

"그렇다 치더라도 언론은 어떻게 대응할 참인가. 오늘 아침에 인터넷 뉴스에 떴으니 슬슬 TV와 주간지가 의원회관과 사무실로 들이닥칠 때가 됐는데. 게다가 정치부 기자가 모자이크 없는 사진을 본다면 상대 여자가 당신이라는 게 바로 들통날 거라고."

"전면 부인 입장을 취할 것 같습니다."

"그렇게 분명한 증거 사진이 있는데도?"

"야나이 의원님이 롯폰기에서 과음하는 바람에 가까운 호텔로 들어갔다. 연락을 받은 비서인 제가 갈아입을 옷을 가지고 호텔에 들렀다……. 이런 스토리로 밀어붙일 겁니다."

"구질구질한 변명이군."

"상대가 저라면 결코 구차한 변명은 아닙니다. 어디에서도 반론하지 못하는 이상, 끝까지 관철하면 어떤 말도 진실이 됩니다."

"언론은 끈질겨."

"그래봤자 고작 성性 스캔들입니다. 남의 말 2박 3일이라고, 그들은 또 다른 신선한 스캔들로 몰려갈 겁니다."

"머리를 숙이고 폭풍이 지나가기를 기다리겠다는 건가."

"가장 노력하지 않아도 되는, 하지만 확실한 방어책이죠."

"그렇다는 말은 내가 야나이 부인에게 사정을 설명하러 갈 때 말을 맞춰놔야 한다는 뜻이군?"

"죄송합니다."

흥, 조금도 죄송하지 않은 주제에 말은 잘도 한다. 그 도련님보다는 이 여자가 훨씬 배짱 있다.

"그래, 국민당의 높으신 분들은 납득할 것 같나."

"외람된 말씀이지만 이건 처음부터 농림부 회장님이 제

구라하시 효에

203

안하신 겁니다. 이상한 여자에게 발목이 잡힌 것이 아니라면 그대로 놔두는 것이 가장 좋다고요."

과연. 그러고 보니 농림부 회장도 젊은 시절에는 여러 가지로 아랫도리와 관련된 소문이 무성했지만 큰 문제로 발전한 적은 한 번도 없었다. 핵심은 작은 추문을 덮을 수 있을 만한 성과와 능력이 있는가다. 야나이는 바로 그 점에서 어쩐지 불안하다.

"하지만 아직 문제가 남았어. 당신들이 묵었던 호텔에 CCTV든 뭐든 기록이 남아 있다면 언론이 냄새를 맡았다가는 아웃이다."

그때까지 굳어 있던 아야카의 표정이 처음으로 부드러워졌다.

"그 건이라면 안심하세요. 호텔 내부에 CCTV가 설치되어 있지만 당일 기록은 깨끗하게 삭제했습니다. 삭제를 증명하는 기록도 확인해 두었습니다."

"호오, 수완이 좋군. 뉴스가 보도된 뒤 가장 먼저 손을 썼나?"

"즉시 기록 여부를 조사한 것은 사실이지만 그렇게까지 위급한 사안은 아니었습니다."

"왜지?"

"그건 1년 전 일이기 때문입니다."

아야카가 사무실을 떠난 뒤 얼마 지나지 않아, 이번에는 구쓰미가 들어왔다.

"사모님께 들었습니다. 방금까지 사키타 비서와 있으셨다고요."

"응. 야나이 의원도 상대 여자도 모르쇠로 일관한다고 하더군."

"그걸로 후원회 사람들이 납득할까요? 제1야당인 민생당에도 이런 스캔들을 안고 있는 의원이 있어서 구태여 제 살깎아 먹는 짓은 안 할 겁니다. 언론도 TPP 협상의 진행 상황이라든지 다른 중대한 안건이 기다리고 있으니 언제까지고 의원님의 불륜만 파고 있을 시간은 없겠죠. 하지만 평소의원님을 응원하는 후원자분들은 분명 잊지 않으실 겁니다."

"자, 바로 그걸세."

구라하시는 젠체하며 구쓰미를 바라봤다.

"자네가 말한 대로 사람들은 후원하는 자의 불미스러운일을 좀처럼 잊지 않지. 귀여움이 지나쳐 미움이 된다는 말처럼."

"그렇죠. 야나이 의원님은 스캔들을 웃어넘기며 용서받을 수 있을 정도로 지역민들에게 사랑받지 못하고 있고요."

"웬만해서는 용서받기 힘들겠지. 하지만 분노를 잠시 잊게 할 방법이 없는 건 아닐세. 아니, 잘하면 전화위복이 될 수도 있겠군."

그리고 목소리를 낮춰 말했다.

"전날에 자네가 말했던 당선청부인. 노노미야 쿄코라고 했지? 내게 소개해 주지 않겠나?"

'노노미야 플래닝 스튜디오'는 신주쿠 3번가, 백화점이 있고 사람들로 북적거리는 대로변과 떨어진 곳에 있는 주상복합빌딩에 있었다.

신주쿠에 사무실이 있다는 사실만으로 상대를 믿을 수는 없다. 공터나 단독주택과 달리 공동주택은 이른바 공간을 파는 것과 같다. 같은 신주쿠라도 빌딩 등급에 따라 임대료는 하늘과 땅 차이다. 이 주상복합빌딩은 지은 지 20년은 족히 넘은 상태라 터무니없이 비싼 임대료를 받을 수 있는 물건은 결코 아니었다.

하지만 구라하시는 반대로, 빌딩의 상태를 보고는 상대에게 신뢰가 갔다. 진지하게 선거 어드바이저 일을 한다면 아무래도 현장에서 일하는 경우가 많아진다. 서류나 자료를 보관할 만한 장소에 큰 비용을 들이는 청부인이라면 오히려 믿음이 가지 않는다.

사무실에 들어가자 내부는 깔끔하게 정리되어 있었고, 사무실 집기도 필요한 것만 최소한으로 갖추고 있었다. 업무 효율성이 떨어지는 회사에는 불필요한 자료나 비품이 나뒹굴고 있기 마련이다. 이런 점도 구라하시가 가점을 주는 요인이 되었다.

"어서 오세요. 구라하시 회장님이시죠. 기다리고 있었습니다."

응대하는 사람은 삼십 대로 보이는 여자 두 명으로, 말을 걸어온 사람은 노노미야 쿄코, 뒤에서 자리를 지키고 있는 사람은 간자키 아카리라고 했다.

그런데 쿄코의 미색을 보라. 경국지색까지는 아니지만 길을 걷다가 열 명 중 반은 돌아볼 정도 아닌가. 이목구비도 반듯한데 친근감도 느껴져서 그만 넋을 잃고 바라보고 말았다. 그런데 다른 의미로 아카리의 존재감도 상당했다. 그렇지 않아도 쿄코보다 못한 외모인데 촌스러운 화장까지 한몫하고 있다.

두 사람을 보니 짐작이 갔다.

바로 자의식이 강한 여자가 자신보다 못생긴 여자를 들

러리로 데리고 다니는 유형이다. 학창 시절에 이러한 조합을 여러 번 봤다.

"구쓰미 씨에게 대략적인 말씀은 들었습니다만 본인께 자세한 이야기를 듣고 싶습니다."

아니 그전에, 하며 구라하시는 의자에 앉으려다가 멈췄다.

"내 사정을 털어놓으려면 야나이 의원의 사정을 설명하지 않을 수 없네. 후원회장으로서 함부로 말할 수는 없지. 이 상담은 당신이 당선청부인이라는 전제하에 이루어진 것이네. 그러니까 실례되는 이야기지만……."

"아아, 제 전력을 알아야 안심하실 수 있다는 의미지요? 아카리 씨."

말을 듣자마자 아카리는 즉시 캐비닛에서 파일을 꺼냈다. 그리고 파일을 그대로 구라하시에게 건넸다.

"간략하게 정리했는데 그것이 제 경력입니다."

A4 용지에는 지역을 선거구로 구분한 일본 지도가 있었다. 선거구에 흰 동그라미가 쳐진 부분이 몇 군데 있었는데, 그 옆에는 선거 연도와 후보자 이름, 득표수, 그리고 투표율이 적혀 있었다. 흰 동그라미의 수는 총 스무 개 정도 되려나. 검은 동그라미도 하나 있었다.

"수도권뿐 아니라 지방으로 분산되어 있군."

"지방일수록 가구마다 하나하나 신경 써야 하는 선거라서 배운 보람이 있었습니다."

"국회의원 선거뿐 아니라 시장 선거에 현의회 선거……. 호오, 기초자치단체장 선거 경험까지 있으시군."

"규모가 다르면 전략도 달라집니다. 그런 경험들이 당선 횟수로 이어졌다고 자부합니다."

"이 흰 동그라미는 당선했다는 의미인가요?"

"네."

"대단하군. 거의 다 이겼어."

"네. 그래서 그 한 번의 패배가 더욱 분합니다."

유일한 검은 동그라미는 교토부에 표시되어 있었다. 모두가 알고 있는 혁신왕국이었다.

"2년 전 선거였습니다. 민생당 후보의 참모를 맡았지만 근소한 차이로 졌습니다."

"그때는 어쩔 수 없지 않았나. 민생당 정권의 실책으로 3년 동안 경제도 외교도 박살이 났으니까. 분노에 휩싸인 국민 때문에 민생당 중진의원들이 각 선거구에서 참패했지. 그 선거에서 민생당 의원을 찍은 사람은 치매 걸린 사람이라는 말까지 들을 정도였으니까."

"그래도 혁신왕국에서 보수정당에 진 사실은 무시할 수

없습니다. 그 한 번의 패배가 저를 신중하게 만들었거든요."

구라하시가 파일을 들추자 다음 페이지에는 쿄코가 당선시킨 후보자와 굳게 악수를 나누는 사진이 즐비했다. 대조해 보니 어깨띠에 적힌 이름은 앞 페이지에 기재된 당선인의 그것과 일치했다. 지방, 더욱이 기초자치단체장 선거는 구라하시도 기억하지 못한다. 그러나 이 사진과 당선 사실이 쿄코의 경력을 증명하는 것이라고 해도 좋을 듯했다.

문득 이 여자에게 흥미가 일었다.

"경력을 보니 후보자의 소속이나 사상이 제각각인 것 같은데, 노노미야 씨의 정치 신념은 무엇인가?"

"그런 건 전혀 없습니다."

어이가 없어서 자신도 모르게 되물을 뻔했다.

"하지만 자신만의 생각과 조금이라도 비슷한 후보를 응원하고 싶어지는 것 같은 게 있을 것 아닌가."

"참모의 일은 후보자를 당선시키는 것뿐입니다. 제 정치이념이나 신조는 오히려 방해가 됩니다."

"그렇게 무 자르듯 자를 수 있는 것인가?"

"어떤 이념이 옳은가, 또는 어떤 정치수단이 유효한가는 결과로만 판단할 수 있습니다."

"그건 그렇지만……."

"오랫동안 많은 후보를 지켜본 경험으로 말씀드리면 올바른 자질을 갖춘 의원이라면 집권당에서도 결과를 낼 것이고, 야당 소속이라도 지켜낼 것은 지켜낼 겁니다. 어느 정당 소속이니까 옳다든가, 어떤 정치사상을 갖고 있으니 쓸모없는 경우는 없다고 생각합니다."

말에 거침이 없었다. 구라하시를 바라보는 눈빛에도 흔들림은 없었다.

구라하시는 마음을 정했다.

"노노미야 씨, 야나이 고이치로의 스캔들을 아시는가?"

전국으로 퍼진 뉴스였기 때문에 쿄코는 당연히 고개를 끄덕였다. 이로써 이야기하기 편해졌다.

"이번 사건으로 가장 우려되는 점은 후원회의 결속이 약해지는 일이네. 이런 위기를 모면할 가장 적절한 방법을 알고 있나?"

쿄코가 잠자코 있자 뒤에 서 있는 아카리가 쭈뼛거리며 손을 들었다.

"외부에 적을 만들라, 인가요?"

"맞네. 그리고 후원회가 적을 만드는 상황은 선거 외에는 없네."

"그래서 구라하시 회장님이 도의원에 출마하시겠다는 말

씀이시죠?"

뜻은 알겠습니다. 쿄코가 뒤를 이어 말했다.

"그런데 출마 이유가 그뿐인가요? 아시다시피 도의원 선거의 경우, 후보 등록 시 60만 엔의 선거 공탁금을 걸어야 하고, 득표수에 따라 돌려받지 못할 수도 있습니다. 후원회를 위해서라고 하지만 60만 엔이나 되는 자비를 지는 싸움에 투입하신다는 말씀입니까?"

이 여자, 갑자기 핵심을 찌른다.

그렇다면 자신도 본심을 털어놓는 편이 이야기가 빠르다.

"호락호락 당할 생각은 없네. 그러니까 당신을 참모로 고용하려는 걸세."

"짓궂은 질문이지만 그쪽이 본 목적 아닙니까? 구쓰미 씨의 말로는 야나이 의원보다 구하라시 회장님에게 더 의원의 자질이 있다고 하던데요."

"부정하지는 않겠네."

말투가 거만해지지 않도록 주의했다. 그래도 말로 내뱉고 나니 자랑스러운 기분을 주체할 수 없었다.

"우리 세대는 누구에게든 정치인이 될 자격이 있어요. 그것이 크냐 작으냐의 차이일 뿐. 그런 세상 물정 모르는 정치인 2세 의원보다는 훨씬 자질이 있지."

쿄코가 잠깐 동안 구라하시를 직시하더니 마침내 고개를 살짝 끄덕여 보였다.

"안심이 되는군요."

"뭐가 말인가."

"야나이 의원과 후원회의 상황 따위는 알 바 아닙니다. 자신의 이상을 실현하려고 입후보한다. 당선하기 위해서 내 편도 자존심도 모두 잊는다. 그런 사람이어야만 선거를 치를 수 있습니다. 회장님이 그런 심정이시라면 기꺼이 힘을 보태겠습니다."

"그런가, 고맙군. 그러면 바로 보수 이야기를……."

선거운동에 드는 인건비에는 세세한 규칙이 정해져 있다. 홍보 엽서 수신인명과 주소 작업, 간판 운반 같은 단순 작업에 대해서는 제한된 보수가 인정되지만, 유권자와 접촉하는 사람이나 선거 사무소 간부와 각 부서 책임자에게는 아르바이트비조차 지급할 수 없다.

"그 점은 염려하지 마세요. 회장님이 당선된 후에 저를 게스트로 초청한 강연회를 열어 주시면 됩니다."

"과연, 강연비로 지불하는 방법이 있군. 하지만 떨어졌을 때는 어떡하나. 그래도 강연회를 여나?"

"앞으로는 낙선할 것이라는 생각은 버리세요."

"그렇군. 실수했네."

"게다가 제게 줄 보수보다 먼저 마련하셔야 하는 돈이 있지 않습니까."

"······실탄인가."

"야나이 의원의 후원회 덕분에 기반도 있고 간판도 있죠. 하지만 그것만으로는 통하지 않는다는 걸 회장님이 가장 잘 아시지 않습니까."

"아아. 한심한 말이지만 공탁금 60만 엔은 낼 수 있어도, 선거 대책 비용 수백만 엔이나 수천만 엔은 매우 무리네. 남이 보면 부동산 중개업이 어떻게 보일지 모르나 도내에서 개인이 운영하기란 힘들지. 돈을 버는 건 대기업 부동산 개발사의 계열사뿐이네."

"선거자금이 뚝딱 만들어지는 게 아니라는 건 잘 알고 있습니다. 그리고 실탄이 부족해 낙선이라는 고배를 마시는 후보자들이 대다수인 것도."

구라하시는 자신도 모르게 미간을 찌푸렸다. 선거 때마다 선거법 위반자들이 체포되는 이유도 어떤 후보든 마지막 무기가 돈이라는 사실을 알고 있고, 실제로 뿌리고 있기 때문이다.

"하지만 회장님은 운이 좋습니다."

"어째서?"

"잘 아시겠지만 부동산이라는 건 단순히 사고파는 것 외에도 이익을 낼 수 있는 유익한 자산이기 때문이죠."

3

쿄코는 말을 이었다.

"이 이야기는 후원회장을 맡고 계시는 구라하시 회장님께 드리기에는 번데기 앞에서 주름 잡는 격이겠지만, 선거기간 외의 선거운동은 금지되어 있습니다. 투표 부탁은 물론 금품 수수도 범죄가 되죠. 하지만 이러한 행위를 해도 처벌받지 않는 경우도 있습니다."

오랫동안 후원회를 운영했지만 그러한 이야기는 금시초문이다.

"바로 후보 등록 전에, 후원회를 설립하기 전에 유권자와 연을 만들어 두면 됩니다. 예를 들어 '구라하시 효에와 지역 정치를 생각하는 모임'이라는 임의단체를 설립해서 선거운동 개시일 직후에 후원회로 변경합니다. 선거 전에 이해관계가 없는 사람에게 금품을 주는 것이 딱히 위법행위는 아니니까요."

"그럴듯한 주장이긴 한데."

"최근 선거는 투표율이 모두 50퍼센트 정도에 머물러 있습니다. 조직적인 투표가 판세를 결정하는데, 바꿔 말하면 선거전이 시작된 단계에서 대부분 승부는 결정된다는 이야 깁니다."

구라하시는 고개를 끄덕일 수밖에 없었다. 쿄코의 지적은 맞는 말로, 선거운동 개시일에 나오는 예측과 선거 결과가 크게 달라지는 일은 거의 없다. 그러면 9일 동안 벌어지는 선거전은 무엇이냐 하면, 중도 포기 방지와 후보자들의 불안을 해소하기 위한 것이다. 물론 어떤 외부 요인으로 투표율이 오를 수 있어서 그러한 경우에는 유동표가 큰 의미를 지니므로 거리로 나갈 수밖에 없다."

"도의회의원 선거운동 개시일까지는 아직 한 달 정도 남았습니다. 야나이 의원의 후원자분들을 포섭해서 구라하시 회장님의 팬으로 만들어 둘 필요가 있습니다."

"그 일을 위한 실탄이라는 이야긴가."

"다른 조직표도 포섭해야 합니다. 한 사람당 1만 엔 정도하는 공연에 초대하는 것도 고령자에게는 효과가 좋을 겁니다. 그런 경우 교통비와 식비로 포함되겠죠."

"도대체 얼마가 필요하다는 말인가?"

갑자기 불안해하는 구라하시를 아랑곳하지 않고 쿄코는 아카리에게 설명을 넘겼다.

"현장에서 움직이는 건 제 역할이라서 지금부터는 제가 대신 설명하겠습니다. 이전 선거를 참고하면 이 선거구에서는 투표율이 44.5퍼센트, 투표자 수는 25만 2천 746명. 국민당에서 공천한 데와 후보가 13만 5천 233표로 당선됐습니다. 이 선거와 투표율이 같다고 가정하면 13만 표는 얻어야 합니다."

"잠깐만. 한 사람당 1만 엔씩, 13만 표만 계산해도 13억 엔이라고."

"13만 명 전원에게 현금을 줄 필요는 없습니다. 하지만 어쨌든 억대의 돈이 필요합니다."

"억, 이라고."

구라하시도 그동안 멋으로 후원회장을 맡은 것은 아니다. 신인이나 격전지의 후보자가 열정과 지위만으로 선거에서 이길 수 있다는 생각 따위 털끝만큼도 하지 않는다. 지금까지 운이 좋았던 것뿐이다.

선대 의원과 선대의 후원회장이 만들어 놓은 기반 덕분에 야나이도 구라하시도 선거에서 큰 어려움을 겪지 않았다. 후원회 내부의 긴축이나 거리 연설로 정신없이 바쁜 날도 있었지만, 그래도 인력을 제공하는 것만으로도 충분했다. 후원회는 오히려 야나이에게 접대 받는 입장이기도 하므로 금전적인 고생은 하지 않았다.

하지만 후보 등록을 한 입장에서 보면 이야기가 달라진다. 13만 표는 엄청난 수다. 조직표는 말할 것도 없고 일반 유권자까지 끌어들이지 않으면 당선은 장담할 수 없다. 아무래도 기존보다 더 많은 인력은 물론 가득 찬 가방까지 필요할 것이다.

하지만 '억'이라니.

쿄코에게 말한 자금 사정은 결코 겸손이나 거짓이 아니었다. 수도권의 부동산 경기는 좋지만 이는 맨션 판매에만 해당되는 이야기일 뿐, 대형 부동산 개발사의 과점 상태가 계속되고 있다. 구라하시처럼 개인 부동산업자는 매매가 아닌 중개 수수료로 겨우 입에 풀칠하고 있는 실정이다.

누구를 닮았는지 첫째 아들은 서른이 코앞인데 아직 취직을 하지 않고 아내 히사에는 전업주부를 고집하며 일자리를 찾으려 하지 않는다. 사치만 하지 않으면 생활이 어려울 정도는 아니지만 억 단위의 선거자금을 마련하기에는 여유가 전혀 없다.

"당신들 이야기는 잘 알겠네. 나도 전혀 아마추어는 아니고 말이야. 하지만 억 단위의 돈을 당장 준비하라는 건 말도 안 되네."

그러자 쿄코가 또다시 입을 열었다.

"그래서 부동산은 단순히 사고파는 것 외에도 이윤을 남길 수 있는 수단이라고 말씀드린 겁니다. 전문가시니까 비싸게 팔리는 부동산과 그렇지 않은 부동산의 차이는 알고 계시죠?"

"자산가치가 높아지는 물건 말인가. 황무지 일대를 개발하고 구획을 정리해서 분양한다. 그런 식이라면 헐값보다 못했던 땅의 가치가 수십 배로 뛰어오른다. 도시 계획의 일부로 지정되기라도 하면 자산으로도 활용할 수 있지. 다만, 말일세."

그럴듯하게 들리는 토지 연금술이지만 기술이라고 할 만한 효과를 낼 수 있는 자도 한정되어 있다.

"그렇게 말하는 대로 다 될 것 같으면 손해 보는 사람이 왜 있겠나. 구획 정리를 포함한 도시 계획이 공개된 시점에서 굵직한 개발사에서 주요 토지들을 싹 쓸어 가고 있어. 그놈들은 인허가권을 쥔 기관장들과 연줄이 닿아 있으니 그런 정보를 누구보다도 빨리 입수할 수 있지. 그 분야 사정도 선거전이랑 똑같아. 발표와 동시에 승패가 갈린다고."

"하지만 뭐든 놓치는 건 있죠."

쿄코는 책상 위에 세워놓은 파일 중 하나를 꺼냈다.

"이곳을 알고 계십니까?"

파일을 열자 주택 지도가 있었다. 신무사시가오카 골프 코스라고 적혀 있어서 바로 알았다.

"한노시市 나카야마. 이게 어떻다는 말인가."

"시청에서 1킬로미터만 가면 논밭과 삼림지대. 아직 개발의 여지가 있는 곳이죠."

사이타마현 한노시는 수도권인데도 시가지가 남동부에 집중되어 있으며 70퍼센트는 산야로 이루어진, 발전이 불균형한 곳이다. 요컨대 교통 접근성은 좋아 그 점만 개선되면 아직 발전할 가능성이 숨겨져 있다는 말이었다.

쿄코가 가리킨 지도는 그 가능성을 여실히 말해 주고 있었다. 골프 코스 주변은 최근 대규모 주택단지 조성 계획이 대두되면서, 그 조성 예정지 근처는 붉은 선으로 표시되어 있었다. 땅 넓이는 8백 평 정도였다.

"당선청부인은 제가 하는 일의 일부고, 사실 본업은 생활 플래너입니다. 주로 기업이나 개인의 자산을 운용하고 있죠."

"흐음. 그럼 이 붉은 선으로 표시한 땅도 당신 고객의 자산이란 말인가."

"제대로 보셨습니다. 실은 3주 정도 전에 그 땅을 상속받으신 분을 상담해 드렸습니다."

상담 내용은 다음과 같았다.

한노시 나카야마지구에 이가라시 미쓰하루라고 농업에 종사하는 노인이 있었다. 가족 구성은 구라하시와 똑같이 아내와 서른 넘은 자식이 있었다. 예순을 넘긴 이가라시는 건강이 나빠졌는데, 아들이 농사 경험이 없어서 농지를 놀리게 되었다. 그리고 지난달, 이가라시는 병으로 사망했다.

"부인과 아들은 8백 평이나 되는 광활한 토지를 상속 받았지만 농지였기 때문에 어쩔 도리가 없었습니다. 아시다시피 농지의 고정자산세는 낮지만, 그래도 8백 평이나 되면 엄청나죠. 그래서 유족분들은 이 땅을 어떻게 처분해야 좋을지 제게 상담을 한 겁니다."

"조성 계획이 진행 중인 지구 근처면 좋은 값에 팔리겠지."

"지목이 여전히 농지니까요. 택지로 돌리는 데 시간이 걸립니다."

토지에는 제각각 정해진 용도가 있으며, 그 용도에 따라 사용해야 한다. 그것이 바로 등기부에 적힌 지목이라는 항목이다. 지목이 농지로 등록되어 있으면 건물을 지을 수 없으므로 지역 농업위원회에 농지 전환 신청을 해야 한다.

"다행히 시가화 조정구역이 아니어서 지목을 전환할 수 있지만 대형 개발사가 지금 당장은 농지라는 이유로 헐값에 매입하려고 일을 꾸미고 있습니다. 유족분들은 부채도 함께 상속받아서, 그 가격에 팔아도 빚을 갚는 게 고작이라 남는 돈이 없다고 고민하고 계십니다."

"그 개발사에서 제시한 가격은 얼마인가?"

"총 8천만 엔입니다."

"평당 10만 엔인가. 꽤 얕보였군 그래. 인근의 공시지가는 얼마에 형성되어 있지?"

"택지가 평당 24만 엔입니다."

말단행정구역이니 공시지가와 실거래가가 크게 차이나지 않는다. 이 부근 땅에 평당 10만 엔을 제시한다는 건 헐값에 넘기라는 것과 마찬가지다. 하지만 한편으로 농지라는 이유로 가격을 후려치려고 한 업자의 주장도 틀린 말은 아니다. 1차 산업이 급속히 쇠퇴하고 후계자가 부족한 시기에 농지나 산림은 어디든 헐값에 거래되는 것이 현실이다.

"그 모자는 이 땅을 얼마에 팔고 싶어 하나?"

"못해도 2억 엔입니다."

평당 25만 엔. 즉 인근의 공시지가 수준으로 팔고 싶다는 말이군.

"이 가격, 구라하시 회장님은 어떻게 생각하십니까?"

"내 생각보다는 개발자의 입장에서 생각하면 상당히 매력적이군. 인접한 대규모 주택지가 완성되면 분명 실거래가가 공시지가보다 높아질 거야. 8백 평을 50평씩 16필지로 나눠서 분양하면 평당 40만 엔이라도 금방 팔릴 것 같군."

금방 팔린다는 말은 금방 계약이 성사될 것이라는 의미였다. 쿄코는 역시 이 숨겨진 의미를 알고 있는지 자신의 뜻도 그러하다는 듯 미소 지었다.

"……내가 2억 엔에 사서 3억 2천만 엔에 팔면 된다는 건가?"

땅을 정지하는 데 드는 비용과 수수료를 고려하면 적정 계약액은 3억 엔 전후다. 그래도 1억 엔의 이익이 남는다.

구라하시의 머리가 손익을 계산하느라 바빴다. 8백 평을 16필지로 나누는 것도 좋지만, 분양까지 시간이 걸리고 전기와 수도 등 라이프 라인을 설치하는 데도 손이 많이 간다. 업자에게 8백 평을 그대로 3억 엔에 되파는 편이 현실적이다. 업자끼리니까 시세도 알고 있고, 적정선도 안다. 불필요한 신경전이나 흥정도 필요 없다.

이 건은 의외로 손해 보지 않는 이야기다. 그러나 주판알을 튕기는 중에 가장 중요한 사실이 떠올랐다.

"그림의 떡일세."

"왜 그렇습니까?"

"확실히 구미가 당기는 이야기지만 말일세. 비유하자면 고급 레스토랑의 디너 같은 거야. 내 주머니 사정으로는 규동 체인점밖에 갈 수 없다고."

"회장님의 자금만으로는 어렵죠."

쿄코는 그런 사정은 잘 알고 있다는 듯 다시 미소 지었다.

구라하시는 점점 깨닫기 시작했다. 쿄코의 미소에는 정체 모를 힘이 있다. 상대방의 불안과 경계심을 없애는 힘이. 쿄코가 대답하지 않아도 얼굴을 보는 것만으로 자신의 고민이 별 것 아닌 것처럼 느껴진다.

"회장님께는 야나이 의원이라는 그야말로 강력한 후원자가 있지 않습니까."

"그 도련님에게 돈을 빌리라고? 아니, 그건 무리야. 사무실에서도 그 이상 무분별하게 자금을 제공할 수 없다고."

"이미 자금을 제공하고 있는 건이라도 있습니까?"

"쇼도관이라는 종교 단체에 1억 엔 이상 빌려줬는데, 아무래도 회수할 수 없게 된 모양이야. 돈을 빌린 부관장이라는 사람도 자살했다는 것 같고. 야나이 의원 사무실은 상당한 타격을 입었어."

"딱히 야나이 의원에게 빌리라는 말씀은 아닙니다. 후원회처럼 그를 후원하는 기업도 있지 않을까 해서요."

"도련님의 주선을 받아 그 기업에서 돈을 끌어오라는 말인가."

"예를 들어 야나이 의원은 TPP에서 놀라운 실력을 발휘하고 계시죠. 일단 JA* 입장에서 야나이 의원은 대변자 같은 위치니까 딱 잘라 거절할 수도 없을 것 같은데요."

발상은 틀리지 않는다고 생각했다. 일반적으로 은행과 비교해서 농림계 금융기관은 심사가 느슨하다. 이윤을 추구하기보다 1차 산업 종사자의 생활을 안정시키는 것이 설립목적인데, 그렇다고 해서 다른 사업자에게 대출을 해 주지 않는 것은 아니다.

마음이 흔들리는데, 아카리의 목소리가 쐐기를 박았다.

"이가라시 씨의 유족분들이 저희에게 모든 일을 맡겼기 때문에 회장님만 결정하시면 됩니다."

"생각할 시간은 줘야지."

"그 8백 평에 2억 엔을 내겠다는 사람이 적지 않습니다.

---

*   일본 전국농업협동조합연합회. 우리나라 농협에 해당한다.

게다가 저희보다도 유족분들이 초조해하세요."

"그래도 2억 엔인데. 적어도 닷새는 주게."

쿄코는 이틀뿐이라며, 곤란한 얼굴로 승낙했다.

회답 기한으로 주어진 이틀 동안, 구라하시는 한노시 내의 동업자에게 해당 물건이 매물로 나왔는지 확인해 봤다.

부동산업자를 통한 매매는 통상 레인즈라는 지정 유통기구에 정보가 흘러 들어간다. 구라하시가 검색했을 때 해당물건은 등록되어 있지 않았다. 즉 이가라시 모자가 업자가아니라 쿄코에게 중개를 의뢰했다는 말은 신빙성이 있다. 물론 다른 이유로 레인즈에도 들어가지 않은 물건 정보도간혹 있어서 동업자에게 확인해 봤지만, 그래도 중개를 맡은 업자는 없었다.

토지등기사항증명서 사본을 확인했더니, 한노시 나카야마의 8백 평 땅 소유자는 이가라시 미쓰하루였으며 한 달전에 사망한 뒤 아내인 후사에와 장남 후미오에게 소유권이 이전되었다. 지목은 여전히 '전田'으로, 쿄코의 말이 얼추믿을 만하다고 생각됐다.

다음으로 연락한 곳은 야나이의 사무실이었다. 전화를 받은 아야카에게 야나이의 후원조직인 농림계 금융기관과 다리를 놓아줄 수 없냐고 타진해 봤다. 실제로 이 요청을 거부 당하면 쿄코의 제안을 거절할 수밖에 없었다. 구라하시는 마치 운을 시험하는 기분이 들었다.

하지만 구라하시의 절박한 심정과는 반대로 아야카의 대 답은 매우 시원시원했다.

— 알겠습니다. 그럼 조만간 금융기관 담당자에게 연락 드리라고 하겠습니다.

"……상당히 쉽게 받아주는구면."

— 후원자의 사정에 귀 기울이는 것도 의원님의 일입니 다. 주선하는 데 저희 사무실 비용이 드는 것도 아니고요. 무엇보다 저도 의원님도 후원회장님을 전폭 신뢰하고 있으 니까요.

그야말로 사탕발림 같은 말이로군.

통화 중에 아야카의 말투에서 진심이 보이는 기분이 들 었다. 이번 불륜 의혹으로 구라하시에게 누를 끼친 것에 대 한 속죄의 의미를 내포한 것이다. 금융기관과의 자리를 마 련하는 것으로 후원회장의 기분을 풀 수 있다면 싸게 먹히 는 장사라고 생각하는 것이 분명하다.

"대출 목적에 대해서는 묻지 않나?"

— 여쭐 필요가 없으니까요.

정말 냉철한 여자다.

하지만 목적이 구라하시의 도의원 선거 출마라고 밝히면 도대체 어떤 반응을 보일까.

"야나이 의원에게 잘 말해 주게."

구라하시가 평범하다고 평가해도 역시 국회의원이라는 이름값에 걸맞게 그다음 날 농림중앙금고의 대출담당자가 전화를 걸어왔다. 지점 창구에서 정식으로 대출 신청을 해 달라는 내용이었다.

물론 2억 엔이라는 큰돈을 무담보로 대출해 줄 리 만무해서 전화상으로 자산 상태에 대해 질문했다. 구라하시가 담보로 내놓을 수 있는 것이라고 한다면 사무실의 토지와 가옥, 자사 물건으로 소유하고 있는 공터까지 전부 합쳐도 평가액은 5천만 엔 정도. 부족한 1억 5천만 엔만큼의 담보를 어떻게 할지에 대한 문제가 남았지만 아무튼 사태는 급 속도로 진행되기 시작한 느낌이었다.

아마도 인생의 전환점이란 이런 식으로 찾아오는 것일까 생각했다. 지극히 평범한 인생에 파란이 서서히 다가오지는 않을 것이다. 어느 날 갑자기, 그야말로 질풍노도처럼 모든 것이 빠르게 변해 간다. 그렇지 않으면 구라하시 효에의 인생이 아니다.

지금 구라하시는 사십몇 년 만에 온몸의 피가 끓어오르는 것을 느꼈다. 자신의 말과 행동이 주변을 변화시킨다. 세상이 달라진다. 사실은 그때 맛보았어야 했던 황홀경이 시간을 넘어 지금 다가온 것이다.

　부동산 매매만으로 억 단위 돈이 손에 들어온다. 그것만 해도 쿄코를 만나기 전까지는 꿈에서조차 생각해 본 적 없는 일이다. 그런데 어떠한가. 지금은 그 1억 엔을 자본 삼아 도의원 선거에 출마하려고 한다. 별 볼 일 없는 복덕방 할아버지가 위풍당당하게 지역 정치의 한 축을 담당하는 의원으로 변신하는 것이다.

　소유한 부동산의 등기사항증명서 사본을 챙겨서 농림중앙금고 창구로 갔다. 야나이의 이름을 대자마자 응접실로 안내 받았고, 지점장이 직접 인사까지 했다. 이런 대접을 받는데 대출이 거절당할 일은 거의 없다. 아니나 다를까 대출 담당자는 만면에 미소를 지으며 응대해 줬다.

　"그러시군요. 8백 평 농지를 되파는 것이 본래 목적이십니까. 그렇다면 문제없겠네요. 부족한 부분의 담보는 구입 예정인 농지로 잡도록 하시죠."

　이는 구라하시도 수고를 덜 수 있어서 좋은 방법이었다. 일단 농지에도 저당권이 설정되지만 매각 계약이 성립되는 동시에 농림중앙금고의 차입금이 전부 상환되어 저당권은 해제되고 소유권은 매입자에게 넘어간다.

"구라하시 님은 야나이 고이치로 의원님의 후원회장이시군요."

지점장은 친밀감을 담아 말했다.

"의원님의 활약은 생산자들에게 힘이 됩니다. 각국의 집요한 요구에 굴복하지 말고 힘내시라고 전해 주십시오."

이렇게까지 융숭한 대접을 받는 것도 야나이의 후광 때문이라고 생각하니 다소 겸연쩍었다.

이것이 바로 권력이다.

아무리 평범한 인간이라도 걸친 것이 호사스러우면 사람들은 넙죽 엎드려 우러러 받든다.

머지않아 자신도 그중 한 사람이 될 것이라는 생각에 기분이 절로 들떴다. 신청을 마치고 지점을 나올 때는 바깥 풍경이 확 달라 보일 정도였다.

그런데 들뜬 마음에 찬물을 끼얹는 사람이 있었다. 다름 아닌 아내 히사에였다.

지점장에게 받은 홍보기념품을 본 히사에가 평소에 거래하지 않는 은행에 왜 갔느냐고 물어왔다. 2억 엔짜리 대출을 비밀로 할 수도 없는 노릇이라 묻는 족족 일이 진행된 과정을 설명해 주자 히사에의 안색이 갑자기 변했다.

"이런 멍청한 양반을 봤나. 무슨 생각을 하는 거야!"

결혼한 이후 이렇게 심한 욕은 처음 들은 구라하시는 순식간에 노기를 드러냈다.

"뭐라고!? 다시 말해 봐!"

"왜, 못할 줄 알고? 이런 덜떨어진 인간아. 무슨 도의원이야. 뭐가 정치의 계절이냐고. 자질 같은 소리 하네. 본인이 얼마나 애 같은 소리를 지껄이고 있는지 알고는 있어?"

"뭐가 애 같다는 거야. 애가 정치인 하는 거 봤어?"

"자기 분수도 모르는 걸 바로 애 같다고 하는 거야. 전공투인지 나발인지 모르겠고, 당신한테 정치인 자질 같은 게 있다고 진심으로 생각하는 거야?"

"진심이 아닌데 2억씩이나 되는 큰돈을 준비했겠어?"

"당신이랑 같이 산 지 30년도 더 지났어. 당신에 대해서는 내가 당신보다 더 잘 안다고. 당신은 정치 못 해."

"어떻게 그렇게 딱 잘라 말할 수 있지. 저 봐, 그 샌님 같기만 한 도련님 자식도 국회의원을 한다고. 그놈에 비하면 내가 훨씬 낫지."

"그러니까 멍청하다는 거야. 그 샌님 같은 도련님이 국회의원이 될 수 있었던 건 아버지의 후광 덕분이잖아. 당신한

테는 어떤 빛이 있는데?"

"후원회 인맥과 준비해 둔 돈이 있지. 이 두 가지만 있으면 지명도는."

"당신, 여태껏 후원회장을 해 왔으면서 아직 표 주는 사람들 마음도 모르는 거야? 누구든 한 표 던질 때는 나름대로 생각이란 걸 하는 법이야. 실력으로 성과를 쌓은 후보자와 돈만 뿌리면서 자기 혼자만의 개똥철학만 떠들어대는 인간 중에서 누구에게 자신의 미래를 맡길지, 조금만 생각해 보면 답이 나오잖아."

"개똥철학 아니야. 제대로 백년대계를 세워서……"

"그렇게 대단한 생각을 하는 사람이 왜 동네 부동산 중개 사무소 하나 번창시키지 못할까? 아버님한테 물려받은 것도 까먹기만 했잖아. 자기 장사도 못하는 인간이 어떻게 남의 살림을 살리겠다는 거야. 정신 좀 차려."

"사, 사업과 정치를 동급으로 취급하지 마!"

"생각을 짜내고 이마에 땀 흘리며 더 좋은 결과를 만들어 내자는 거잖아. 그럼 장사나 정치나 다 똑같아. 알겠어? 야 나이 고노스케나 그 집 도련님을 바로 옆에서 보니까 국회의원이 가깝게 느껴질지 몰라도, 그건 아이돌 팬이 연예인을 허구한 날 따라다니면서 자기도 연예계 관계자라고 착각하는 것과 똑같다고. 특별한 장사를 하려면 특별한 자격이 필요해. 그거 알아? 당신은 술만 들어가면 이 나라가 어떻고 정부가 저떻고, 마치 세계를 움직이는 사람인 양 고장난 테이프처럼 한 말 또 하고 한 말 또 하고 하는데, 당신이 지금 하려는 일이 그 연장선에 불과하다면. 당신 지금, 분위기에 취한 것뿐."

말을 끝맺지 못했다.

생각하기도 전에 손이 먼저 나갔다. 힘을 한껏 실은 손바닥에 히사에가 바닥으로 날아가 쓰러졌다.

"여편네가 남편 하는 일에 시시콜콜 참견하지 마! 도대체 누구 덕에 입에 풀칠하고 사는 줄이나 알아!?"

히사에는 얼얼한 뺨을 감싸 쥐고 남편을 원망스럽게 올려다봤다.

"2억 엔이라니…… 그렇게 빚을 내서는……"

"빚의 액수는 남자의 그릇을 상징한다고. 은행도 내가 2억 엔을 갚을 능력이 된다고 판단하니까 빌려주는 거야."

"은행은 당신에게 빌려준 게 아니야."

히사에는 뺨을 맞아도 쓴소리를 조금도 멈추지 않았다.

"은행은 담보로 잡은 땅을 보고 돈을 빌려준 거야. 오랫동안 이 바닥에 있으면서 아직 그런 것도 모르는 거야?"

구라하시는 히사에의 명치를 노리고 발길질을 했다. 급소를 맞았는지 마침내 히사에는 조용해졌다.

"나는 의원이 될 거야. 이건 태어날 때부터 정해진 운명이고 지금까지의 인생은 예고편이었지. 너도 의원의 아내가 될 테니 지금부터 마음가짐을 달리 하고 준비하도록 해."

히사에는 더 이상 입을 열지 않았지만 눈빛은 어두웠다.

다음 날, 대출담당자가 벌써 심사가 통과됐다는 사실을 알려 왔다. 구라하시는 그 자리에서 바로 쿄코에게 연락해 해당 물건을 구입하겠다고 대답했다.

4

대출 실행 당일, '노노미야 플래닝 스튜디오'에서 아카리가 이가라시 모자를 데리고 은행으로 왔다.

구라하시가 모자와 만난 장소는 예전에 다녀갔던 지점의 응접실이었다. 이가라시 후사에는 일흔 정도로 보이는 노파였고, 장남 후미오도 마흔을 넘긴 것처럼 보였는데, 건강보험증과 운전면허증으로 본인 여부를 확인할 수 있었다. 두 사람 모두 실제 나이보다 늙어 보이는 이유는 이런저런 마음고생으로 속을 태운 탓일지도 모른다.

등기신청을 담당하는 법무사로서 구니에다가 구라하시와 동행했다. 구라하시는 구니에다에게 일을 맡길 생각이 결단코 없었지만 쿄코와 사전 회의를 할 때 그녀가 지명하는 바람에 구니에다가 간택되었다. 무엇이 쿄코의 마음에 들었는지는 몰랐지만, 구라하시 입장에서는 대출 실행이 원활하게 끝나기만 하면 되기 때문에 마지못해 동의했다.

구니에다가 이가라시 모자의 확인 서류와 세금 관련 증명서를 훑어볼 때, 구라하시는 무료하게 모자를 관찰했다. 대화라도 하면 시간은 가겠지만, 소유 부동산을 매각하는 처지에 놓인 입장이 뭐에 신나서 떠들겠는가. 그에 반해 매입자는 어떠한 형태로든 수익을 내려는 목적이 있다. 양측이 세상 돌아가는 이야기나 하기에는 뻘쭘한 상황이라 구라하시는 말을 걸지 않기로 했다.

이 모자는 둘 다 가난하다. 구라하시가 느낀 첫인상이었는데, 지켜보면 지켜볼수록 그 인상은 더욱 강해졌다.

후사에가 입고 있는 원피스는 본인에게 어울리지 않았고, 아무리 봐도 되는대로 입은 느낌이었다. 후미오의 양복 차림은 쓴웃음이 절로 나오는 데다 사이즈조차 맞지 않았다. 돈과 인연이 없는 사람들이 황송한 자리에 초대받으면 저지르기 쉬운 실수다. 이런 실수를 저지르니 궁상맞은 꼴이

더욱 부각됐다.

화룡점정은 두 사람의 발이었다. 후사에는 인조가죽 로퍼를, 후미오는 한 켤레에 천 엔 정도 할까 한 운동화를 신고 있었는데, 생활 수준이 훤히 들여다보였다. 허겁지겁 옷을 차려 입었지만 신발까지는 신경 쓰지 못한 탓이었다.

"됐습니다. 서류는 다 갖춰졌군요."

구니에다의 목소리를 신호로 은행의 대출담당자가 움직이기 시작했다.

구라하시가 건네받은 것은 구라하시 명의의 예금통장과 이체신청서였다. 구라하시가 신청한 2억 엔 대출은 계약서를 교환한 시점에서 실행됐다. 다음으로 그 2억 엔을 그대로 이가라시 후사에 명의의 계좌로 이체하는 것으로 매매가 성립된다.

이체신청서에 자신의 이름을 적는데 불현듯 히사에의 얼굴이 머릿속에 떠올랐다.

2억 엔 대출 사실을 알고 나서부터 히사에는 질리지도 않고 구라하시를 책망하며 지금이라도 늦지 않았으니 대출 신청을 취소하라고 들들 볶았다. 아무래도 순간적으로 2억 엔이라는 빚에 공포를 느낀 것 같았다.

부동산 거래에서 억대의 돈이 움직이는 일은 흔하다. 단지 이번 거래의 주체가 구라하시라는 차이만 있을 뿐이다. 그런데도 그 멍청한 여자는 빚이라는 사실만으로 겁을 먹었다.

도대체 왜 그런 여자를 아내로 선택했는지, 스스로에게 화가 났다. 오랫동안 부동산 중개업자의 부인으로 지내면서 그 정도 인간으로 전락한 것일까, 아니면 처음부터 그 정도 그릇밖에 안 되는 여자였을까.

아무튼 구라하시가 멋지게 당선하는 날에는 의원의 안사람으로서 다시 교육받아야 한다. 아니, 차라리 눈 딱 감고 이혼장을 던질까.

"감사합니다."

대출담당자는 작성된 이체신청서를 들고 응접실을 나갔다. 이체신청서는 직원에게 전달되었고 구라하시 통장에 있던 2억 엔은 순식간에 이가라시 후사에의 통장으로 옮겨 갔다.

대출 실행이라고 해도 현금이 실제로 눈앞에서 오가는 것은 아니다. 금융기관의 온라인 시스템에서 숫자만 움직일 뿐이다. 억 단위 거래가 실감 나지 않는 이유 중 하나도 이 때문이다.

이체 완료를 기다리는 사이에 마침내 아카리가 말을 걸

었다.

"구라하시 회장님. 모임 설립 준비는 잘 진행되고 계십니까?"

모임이란 후원회를 만들기 전 단계의, 아직 성격이 모호한 조직을 말한다. 일단 쿄코의 조언에 따라 '구라하시 효에와 지역 정치를 생각하는 모임'이라고 임시로 이름을 지었다. 사무실 주소는 자택. 야나이의 후원회 사무실과 겹치지만 겸용이라도 상관없을 것이다. 이미 야나이의 후원자 몇 명에게 말을 꺼내 놓았다. 다음 도의회 의원 선거에 출마하겠다는 의향을 밝혔더니 하나같이 놀라는 눈치였지만, 말리려는 사람은 없었다.

부동산 거래로 생길 1억 엔도 어떻게 사용할지 대략 정해 놓았다. 선거 참모인 쿄코와 협의해야겠지만 구라하시는 공무원 단체에 돈을 뿌리면 좋겠다고 생각했다.

부동산 거래를 하다 보면 돈에 여유가 있는 사람들과 그렇지 않은 사람들의 차이가 어렴풋이 보인다. 그 점을 통해 얻은 자신만의 결론은 말단 공무원일수록 작은 돈에 집착하는 경향이 강하다는 것이다. 직무와 관계없이 전체적인 인생이 그러하다. 한 사람당 고작 만 엔이지만 그들에게는 그래도 만 엔이다. 뇌물을 조금 먹여 놓으면 반드시 투표용지에 그 사람의 이름을 찍는다.

"벌써 몇 명에게 말을 해 놨네. 개시일까지는 백 명을 채울 생각이야."

인원이 갖춰지면 선거자금도 준비를 마칠 예정이다. 눈앞에 이가라시 모자가 있어서 토지를 되파는 문제에 대해서는 이야기할 수 없지만, 구하라시도 대형 개발사에 의견을 타진해서 총 3억 엔에 매각할 수 있도록 대략 정했다. 물건의 소유권이 구라하시에게 이전되자마자 계약 세부사항을 채울 생각이었다.

모든 것이 움직이고 있다. 원활하게, 그리고 빠르게.

"왠지 두근두근하네요."

아카리는 벅찬 가슴을 진정시키듯 손을 얹었다.

"당선청부인이면 이런 일엔 익숙하지 않나."

"듣고 화내시면 안 됩니다."

"들어보고."

"쿄코 씨가 관여했던 선거는 수없이 많지만 구라하시 회장님처럼 환갑이 지난 신인 후보의 참모를 맡은 적은 이번이 처음입니다."

"환갑을 넘긴 놈이라 불안한가?"

"천만의 말씀입니다. 저도 그렇지만 쿄코 씨는 새로운 가능성을 봤다고 생각하고 계십니다. 앞으로 우리 사회가 고령화 사회로 접어드는 건 분명한 사실입니다. 내세우는 정책도 당연히 고령자 중심으로 흘러가야 한다고 생각합니다."

"그건 그렇지. 모든 세대에게 공평하고 평등한 사회보장이라는 건 사실상 불가능하기도 하고."

"그런 시대에는 환갑이 지난 신인 의원이 흔할지도 모릅니다. 회장님은 반드시 선구자가 되시겠죠."

치켜세워 주니 기분이 나쁘지 않았다.

"환갑이 지났다고 해도 체력과 기백은 40대 때 그대로니까. 뭐니 뭐니 해도 살아온 방식과 가치관이 다르지. 정치, 경제, 과학, 문화 모든 분야에서 이 세대가 중심이 될 걸세."

그렇다. 지금까지 단카이 세대*니 조직의 노후화니 이러쿵저러쿵 소리를 듣던 세대가 마침내 정당한 평가를 받을 시대가 온 것이다. 그리고 그 선봉장에 자신이 우뚝 설 시대가…….

그때, 대출담당자가 돌아왔다.

"이체가 완료되었습니다."

후사에는 건네받은 예금통장을 보고 단 한 번 끄덕였다.

---

* 일본의 베이비 붐 세대로 고도성장을 이끌었으며, 사회 전반에 새로운 현상을 일으키며 커다란 영향력을 미쳤다.

아카리도 옆에서 들여다본 다음 똑같이 고개를 끄덕였다.

"네. 분명히 2억 엔이 송금되었습니다."

"그럼 저는 이제 법무국에 등기신청을 하러 가야 해서."

구니에다가 모두에게 인사를 하고 응접실을 나갔다.

"여러분, 모두 수고하셨습니다."

대출담당자의 목소리가 모든 절차의 종료를 알렸다. 이가라시 모자는 소파에서 일어나 구라하시에게 인사도 하지 않고 방을 나갔다. 그 대신 아카리가 깊숙이 머리를 숙였다.

"그럼 저는 두 분을 모셔다 드려야 해서요. 회장님."

아카리는 허리를 펴고 격식을 차린 말투로 말했다.

"앞으로 이런저런 역경이 기다리고 있겠지만 힘내시길 바랍니다."

구라하시는 자신도 모르게 자리에서 일어섰다.

"나야말로. 잘 부탁하네."

아카리는 넘쳐흐르는 미소를 흘리며 자리를 떠났다.

지점장과 이야기를 나눈 뒤 은행을 나섰을 때는 상쾌한 기분이었다.

물건 매입과 대출 실행. 지금까지 몇 번이나 그 자리에서 함께 절차를 지켜봤지만, 역시 자신의 일이 되고 보니 차원

이 다르다. 자신도 모르게 긴장하고 있던 탓인지 해방감이
느껴졌다.

집까지는 거리가 있지만 잠시 걷기로 했다. 익숙한 풍경
일 텐데 왜인지 신선했다.

30분 정도 걸었더니 집이자 가게가 보였다. 어차피 은행
에서 오는 자신을 보자마자 히사에가 잔소리를 하며 볶아
대겠지만 이미 모든 절차는 끝났다. 이제 와서 떠들어봤자
소용없다. 멍청한 여자, 어떤 얼굴로 이 소식을 들을까.

그런 생각을 하고 있는데, 가슴팍에서 핸드폰이 울렸다.
전화를 건 사람은 은행에서 헤어진 구니에다였다.

"구라하시입니다. 법무사님, 무슨 일입니까?"

— 사장님, 큰일 났어요.

전화 저편에서 구니에다가 신음했다.

— 당신, 속았다고.

"뭐라고!?"

— 가짜 물건이었어. 세금 관련 증명서에 찍혀 있던 기관
장 인감도 인감증명서도 위조였다고요.

순간 무슨 말을 하는지 이해할 수 없었다.

— 여보세요? 듣고 있어? 한노시 나카야마에 8백 평 농지
가 있고, 소유자인 이가라시 미쓰하루가 사망하면서 후사에

와 후미오에게 상속된 건 사실이에요. 하지만 가장 중요한 인감증명서가 위조라면 등기신청을 할 수 없어.

"등기신청을 할 수 없다니⋯⋯."

— 이전되지 않으니 물건은 그대로 이가라시 모자의 소유라고요. 그러니까 되팔 수도 없다고.

머릿속이 새하얘졌다.

"하, 하지만 본인 확인으로 부인의 보험증과 아들의 면허증을 제시했지 않나."

— 그것도 위조였겠지. 세금 관련 서류나 인감증명서를 위조하는 놈들인데. 보험증이나 면허증 위조가 대수겠어?

이럴 수가.

"착오가 있었다고 하고 취소해 주게."

대답이 없었다.

— 무리예요. 이건 착오가 아니라 누가 봐도 사기라고. 은행은 실제 담보를 조건으로 사장님에게 2억 엔을 대출해 줬어요. 그리고 사장님이 자필로 서명한 이체신청서를 근거로 상대방에게 2억 엔을 송금했지. 은행 측에는 아무런 잘못도 없어. 취소는 불가능해요.

거짓말.

기분 나쁜 농담이다.

구라하시는 도로로 뛰어가 택시를 찾았다.

"일단 은행으로 돌아오게. 나도 갈 테니 같이 사정을 설명해 주게."

건너편에서 오는 택시를 억지로 불러 세워 방금 왔던 길을 되돌아갔다. 구니에다의 전화를 끊고 곧바로 은행 대출담당자에게 전화를 걸었다.

신호음이 계속 울리는 가운데, 구라하시의 심장도 쿵쾅쿵쾅 울렸다.

구라하시가 은행에 도착하자마자 구니에다도 택시를 타고 돌아왔다. 그 얼굴은 망연자실과 피로로 얼룩져 있었다. 대출담당자를 붙잡고 씨름했지만, 구니에다가 설명한 대로 은행 측은 아무런 과실이 없고, 다른 은행에 송금한 뒤에는 이체를 무를 수 없다는 차가운 대답뿐이었다.

이렇게 된 이상 이가라시 모자를, 아니 이가라시 모자를 사칭한 2인조를 잡는 수밖에 없다. 구라하시는 구니에다를 데리고 신주쿠 3번가로 향했다. 운이 좋다면 두 사람은 아직 쿄코의 사무실에 있을지도 몰랐다.

제길.

그놈들 만나기만 하면 후려갈겨 줄 테다.

하지만 그 주상복합빌딩에 올라가 사무실 앞에 섰을 때,

다시 비웃는 숙녀

244

구라하시는 얼어붙었다.

유리문에는 임대 문의 종이가 붙어 있을 뿐이었다. 유리문 너머에는 텅 빈 책상과 캐비닛이 하나도 남아 있지 않았다.

이게 무슨.

악몽이다.

미련이 가득해 문을 밀어 보았지만 잠긴 채 꼼짝도 하지 않았다.

"사장님, 경찰서로 가십시다."

등 뒤에서 구니에다의 참담한 목소리가 들렸다.

"은행에서 이체가 끝난 뒤 그놈들은 바로 튀었다고. 오래전부터 계획된 사기였어요."

구라하시는 포기하지 못하고 아카리의 연락처로 전화를 걸어 봤다.

신호음만 이어질 뿐 전혀 받을 기미가 보이지 않았다.

그래, 구쓰미라면 다른 연락처를 알고 있을지도 모른다.

조급한 마음에 떠밀려 이번에는 구쓰미에게 전화를 걸었더니 믿을 수 없는 음성이 들렸다.

— 지금 거신 전화는 없는 번호입니다.

잘못 눌렀나 싶어 몇 번이나 다시 걸었지만 마찬가지였다.

설마.

그놈까지 한통속이었어?

구라하시는 다리에 힘이 풀려 풀썩 주저앉았다.

이후 몇 시간 동안의 일은 마치 꿈만 같았다. 구니에다에게 반쯤 부축을 받으며 가까운 경찰서로 달려갔다. 수사2과 형사가 응대해 주었지만 구니에다가 가지고 있는 두 사람의 보험증과 면허증 사본을 한 번만 보고서도 위조라는 사실을 알아챘다.

"그렇게까지 뛰어나진 않지만, 잘 모르는 일반인들을 속이기에는 충분하죠. 확인 서류가 위조라는 말은 은행에 나타난 모자 역시 가짜라는 이야기지 않습니까."

형사는 확인 차 진짜 이가라시 모자에게 연락했다. 그러자 이가사리 후사에 본인이 전화를 받은 모양이었다. 형사가 사정을 설명하자 상대방은 몹시 놀란 기색이 역력했다.

— 일단 상속은 받았는데 말이죠. 오랫동안 돌보지 않은 땅이라서 방치해 두었습니다. 매각 상담을 하러 갔었냐고? 아이고 형사 양반, 무슨 소리를 하는 거요. 나는 옛날 옛적에 다리가 안 좋아져서 산책도 못하는 상태라고요.

후사에는 예금통장을 다른 사람에게 준 기억도 없다고 했다. 그리고 장남 후미오는 집 근처 슈퍼마켓 직원으로 근무하고 있으며, 오늘도 아침부터 출근했다고 했다.

"이런 상황입니다, 구라하시 씨. 이건 전형적인 토지 사기 꾼의 짓입니다."

형사는 측은하다는 말투로 알려 주었다.

토지 사기꾼. 이야기를 들은 적은 있다. 반쯤 방치된 상태 인 땅을 찾아내서 문서를 위조한 뒤 허위 매매를 제안하는 사기꾼들을 이르는 말이다.

그런데 설마 자신이 걸려들 줄이야.

"송금한 계좌도 가명 계좌*겠죠. 지금쯤 출금했을 수도 있습니다. 사기 사건으로 접수해 드리기는 하겠습니다만, 이런 범죄는 돈을 그대로 돌려받을 확률은 높지 않습니다. 저희도 전력을 다해 수사하겠지만 너무 기대하지 않으시는 편이 좋습니다."

조사는 마치 고문 같았다. 재차 질문을 받으니 자신의 어 리석음이 더욱 부각되었다. 어째서 그렇게 쉽게 속아 넘어 갔을까. 조사를 맡은 형사는 몹시 안타까워했지만 그것조차 도 비웃음과 경멸의 다른 표현으로밖에 생각되지 않았다.

집으로 돌아가는 발걸음은 여간 무거운 것이 아니었다. 당

---

* 가상의 이름으로 만든 계좌. 우리나라는 금융실명제 실시 이후 금지했다.

연하다. 2억 엔어치의 무게를 등에 짊어지고 있다. 이 2억 엔을 어떻게 갚아야 할까. 계약할 때는 부처의 얼굴이었던 은행도 내일부터는 야차의 얼굴을 할 것이다. 담보로 잡았던 8백 평 땅이 신기루로 사라지면서 계약일부터 깡통 담보가 되었다. 은행에서는 당연히 자금을 회수하려고 열을 올릴 것이다.

2억 엔의 빚을 진 상태에서 후원회를 만들 수 있을 리도 없다. 선거자금을 새로 만들어 낼 수도 없기 때문에 후보 등록을 해도 패배 확정이었다.

집에 도착했을 때는 벌써 저녁 무렵이었다. 숨길 일이 아니었기에 사기 당한 상황을 설명하자 히사에는 면전에 대고 욕을 퍼붓기 시작했다.

"그러니까 내가 말했잖아. 당신은 의원 같은 거 못 한다고. 안 되는 일을 하려니까 그런 사기나 당하지. 2억 엔이라니 그 빚을 다 어떡할 거야. 도대체 내일부터 어떻게 살아야 하냐고. 이 집도 저당 잡혀 있잖아. 지급이 반년이나 늦으면 압류당할 거야."

"시끄러워! 나도 생각 중이라고."

"생각이라니? 바보 같은 소리 좀 하지 마. 당신이 생각이라는 걸 하는 꼬라지를 내가 한 번이라도 본 적 있는 줄 알아? 당신은 생각하는 게 아니라 그냥 이렇게 됐으면 좋겠다, 저렇게 됐으면 좋겠다 망상할 뿐이야."

"시끄럽다고 했잖아!"

"시끄러운데 어쩌라고. 나는 지금 후회막심이야. 이렇게 될 줄 알았으면 평소에도 좀 시끄럽게 굴걸. 나한테 잔소리 듣기 싫어서라도 그런 개똥 같은 이야기에 솔깃하지 못할 정도로 시끄럽게 굴었다면 좋았을걸. 당신은 자기자신을 몰라. 당신은 스스로 생각하고 행동하는 인간이 아니라고. 성공한 사람을 뒤따르거나 똑똑한 사람의 말을 잠자코 듣는 인간이야. 남들 위에 설 그릇도 아니라고. 위에 선 사람을 밑에서 받쳐 주는 인간이란 말이야. 당신은 딱 그 정도 그릇이야. 그걸 모르니까."

"닥쳐!"

히사에의 팔을 뿌리치려고 했는데 얼굴을 치고 말았다. 평소에 조용하던 히사에도 오늘만큼은 다른 반응을 보였다.

"더 이상 못 참아."

그러고는 사무실 책상 위에 있는 파일을 집어던졌다.

이 여편네가 정말.

남편이 곤경에 처했는데 얕보고 멸시하기나 하고. 이럴 때는 당연히 위로하거나 기운을 북돋아 줘야지.

뜻밖의 반격으로 인내심이 사라졌다. 구라하시는 주먹을 불끈 쥐고 히사에의 코를 정면에서 후려쳤다.

히사에는 뒤로 쓰러져서 움직이지 않았다. 코의 모양이 변했고 피가 쏟아졌다.

다른 사람의 피를 보니 마음이 조금 진정됐다. 아무튼 지금은 사기를 당한 일도 2억 엔의 빚도 모두 잊자. 이대로 있다가는 절망감에 잠식되어 버린다. 부엌에 아직 술이 남아 있을 터다.

부엌으로 어슬렁어슬렁 걸어가 선반에서 위스키를 꺼냈다. 잔을 준비하는 그 잠깐의 시간도 애가 타서 가까이에 있는 컵에 부어 스트레이트로 들이켰다. 숨이 콱 막힐 듯한 괴로움과 함께 알코올이 목구멍을 태우며 흘러 들어가자 겨우 제정신이 들기 시작했다.

오늘은 운수 사나운 날이다. 이런 날은 움직이지 않는 법이다. 생각하지 않는 법이다. 고민은 내일부터 해도 족하다.

평소보다 속도가 붙어서 컵을 순식간에 비웠다. 구라하시는 두 번째 잔을 따르며 또다시 단숨에 들이켰다.

불현듯 인기척이 느껴졌다.

뒤돌아보니 히사에가 크리스털 재떨이를 크게 휘둘렀다.

구라하시의 눈앞이 깜깜해졌다.

구쓰미는 편의점에서 파쇄기로 보험증과 면허증을 파쇄하고 가게 앞에 세워둔 자동차 조수석으로 미끄러져 들어갔다.

"모두 처리했습니다."

"고생하셨습니다."

아카리는 차를 출발시켰다.

"방금 TV에 나오더군요. 구라하시 씨, 돌아가셨답니다. 집에서 부인에게 맞아 구급차에 실려 갔는데, 병원에서 사망을 확인했다는 것 같아요."

"어머. 그것 참 안됐네요."

그다지 안타깝지 않은 말투였다. 사람이 한 명 죽었는데도 상당히 냉정하다고 생각했지만, 자신도 일을 꾸민 사람 중 한 명이라 큰소리 칠 입장은 아니었다.

"위조한 서류는 처분하겠지만 그 두 사람은 그대로 두어도 괜찮습니까?"

"처음부터 지바와 사이타마에서 데려온 노숙자입니다. 계획을 모두 알려 주지도 않았죠. 우리가 누군지도 몰라요. 경찰이 찾으려고 해도 힘들 테고, 만에 하나 찾는다고 해도 대단한 증언은 할 수 없을 겁니다. 쿄코 씨도 내버려 둬도 상관없다고 했습니다."

"그래도 일이 이렇게 간단하게 진행되다니."

"구니에다인지 뭔지 하는 법무사가 무능해서 수월했죠. 서류 관계를 미리 확인했더라면 위험할 뻔했는데 예상한 대로 허술했어요. 초과지불금 청구 일만 하고 본업은 완전히 등한시했습니다. 그를 선택한 건 정답이었어요. 역시 쿄코 씨라니까요."

"분명 구라하시 씨와 다른 사람들도 놀랐겠죠. 법무국에서 위조 사실을 알아차리고 사무실로 달려갔을 때는 이미 텅 비어 있었을 테니까."

주상복합빌딩에 있던 사무실도 단기 계약이었고, 몇 안되는 사무실 집기도 대여용품이어서 철수까지 한 시간이 채 걸리지 않았다.

2억 엔이라는 돈을 가로채면서도 당사자가 눈치챘을 때는 흔적조차 남기지 않았다. 훌륭하기까지 한 도주였다.

마치 메뚜기 같다고 생각했다. 한 지역을 습격해서 농작물을 마구잡이로 먹어치운 뒤 또 다른 곡창 지대로 이동한다. 노노미야 쿄코와 아카리의 수법은 그런 메뚜기 떼와 꼭 닮았다.

"아직 못 들었네요. 그 2억 엔, 도대체 어떻게 할 생각이에요?"

구쓰미는 흘끗 뒤돌아봤다. 위조한 통장과 도장으로 은행 창구에서 출금한 현금은 트렁크에 잠들어 있다.

"글쎄요. 그건 저도 못 들었습니다. 다음 계획을 위한 자금으로 쓰지 않을까요?"

"본인 주머니로 챙기지 않는 겁니까?"

"쿄코 씨는 돈에 그다지 관심 없거든요. 화려한 생활을 즐기지도 않고. 그보다 구쓰미 씨는 어떤가요?"

"제가 뭘를요?"

"도와주셔서 고맙지만, 아직 구쓰미 씨의 동기를 듣지 못했군요. 구라하시 효에를 파멸시킨 건 야나이 고이치로의 후원회를 무너뜨리기 위해서였는데, 구쓰미 씨가 야나이를 노리는 이유는 뭔가요?"

"그럼 저도 묻죠. 쿄코 씨가 야나이를 궁지로 모는 이유는 뭡니까?"

"글쎄요. 저도 일이라고밖에 설명할 수 없네요."

"그런 이유만으로 이런 범죄에 가담한다고요?"

"저는 쿄코 씨에게 홀딱 반했으니까요. 저 사람의 지시에 따르면 실패하지도 않고. 그래서 구쓰미 씨의 대의명분은?"

"……앞으로도 동료로서 함께하려면 밝혀야 하는 확인

사항입니까?"

"그렇게 생각하셔도 되고요."

어차피 언젠가는 밝혀야 할 일이다. 계속해서 숨길 필요
도 없어서 구쓰미는 사실을 털어놓기로 했다.

"딸 때문입니다."

"어머, 따님이 있어요?"

"지금은 과거형이 되었지만요. 이제 이 세상에 없습니다.
야나이 고이치로에게 농락당한 뒤 결국 살해당했습니다."

사키타
아야카

I

방안은 짐승 같은 헐떡거림과 냄새로 가득했다.

지금까지 단조롭던 피스톤 운동이 거친 숨소리와 함께 달라지자 아야카도 두 다리로 상대의 허리를 감싸고 쾌락의 정점을 공유하려고 했다.

자궁에서 견딜 수 없는 쾌감이 서서히 올라왔다. 귀를 간질이는 숨결은 수컷이 내뱉는 숨 그 자체였다.

피스톤 운동이 한층 격렬해지며 남자는 절정에 가까워졌다. 아야카는 그를 따라잡으려고 했지만 늦었다.

남자가 신음을 흘리는 동시에 그의 페니스가 아야카의 은밀한 내벽에 분출액을 쏟아내며 떨었다.

사키타 아야카

257

야나이 고이치로가 노곤해진 몸으로 아야카 위에 쓰러져 잠시 여운을 즐긴 뒤 몸을 떼어냈다. 그리고 다 쓴 콘돔을 벗겨내고 욕실로 뛰어 들어갔다. 누구를 만날지도 모르는데 여자의 향이 옮았다가는 망신을 당한다는 이유 때문이었는데, 그 이유에 향을 옮긴 여자에 대한 애정이나 미련은 털끝만큼도 없었다.

아직 몸속에 남아 피어오르는 흥분의 기운을 부둥켜안은 아야카는 시트로 몸을 감쌌다. 행위가 끝난 뒤 긴장이 풀어진 몸을 보이는 것에 거부감이 있다.

샤워를 하는 거친 소리가 욕실에서 들려왔다. 소리를 죽이기 위해 조심해도 좋으련만 야나이 고이치로 사전에 그런 종류의 배려는 없다. 야나이라는 남자는 무슨 일이든 그런 식이다. 처음 만나는 사람이나 이해관계가 얽힌 상대에게는 치밀하게 계산적으로 대응하지만, 가족이나 자신의 본성을 아는 사람에게는 제멋대로 행동하고 때로는 안하무인이기까지 하다. 아야카를 상대할 때는 특히 그러한 경향이 강했다.

시간이 다 됐다.

아야카는 일어나서 여기저기 벗어놓은 옷을 입고 욕실에 있는 야나이에게 말을 걸었다.

"저는 의원회관으로 돌아가겠습니다."

"아아, 수고."

문을 열고 얼굴만 내밀어 살폈다. 호텔 복도에 사람은 보이지 않았다.

방을 빠져나와서 손을 뒤로 돌려 재빨리 문을 닫았다. 그리고 시치미 뗀 얼굴로 걷기 시작했다. 도내에 있는 고급 호텔. 언론이 어딘가에서 눈을 번뜩이고 있을지도 모르지만 적어도 롯폰기의 러브호텔보다는 나았다.

실제로 1년도 더 전의 이야기인데, 최근에 갑자기 주간지의 기삿거리가 되었을 때는 야나이와 아야카 모두 당황했다. 오래전 이야기로, 영상이나 목격자 같은 증거가 없어 오보라고 강력 부인했지만 러브호텔 이용의 위험성을 다시한번 깨달은 참이었다.

요즘은 야나이가 요구하면 시내 호텔로 아야카가 찾아가는 방법을 쓰고 있다. 이 방법이라면 숙박객을 한 사람씩 확인하는 것도 어렵고, 만에 하나 아야카의 모습을 누군가 목격한다고 해도 야나이의 지시로 자료를 전해 주러 갔다고 해명할 수 있기 때문이다. 세상 남자들에게는 상당히 편리한 여자로 보이겠지만, 의원 비서라는 입장에서는 그늘 신세를 감수할 수밖에 없다.

사키타 아야카

오후 11시가 넘은 시간, 나가타초* 제1의원회관으로 돌아왔다. 야나이의 정책비서인 아야카는 의원배지를 갖고 있어서 보안 검색을 받지 않고 들어갈 수 있다.

야나이에게 배정된 사무실로 돌아오자 내일로 예정된 연구 모임의 자료가 산더미처럼 쌓여 있었다. 대부분 TPP와 관련된 농작물의 출하량과 가격에 대한 자료로, 수입 농작물과 경쟁했을 때 취약한 점이 적혀 있었다. 농림수산성의 전형적인 관료 문체로 적혀 있었기 때문에, 이 문서를 야나이가 이해하려면 아야카가 내용을 정독한 뒤에 꼭꼭 씹어서 입에 넣어 줘야만 했다.

연구 모임의 시작 시간은 오전 9시. 앞으로 약 아홉 시간 동안 자료를 전부 읽어야 한다. 솔직히 말하면 반나절은 필요하다고 생각했지만, 야나이의 급작스러운 호출로 예정에 없던 세 시간을 낭비해 버리고 말았다.

오로지 야나이의 욕망을 채워 주기 위한 세 시간. 아야카의 애정이나 성감에는 아무런 관심도 배려도 없는, 그저 육체를 제공할 뿐인 세 시간. 그 시간 동안 자신이 마치 인형 같다는 착각에 빠진다. 성인돌을 대신하는 존재. 웃지 못할

---

* 도쿄에 국회의사당, 수상관저 등이 모여 있는 지구. '정계'를 뜻하는 말로도 통용된다.

농담이지만 그래도 야나이의 욕망을 처리해 줄 수 있는 사람은 자신뿐이라는 자부심이 스스로에 대한 혐오와 연민을 희석시킨다.

숫자와 전문용어를 알기 쉬운 문장으로 풀어 쓰고, 엑셀 파일로 정리한다. 어떤 서식이 야나이를 이해시키고 또 자신의 말로 소화하게 할지는 머리보다 손가락이 기억하고 있다. 네 시간 정도 작업했더니 졸음이 몰려와 아야카는 방 한쪽에 있는 커피머신으로 에스프레소를 내렸다.

한숨 돌리는 사이 조금 전의 정사가 되살아났다. 제대로 된 애무도 없는 일방적인 성행위. 마치 성욕을 처리하기 위한 도구처럼 취급하지만 피임만은 게을리하지 않는 이도 저도 아닌 행동.

야나이에게는 하쓰미라는 아내가 있다. 결혼한 지 8년째일 터다. 그러니까 야나이가 피임에 예민하게 구는 것도 이해할 수 있다. 아니, 설사 그가 독신이라도 해도 정책비서를 임신시키는 일 따위는 피하고 싶을 것이다.

그렇다면 여자로서 자신의 입장은 어떨까. 아야카는 오랜만에 자신의 처지를 되돌아봤다.

올해로 서른넷. 예쁘다고 주위에서도 칭찬이 자자하지만 점점 나이를 먹고 있다. '여자는 서른다섯 살이 넘으면 양수가 썩는다' 따위의 막말을 라디오에서 지껄인 뒤 여론의 뭇매를 맞은 여자 연예인은 어디 사는 누구였더라. 그때 비난의 목소리를 높였던 사람은 대부분 그 나이대 여성이었는데, 농담으로 듣고 넘길 수 없기 때문이었다.

양수 운운하는 비과학적인 이야기 때문이 아니라, 나이가 들수록 출산 위험이 커진다는 공포 때문에 그 연예인을 비난한 것이라고 아야카는 생각했다. 아야카 본인이 나이를 먹는 것에 두려움을 느끼기 때문에 더욱 그러했다.

자신이 원해서 야나이의 공설비서가 됐다. 관계를 강요당했을 때도 두말없이 허락했다. 야나이를 맹목적으로 사모하고 존경했으므로 순순히 따랐다.

하지만 자신은 이제 서른네 살이다. 앞으로 반려자를 만날 가능성도, 아이를 낳을 가능성도 점점 낮아진다.

이대로 괜찮은가 자문해 보지만, 비서 업무에 쫓겨 신중하게 생각해 본 적이 없다. 아니, 진지하게 생각하면 절망할 것 같아서 억지로 생각을 하지 않으려는 경향도 있다.

야나이와 결혼하고 싶다.

야나이의 아이를 낳고 싶다.

예전에는 억눌러 놨던 마음이 요즘 들어서 불쑥불쑥 머리를 치켜든다. 이것은 나이가 드는 것에 대한 두려움인가,

아니면 야나이를 사랑하는 감정이 마침내 한계에 다다라 숨길 수 없을 정도가 된 것인가.

아야카가 국회의원 정책담당 비서 자격을 얻은 것은 스물두 살, 대학에 다니고 있을 때였다. 졸업 후, 여당의 중진 의원 공설비서로 채용되면서 이 세계에 들어왔다.

비서는 의원의 그림자다. 따라서 의원이 낙선해서 일반 시민이 되면, 세금으로 급여를 받는 공설비서도 당연히 실직이라는 쓰라린 결과를 맞는다. 정계는 좁은 사회다. 어느 의원 비서가 우수한지 아닌지 금방 소문이 난다. 예를 들면 눈에 띄는 자와 고용주인 의원에 대해 떠들어대는 비서는 꺼린다. 이 바닥 사정은 가정부와 같다.

아야카는 업무를 착실하게 하면서 입이 무거워 고용 의원을 곤란하게 하지 않았다. 정권이 교체되었을 때는 당연히 실업자가 됐지만 그래도 반년이 지나니 다시 취직할 수 있었다.

야나이는 네 번째 고용주이자 아야카가 가장 오랫동안 모신 의원이기도 했다. 야나이가 재선 의원이 된 뒤 인연을 맺어서, 그가 신인에서 중진으로, 농림부회의 중축으로 떠오르는 것을 직접 보아왔다.

아직 30대지만 장기 계획을 세우고 행동할 수 있는 남자.

대를 위해 소를 버리지만, 그래도 정치인으로서의 긍지는 버리지 않는 남자.

이 남자야말로 차세대를 이끌 인재, 미래의 총리 후보라고 확신했다. 언젠가 야나이 총리의 탄생을 두 눈으로 직접 보고 싶다고 생각하게 되었다.

처음 원내에 진입할 때, 국회의원들 대부분은 총리를 꿈꾼다. 하지만 실제로 그 자리에 앉는 사람은 한 사람뿐이다. 노력하면 대신 자리에 한 번은 오를 수 있다. 그러나 대신을 여러 번 맡고 싶다면 더욱 노력해야 하고 당3역*이 되고 싶다면 더더욱 노력해야 한다. 그리고 총리가 되려면 노력 외에 강한 운까지 따라줘야만 한다. 그 운은 아무나 갖는 것이 아니다. 하지만 야나이 고이치로에게는 운이 있다고 아야카는 직감했다. 논리적으로 설명할 수는 없다. 과거에 의원 세 명을 모시면서 정계가 무엇인지 피부로 느끼며 저절로 알게 된 것이다.

그 이후, 아야카는 쭉 야나이의 그림자가 되었다. 실정이나 사정을 묻고 유용한 정보만 전달한다. 정보를 정리해서 필요할 때 필요한 만큼 전달한다. 야나이의 손발은 물론, 때

---

* 한 정당의 중추적 역할을 하는 실력자로 중요 의사를 결정한다. 일본의 자민당은 간사장, 총무회장, 정무 조사회장이, 민주당은 대표, 간사장, 대표대행이 해당된다. 우리나라에서는 원내대표, 사무총장, 정책위 의장이 해당된다.

로는 두뇌의 일부까지 되어야 한다. 야나이의 일거수일투족에 주의를 기울이고, 국회 중계 때는 TV 화면발이 잘 받도록 신경쓰고, 불미스러운 일이 발생했을 때는 본인보다 먼저 사과한다. 그리고 성적인 충동이 집무를 방해하지 않도록 그 처리까지 감수한다.

그렇게 5년의 세월이 흘렀다. 야나이는 당내에서 순조롭게 지위를 쌓아가고 있다. 기뻐해야 마땅했다. 그런데도 자신의 나이기 떠오를 때와 쓰레기통에 버려진 다 쓴 콘돔을 볼 때마다 쓸쓸하고 외로운 마음이 솟아났다.

내 꿈은 야나이를 총리로 만드는 것 아니었나.

내가 바라던 것은 야나이의 성공이 아니었나.

정책비서라는 직함이 허무하게 느껴지기 시작하는 지금, 무엇에 의지해야 할까.

제길. 아야카는 잡념을 떨쳐 버리듯 컴퓨터로 향했다. 쓸데없는 상념에 젖어 있을 겨를이 없다. 창밖으로 하늘이 희뿌옇게 밝아오고 있었다. 아야카는 여자로서의 감정을 수습하지 못한 채 정책비서로서의 업무를 다시 시작했다.

오전 8시를 조금 넘겼을 때, 야나이가 사무실에 모습을 드러냈다.

사키타 아야카

"안녕하십니까."

"아, 좋은 아침."

마치 어젯밤에 아무 일도 없었다는 듯한 태도에 가슴이 저렸다.

"자료 훑어봤어?"

"지금부터 설명드리겠습니다."

소파에 몸을 깊게 파묻은 야나이에게 자료의 개요를 설명했다. 요점을 간추려서 말하는 것뿐이기 때문에 15분이면 충분했다.

야나이도 머리 회전이 좋은 편이라 아야카의 설명을 들으면 자료의 내용을 대부분 이해할 수 있었다. 오랜 기간 합을 맞춰 왔고 때로는 살을 맞대기도 한다. 이심전심까지는 아니어도 하나를 들으면 셋을 알아차릴 정도의 관계는 된다.

"내용은 파악했는데……. 이해하면 할수록 대의명분에서 멀어지는 것 같은데."

"무슨 대의명분 말씀이신가요?"

"농림부회 대의명분은 일본의 농림업을 지키자, 잖아. 그런데 이런 자료나 각 조합의 진정 내용을 듣다 보면 과연 그들의 바람과 대의명분이 일치하는지 의문이 드는 것도 사실이야."

야나이는 아야카가 작성한 메모를 팔랑팔랑 흔들어 보였다.

"TPP 체결로 해외에서 값싼 쌀과 채소가 들어오면 영세 농가가 타격을 받는 데다 식량자급률이 나빠지지. 그래서 농작물을 중요품목으로 지정해서 관세를 부과하자는 주장을 이해하지 못하는 건 아니야. 그런데 그건 영세 농가를 보호하는 한편 소비자의 이익을 해치는 일이기도 해. 만약 농작물을 중요품목으로 지정해서 그 영세 농가가 회복하면 좋겠지만 결국 수익 저하와 후계자 부족으로 상황이 점점 악화될 뿐이야. 그렇다면 TPP를 반대하기 전에 이익추구형 집약농업조직을 구축하는 문제가 더 먼저 아닐까 싶은데. 그렇게 되면 조직력이 올라가서 오히려 일본산 농작물을 해외로 수출하는 등 시야도 넓어지겠지. 개정된 노동법으로 값싼 외국인 노동자를 고용할 수 있게 되면 인건비도 줄일 수 있고, 성장산업으로 만들 수도 있어."

"하지만 의원님. 그러면 영세 농가와 집약영농조직의 격차가 커지기만 할 겁니다."

"나는 말이야, 산업발전을 위해서라면 어느 정도 희생은 필요하다고 생각해. 언제까지나 보조금에 의존하는 영세 농가를 보호하기만 해서는 '공격적인 농업'으로 전환할 수 없어. 무엇보다 그들은 궁핍한 현실만 호소할 뿐, 스스로 변하려는 노력은 조금도 하지 않아. 그러면 시대에 뒤처지는 게 당연하잖아."

'아아, 이거다'라고 생각했다.

대를 위해 소를 버린다. 위정자로서 필요한 점이지만, 경쟁력을 갖추지 못한 사람이나 사회적 약자에 대한 배려가 없으면 민심을 잡지 못한다.

똑똑하고 빈틈이 없으며 동료 의원들에게 신망도 두터운 야나이에게 부족한 점이 바로 이것이다. 2세 의원으로 나고 자란 탓인지 좌절의 쓴맛도 참고 견디는 괴로움도 모른다.

이는 고참 의원이자 전 후원회장인 구라하시에게 들은 이야기인데, 선대인 야나이 고노스케에게는 연민과 인정이 있었다. 국회의원이면서도 서민에게 사랑받은 이유도 그 때문이다. 그런 고노스케가 생전에 이러한 말을 남겼다.

— 정치가에게 인정이 없으면 안 돼. 때로는 강자를 돕는 한이 있더라도 약자를 꺾는 짓만은 절대 해서는 안 돼. 그런데 아들이라는 녀석이 머리는 좋을지 몰라도 정작 가장 중요한 인정이 없어. 머리가 좋아도 인정이 없으면 관료나 마찬가지야.

고이치로 본인의 귀에 들어갔는지는 알 수 없지만 역시 아버지의 통찰력은 확실하다고 생각했다. 고이치로는 약자에 대한 배려가 부족하다.

그리고 그늘에 있는 아야카에게도.

"의원님, 그래도 의원님을 지지하는 단체 중에 그 영세 농가도 있습니다. TPP 협상 결과에 따라 다음 선거 추세가 결정될 확률도 높으니까 이 부분은 작은 집단도 챙기는 식으로 진행하셔야 합니다."

"아, 그건 알고 있어. 지지자가 있어야 내가 있으니까. 다만 앞으로의 백 년을 내다본다면 언제까지나 영세 농가를 보호하기에만 급급해서는 안 된다고 생각해."

농림부회 회장 자리가 보이기 시작한 지금, 야나이의 시선은 위를 향하고 있었다. 위만 보니까 당연히 발밑은 살피지 않는다.

"의원님 생각도 맞지만 당분간은 당의 방침에 따르는 편이 좋지 않을까요? 국민당이 정권을 잡았지만 이 또한 전 정권의 불찰과 마가키 총리의 인기를 등에 업은 승리라고 폄하하는 사람이 많다고 들었습니다."

"그건 폄하가 아니라 정확한 분석이지."

야나이는 자조하는 투로 중얼거렸다.

"카리스마 있는 마가키 총리의 인기. 하지만 주일 알제리 대사관 인질 사건 때 초법적인 조치를 하면서 국방 의지를 국민에게 표명했고, 직후에 실시된 국민투표에서도 일단 신임을 얻었어. 기반이 점점 단단해지고 있어. 이제 슬슬 국민당의 장기 집권을 내다보고 농업정책의 근본적인 개혁을 시작해도 좋을 시기야."

아야카는 목구멍까지 나왔던 말을 다시 삼켰다.

"의원님께서 그 개혁에 실력을 발휘할 날을 고대하고 있습니다."

오후 1시부터는 예산위원회가 열렸다. 아무리 정책비서라도 회의장까지는 들어갈 수 없다. 그 대신 의사 진행은 전부 각 사무실 모니터로 중계된다.

회의장 밖에 있어도 비서 업무는 계속된다. 모니터를 주시하고 고용주인 의원이 화면에 비치는 모습을 확인할 뿐 아니라 졸기라도 하면 휴대폰 진동 기능으로 깨우기도 한다.

— 이처럼 지금은 그야말로 국난이라고 할 수 있지만 국회의원으로서 우리는 여야를 막론하고 국민의 염원인 국가와 경제 부흥을 주제로 나아가야 합니다. 마가키 총리가 주장하는 디플레이션 탈피라는 숙제는.

어젯밤 밤을 샌 영향으로 모니터를 바라보고 있으니 수마가 덮쳐 왔다. 아야카는 커피머신에서 에스프레소를 내려 목에 흘려 넣었다. 국회 회기가 되면 평소에도 과도한 일정이 더욱 빡빡해진다. 의원의 그림자인 비서는 그보다 더시간이 자유롭지 못하다. 예전에 에너지 드링크가 판매되기 시작했을 때 시험해 본 적이 있지만, 아무래도 아야카의몸에는 맞지 않는 듯 얼마 지나지 않아 컨디션이 나빠졌다. 지금은 원래대로 돌아가 에스프레소로 졸음을 쫓고 있지만전부 건강에 좋은 음료는 아니다. 지나치게 바쁜 업무와 함께 몸도 서서히 깎여나가는 것이 느껴진다. 뼈가 가루가 되도록 일한다는 말이 바로 이런 상황이겠지.

그래도 졸음을 이기지 못하고 깜빡깜빡 조는데 스마트폰이 오후 1시 50분을 알렸다. 아야카는 두세 번 머리를 흔들어 졸음을 날렸다. 2시부터는 면담 약속이 있다. 아야카가상대해도 충분한 용건인데, 그렇다고 해서 잠이 덜 깬 얼굴을 보일 수는 없다.

"실례합니다."

면담 상대는 2시 정각에 왔다. 시간을 정확하게 지키는상대는 아야카도 싫지 않다.

"참, 마침 예산위원회가 한창이군요."

후원회의 구쓰미는 참관일에 방문한 학부모 같은 눈으로 모니터를 바라봤다. 후원회장인 구라하시가 없어진 지금, 임시 대표자 격 대우를 받고 있는 구쓰미가 야나이를 주목하는 건 당연한 걸까.

구라하시는 일주일 전에 아내인 히사에에게 살해당했다. 처음 소식을 들었을 때 아야카와 야나이는 놀랐지만 구라하시가 도의원 선거와 관련된 2억 엔의 빚을 떠안았다는 사실을 안 뒤부터는 그럴 만하다고 생각했다. 가부장제의 대표처럼 행동하면서도 내뱉는 말은 어딘가 어리고 현실과 이상의 괴리에서 방황하는 인상이었다. 살해 동기가 무엇이었는지는 범인인 히사에만 알겠지만 아무튼 구라하시를 잃은 후원회가 위아래로 난리가 난 것은 틀림없었다.

그 혼란을 착실하게 수습한 사람이 같은 후원회에 적을 두고 있던 구쓰미였다. 그는 후원회 회원 전원에게 구라하시의 사망 소식을 알리고, 주요 멤버를 소집해 곧바로 중심이 되어 일 처리에 대한 대책을 협의했다고 한다. 사람들을 잘 보살피고 어떤 사람이 하는 말이든 진지하게 들어주는 태도는 다양한 조율을 해야 하는 후원회장으로서 딱 들어맞았다.

후원회의 인사나 향후 행보에 대해 의견을 묻고 싶어서

시간을 만들었는데 아무래도 구라하시의 후계자는 구쓰미로 정해질 것 같은 분위기였다.

"곧바로 본론으로 들어가서, 구쓰미 씨. 후원회는 어떤가요?"

이야기를 꺼내자 구쓰미는 갑자기 떨떠름한 표정을 지었다.

"솔직히 좋지 않습니다. 구라하시 회장님이 선대부터 후원회장을 맡으신 것도 있고, 그야말로 후원회의 얼굴 같은 존재였으니까요. 그런 분을 잃은 상실감이 생각보다 큽니다. 뒤를 이으려는 사람이 좀처럼 없습니다."

이어서 구쓰미는 몇몇 베테랑 회원들의 이름을 거론했다.

"한 분 한 분 모두 이야기를 들어봤는데, 후원회 일에는 회원 포섭이니 선거활동 동원이니 자질구레한 것들이 많아서 회장이 되면 어느 정도 자기 부담 비용이 발생하는 것도 각오해야 합니다. 그것도 초선의원이라면 마음이 좀 편하겠지만 아무래도 야나이 의원님의 후원회이다 보니 어설프게 할 수는 없다며 모두들 주저하는 게 현실이에요. 아무도 나서질 않아요."

아야카는 보고를 들으면서 의외로 감동받았다. 흘러가는 상황에서 분명 구쓰미가 회장의 뒤를 이을 것이라고만 생

사키타 아야카

273

각했기 때문이다.

"실례지만, 구쓰미 씨가 회장을 맡으실 생각은 없습니까?"

"제가 후원회장을, 말입니까?"

구쓰미도 내심 뜻밖이라는 표정이었다.

"죄송합니다. 그런 대단한 일은 생각해 본 적도 없습니다."

"최근 일주일 동안, 구쓰미 씨가 보여 준 활동은 후원회장이 하는 일 그 자체였습니다. 회원들에게 연락하고 통솔하고 대책을 협의하는 일. 야나이 의원님도 저도 감탄해 마지않았다고요."

모처럼 발견한 인재다. 가만히 보고만 있을 수는 없다. 더군다나 하루라도 빨리 후원회 기능을 회복시키지 못하면 이대로 후원회 자체가 흐지부지될 위험마저 있다.

"저희는 구쓰미 씨에게 꼭 다음 후원회장을 부탁드리고 싶습니다."

구쓰미는 "음" 하고 괴로운 듯 끙끙거린 뒤 고개를 비스듬히 기울였다.

"마음은 감사하지만 제게는 좀 무거운 자리인 것 같습니다."

"그러고 보니 아직 구쓰미 씨의 직업을 여쭤보지 못했네요."

"아, 저는 시스템 엔지니어 일을 하고 있는데, 재택근무를 해서 시간을 비교적 자유롭게 쓸 수 있을 뿐입니다. 회사에서 발주하는 대로 납품하니까 뭐, 자영업이랑 비슷하죠."

시간을 자유롭게 쓸 수 있다는 말을 듣자 더욱 마음에 들었다. 후원회 활동을 하려면 책임자가 자유롭게 움직일 수 있는 편이 좋다. 아야카는 더할 나위 없이 정중하게 머리를 숙였다.

"부디 야나이 의원님을 도와주시길 부탁드립니다."

"사키타 비서님, 머리 드세요. 비서님이 부탁하면 거절할 수 없지 않습니까."

"구쓰미 씨가 맡아 주신다면 무릎도 꿇을 수 있습니다."

그러고는 무릎을 꿇자 구쓰미는 당황한 듯 저지했다.

"그만하세요. 외모와는 달리 강단이 있으시네요."

이런 것은 의원 비서의 세계에서는 강단 축에도 못 낀다. 머리를 숙여서 사람을 움직일 수 있다면 얼마든지 숙일 수 있다.

"알겠습니다, 사키타 비서님."

"맡아 주시겠다는 말씀이시죠?"

"아니, 아무래도 책임이 막중한 자리니까, 분위기에 휩쓸려 이 자리에서 바로 결정하는 게 오히려 실례죠. 제게도 생각할 시간을 주세요."

사키타 아야카

275

대답을 듣고 아야카는 속으로 가만히 미소 지었다. 자신이 머리를 숙인 상대 치고 이런 대답을 한 남자 중에 거절한 사람은 아직 한 명도 없었다. 구쓰미가 말한 생각할 시간이라는 것은 본인을 격려하기까지의 유예 기간 같은 것이다.

"구쓰미 씨라면 분명 긍정적인 대답을 주실 거라 믿습니다."

"신경쇠약에 걸리지나 않으면 다행이겠네요."

"죄송합니다. 그 정도로 부담스러우십니까?"

"제가 아니라 사키타 비서님 말입니다."

"네?"

"아무리 야나이 의원님을 위해서라고 하지만 아주 쉽게 무릎까지 꿇으려고 하잖아요. 비서님 같은 사람이라면 자존심도 남들보다 강할 텐데요."

구쓰미는 상체를 내밀어 아야카의 얼굴을 들여다보는 듯했다. 여간해서는 움찔하지 않는 아야카도 마지막 한마디에 가슴을 찔려 마음이 약해졌다.

"저는, 별로."

"시스템 엔지니어는 프로그램만 만지는 장사라고 생각하기 쉽지만 실제로는 사람을 상대하는 촌스러운 영업이 주된 경우가 많습니다. 덕분에 사람 관찰만큼은 신나게 했죠. 사키타 비서님. 비서님이 여러 가지로 무리하고 있다는 것 정도는 알아요."

"……무리한다고 생각하지 않습니다."

"과연 그럴까요. 인간과 컴퓨터는 닮은 점이 있어요. 아무리 용량이 커도 과도한 처리를 강요하면 다운되어 버리죠. 혹시 지금의 사키타 비서님이 그렇지 않습니까?"

"걱정 마세요. 저는 지극히 정상적으로 작동하고 있습니다."

"아까 말씀하셨던 후원회장 건은 긍정적으로 생각해 보겠습니다. 하지만 그 부탁을 한 비서님이 다운되기 직전인 상태에서는 저도 안심하고 야나이 의원님을 서포트 할 수 없을 것 같습니다. 제게 무리한 부탁을 하는 입장에서, 적어도 저한테만은 진심을 보여 주세요."

구쓰미는 몹시 걱정스러운 표정을 지었다. 마치 아버지가 딸을 걱정하는 얼굴이었다.

"저는 비서님 편입니다. 야나이 의원님의 비서로 오랫동안 근무해 오신 만큼 더욱 불안하군요."

"걱정하실 일은 아무것도 없습니다. 저에 대해서는."

"사키타 비서님. 제가 지금 드리는 말씀이 틀렸다면 사과드리겠습니다. 혹시 야나이 의원님을 비서로서가 아니라 다른 마음으로 사랑하고 있지 않습니까?"

사키타 아야카

277

구쓰미가 돌아간 뒤, 아야카는 생각에 잠길 수밖에 없었다.

구쓰미가 꺼낸 한마디가 줄곧 마음에 걸렸다. 통찰력이 뛰어난 남자일 것이라고 짐작은 했지만 설마 자신의 마음을 꿰뚫어보고 있을 것이라고는 상상도 하지 못했다. 아니면 친하지 않은 구쓰미조차 간파할 수 있을 정도로 야나이를 향한 마음이 티가 나는 걸까.

야나이와 롯폰기에서의 밀회 사진이 주간지에 폭로되었을 때, 후원회 사람들에게는 만취한 야나이에게 갈아입을 옷을 가져다 준 것뿐이라는 변명으로 둘러댔다. 믿는 사람도 있을 것이고, 믿지 않는 사람도 있을 것이다. 그래도 구라하시와 몇몇 후원자들은 야나이와 아야카의 관계를 눈치챘을 터였다. 구쓰미는 후원자 중 누군가에게 이야기를 들은 것일까?

타인의 입을 통해 확인하면서 묻어 뒀던 마음이 한층 더 강해졌다.

밀회가 특종 보도되었을 때, 하쓰미에게 사정을 설명하는 역할은 구라하시에게 맡겼다. 자신이 얼굴을 내밀면 한바탕 말썽이 일어날 것 같아서였다. 하지만 의외로 하쓰미는 격앙된 모습 없이 담담하게 구라하시의 설명을 들었다고 한다.

진심으로 야나이를 믿는 것인가, 아니면 분노를 드러내지 않을 만큼 부부 사이가 냉랭한 것인가. 아야카로서는 후자라고 생각했지만 그래도 하쓰미가 국회의원 아내 노릇에 지쳤다고 생각하지는 않았다.

아야카 속의 여자가 자그마하게 존재를 주장하기 시작했다.

2

"그래서 구쓰미 씨가 정곡을 찌르자 사키타 씨는 어떤 반응을 보였습니까?"

입을 열자마자 아카리가 물었다. 저녁 무렵 쿄코가 외출 중이어서 '노노미야 플래닝 스튜디오'에 대화 상대는 아카리뿐이었다.

"굉장히 알기 쉬운 반응을 보이더군요."

구쓰미는 그때의 아야카를 떠올리며 말했다.

"인상이 차가운 데다 스스로 국회의원의 그림자를 자처하는 사람입니다. 진심이나 진실을 드러내지 않는다고 생각했는데, 치정 문제는 다른 것 같네요. 그렇게 쉽게 여자의 얼굴을 할 줄은 생각도 못했습니다."

"정책비서 사키타 아야카의 유일한 아킬레스건인가요?"

"그렇죠. 비서로서는 완벽하다는 것이 후원회의 평가니

사키타 아야카

279

까요. 돌아가신 구라하시 회장님도 그 점은 매우 칭찬했습니다."

구쓰미로서는 마음속에 품은 의구심 때문에 적극적으로 동의할 수 없었다. 그런데 아카리는 그 마음을 이미 읽은 것 같았다.

"구쓰미 씨는 다른 분들과 다른 의견이신 것 같네요."

"뭐……."

"그럼 구쓰미 씨는 사키타 씨를 어떻게 보시나요?"

"결정적인 것이 부족하다고 할까. 그렇게 능력 있는 인재가 왜 야나이 고이치로 같은 남자의 애인 따위에 만족하는지 이해할 수가 없군요."

"국민들의 인기를 얻었던 국회의원의 아들, 이라는 사실 하나 때문만은 아니겠죠. 소문으로 듣기에는 사키타 씨가 그만 한 이유로 다리를 벌릴 여자는 아닌 것 같은데요."

"아카리 씨가 봐도 그 남자가 매력적입니까?"

"여기저기 널린 남자들보다는 그럴듯해 보이기는 합니다. 물론 사귈지 말지는 별개의 문제지만."

"아카리 씨도 그 남자의 간판이나 겉모습에 속고 있습니다. 그는 남자는커녕 인간으로서 상종 못 할 놈입니다."

말이 그만 거칠어졌다. 제삼자 앞에서는 자제하려고 하지만 야나이의 일이라면 아무래도 증오가 얼굴을 내밀고 만다.

"아아, 구쓰미 씨의 따님이 심한 일을 당했다고 하셨죠. 죄송합니다. 제가 눈치가 없었네요."

"아뇨. 어디까지나 개인적인 감정입니다. 아카리 씨나 쿄코 씨와는 관계없는 이야기니까요."

"음. 전혀 관계가 없다고 하면 거짓말이려나."

"왜죠?"

"야나이 고이치로를 끌어내리려고 손을 잡았잖아요. 개인적인 원한이라고 해도 알아둔다고 손해 볼 건 없죠."

"딸을 장난감 취급하다가 죽였다. 그것만으로는 부족합니까?"

"간접적으로 살해당했는지, 아니면 직접 손을 썼는지. 그것만으로도 차이가 상당히 크다고 생각하는데요."

구쓰미는 잠시 망설였다. 사건이 벌어진 지 10년도 더 지났지만 마음의 상처는 아물지 않았다. 다른 사람에게 이야기한다고 고통이 덜어지는 것도 아니다.

"자세하게 말해야 합니까?"

"그런 건 아니에요. 쿄코 씨가 딱히 그런 걸 원하는 것도 아니고. 하지만 따님이 어떤 비극적인 죽음을 맞았는지 알아야 야나이가 얼마나 악랄한지 알죠. 그럼 쿄코 씨도 가엽게

사키타 아야카

281

여길지도 모르고요."

"그러면 무슨 메리트가 있습니까?"

"적어도 더욱 진지해지겠죠. 쿄코 씨, 그래 봬도 여자의 적에게는 더욱 냉혹해지는 구석이 있으니까. 게다가 구쓰미 씨의 고통을 나누면서 우리의 협력관계를 전보다 공고히 할 수 있다고 생각하지 않으세요?"

구쓰미는 입을 다문 채 생각에 잠겼다. 과거를 밝히는 데는 고통이 따르지만 한 번은 신문에 보도된 내용이므로 숨길 일도 아니었다. 아카리의 말대로 슬픔과 분노를 공유함으로써 지금보다 더 쿄코와 아카리의 협력을 얻을 수 있다면 그보다 좋은 일은 없다.

"저와 나눈 대화는 당연히 쿄코 씨의 귀에도 들어가겠죠."

"그렇게 생각하셔도 좋습니다. 저와 쿄코 씨는 일심동체니까요."

변함없는 충성심이다. 구쓰미는 아카리의 심취된 눈을 보니 반은 감탄스럽고 반은 섬뜩했다.

구라하시를 모함하려고 쿄코와 아카리와 손을 잡았을 때, 쿄코를 향한 아카리의 강한 충성심은 지금 생각해도 놀랍다. 아카리는 쿄코의 수족이 되어 더러운 일도 마다하지 않는다. 그녀에 대해 이야기할 때는 마치 신자가 교주를 숭배하는 눈빛을 한다.

눈여겨볼 만한 사실은 쿄코의 훌륭한 언변과 사람의 마음을 파고드는 기술이다.

구라하시 전에 쇼도관 부관장인 이노 덴젠을 끌어내린 수법도 들었는데, 그 이후 쿄코라는 여자가 무서워졌다. 이노를 속인 방법은 단순하고, 평소라면 그리 쉽게 걸릴 리 없는 방법이었다. 큰돈을 투자하게 만든 다음 교정이 끝나기 직전에 다른 원고와 바꿔치기해서 배포하지 못할 교단 책을 출판하게 한다. 아무도 이득을 얻지 못하는 사기이므로 오히려 의심받을 확률이 낮다.

그러나 계획이 성공한 비결은 교묘한 수법이 아니라 쿄코의 뛰어난 화술 덕분이었다. 이노의 출세 욕심을 교묘하게 조종해서, 이 계획을 실행시키는 것만이 유일한 묘책이라고 믿어 의심치 않게 만들었다.

그다음 이어진 구라하시 건은 더욱 뛰어났다.

우선 쿄코를 당선청부인으로 여기게 만드는 수법이었는데, 이 또한 단순하면서도 효과적인 방법이었다. 각 선거에서 당선한 후보자와 함께 찍은 사진. 이것은 인터넷에서 주운 사진을 합성한 것이었다. 전문가라면 한눈에 봐도 알 수 있는 합성사진이지만, 선거와 그 결과를 어설프게 알고 있는 선무당에게는 오히려 매우 신빙성 있게 느껴졌을 것이다. 후원회 회장으로서 계약 일에만 익숙했던 구라하시에게는 효과가 가장 뛰어난 미끼였다.

생활에 어려움이 없던 구라하시가 높은 지위를 갈망할 것이라는 심리를 간파한 사람은 구쓰미였지만 쿄코가 선거 자금 마련에 토지 사기 수법을 이용하자고 제안했을 때는 역시 깜짝 놀랐다.

"하지만 쿄코 씨. 상대는 이러니저러니 해도 부동산 중개업자입니다. 과연 그런 뻔한 사기에 속을까요?"

구쓰미가 불안한 마음에 묻자 쿄코는 싱긋 웃으며 이렇게 대답했다.

"부동산 사기니까 더 적절하죠. 그 누구도 본인이 잘 안다고 생각하는, 생업으로 삼고 있는 일로 사기를 당할 거라고 생각하지 않으니까요. 게다가 거주 사실과 등기부만으로 부동산의 정당성을 담보로 잡지만, 대부분의 부동산 중개업자와 법무사들은 등기부상 절차에 치중하기 때문에 토지 사기 수법은 단순하지만 허점을 찌를 수도 있습니다."

예로부터 부동산 중개사무소는 '센미쓰야*'라고 손가락

* 허풍쟁이를 뜻하는 은어로 복덕방쟁이, 중개인을 뜻하기도 한다.

질 당했다. 천 개 중 세 개의 진실밖에 말하지 않는다는 뜻인데, 그런 식으로 생각하면 센미쓰야인 본인이 누군가에게 속으리라고는 생각하기 어려울 것이다. 실제로 구라하시는 본인이 몸담고 있는 분야에서 어이없을 정도로 쉽게 속아 넘어갔다.

상대에 맞춰 가장 적합한 계획을 세운다. 그 선택이야말로 쿄코의 악마 같은 모습이었다. 허무할 정도로 쉽게 속기 때문에 자존심 강한 인간일수록 괴로워하게 된다. 돈뿐만 아니라 자신감과 자긍심까지 잃어서 그 타격은 두 배 세 배가 된다.

"스스로를 높게 평가하는 인간만큼 속이기 쉬운 부류도 없습니다. 그리고 스스로를 아무 근거 없이 높게 평가하니, 자신의 무능함을 깨달았을 때 느끼는 절망감은 더욱 큽니다."

높이 날수록 추락할 때 충격이 크다는 뜻인가. 그 또한 악마 같은 발상이다.

심사숙고한 구쓰미는 털어놓기로 결정했다.

"그럼 아카리 씨가 쿄코 씨에게 말해도 관계없다는 전제하에 이야기하겠습니다."

"원하는 바입니다."

"벌써 10년도 더 된 일인데, '울트라프리 사건'이라고 기

사키타 아야카

억하십니까?"

"'울트라프리'……. 아아, 대학 동아리에서 일어났던 집단 폭행 사건이었죠?"

"네. 명문대에서 발생한 대형 스캔들이었습니다."

'울트라프리'는 모 대학의 공인 동아리로 이벤트나 파티를 주관하는 단체였다. 여성은 거의 공짜로 가입할 수 있다는 특전이 있어서 여성 회원이 끊이지 않았다. 하지만 동아리는 사실 집단 폭행의 온상이었으며 그 피해 건수만 4년 동안 총 4백 명이 넘었다.

조직은 교활하게 역할 분담이 되어 있었다. 특히 실행반과 회유반으로 나뉘어 있는 점이 독특했다. 대개는 이벤트 중에, 혹은 이벤트가 끝난 뒤에 여성 회원을 술에 완전히 취하게 만든 다음, 실행반이 윤간을 한다. 그 후에는 회유반이 움직여 피해 여성이 웃고 있는 사진을 보여 주거나 피해 여성의 잘못이라는 식으로 설득해 피해 신고를 하지 않도록 막았다. 그러다보니 사건이 수면 위로 떠오르기까지 4년이라는 세월이 걸렸다.

"가해자와 피해자 모두 어마어마한 사건으로 순식간에 주목을 받았습니다. 중대 사건이어서 경찰도 필사적이었을 겁니다. 주범격인 학생들이 유죄를 받도록 사법 거래 같은 수법까지 썼을 정도이니 말입니다. 결국 주범들을 포함한 열네 명이 집단 강간죄로 실형을 선고받았습니다."

"아, 분명히 기억납니다. 엘리트라고 불리던 대학생들이 뒤에서 비도덕적이고 악랄한 짓을 벌이고 있었다고, 저도 몹시 화를 냈었지요."

"그 희생자 4백 명 중에 제 딸도 있었습니다. 이름이 마리카였는데, 당시에 아직 열여덟 살이었죠. 부모 곁을 떠나 살았는데, 딸을 내보내 살게 했던 걸 그때만큼 후회했던 적이 없습니다."

"그런데 살해당했다고……."

"그놈들에게 성폭행을 당하고, 사건이 공론화된 이후에는 언론에 쫓겼습니다. 난리통에 기자들에게 쫓겨다니다 보니 주변 사람들도 눈치채게 되었고, 무엇보다 괴로운 기억이 떠올라 본인을 괴롭혔습니다. 실제로 폭행을 당한 직후에 이미 정신적으로 한계 상태였는데, 이 취재 전쟁 중에 익명으로 피해 내용이 보도되는 바람에 고통을 받다가 전철로 뛰어들고 말았습니다. 딸은 말입니다, 두 번이나 살해당한 겁니다."

정면에 있던 아카리가 미간을 살짝 찌푸렸다. 아무래도 자신도 모르게 목소리가 커졌던 모양이다.

"……참으로 안되셨습니다."

"아뇨. 속 뒤집히게도 이게 끝이 아닙니다. 주범들을 포함한 열네 명이 실형을 선고받았다고 알려졌지만, 사실 이 주범이라는 인간들은 회유반을 이끌던 부리더 같은 존재였습니다. 실행반을 이끌던 실질적인 리더는 따로 있었습니다."

"설마."

"네, 그 설마가 맞습니다. 숨겨진 진범, 여성 4백 명 모두에게 마수를 뻗쳤던 장본인이 바로 야나이 고이치로였습니다."

"그런 짓을 했는데 어떻게 실형을 피해갈 수 있었죠?"

"흥. 실형은커녕 기소조차 되지 않았습니다. 바로 아까 말한 사법 거래 같은 수법 때문이죠. 야나이는 실행반과 회유반 전원의 이름과 역할에 대한 정보를 검찰에게 넘기는 대가로 불기소 처분을 받았습니다. 물론 그 조건만으로 검찰이 기소를 봐주지 않았을 테지만 말입니다."

"당시 대신이었던 야나이 고노스케 때문이었겠군요."

"정답입니다. 그때 경찰에 야나이 고노스케의 입김이 작용했는지까지는 모르지만 현직 대신의 아들을 상대로는 사법기관도 몸을 사리는 게 당연했겠죠."

구쓰미는 거기까지 말하고는 한숨을 내쉬었다. 일단 마음을 추스르지 않으면 아카리를 상대로 감정이 격해질 것 같았다.

"이렇게 야나이 고이치로는 불기소 처분을 받았지만 체포 사실이 인정되어 대학에서 퇴학당했습니다. 대학에서는 엄중하게 처벌함으로써 사법기관의 솜방망이 처벌과 균형을 맞췄다고 생각했을지도 모릅니다. 하지만 학교에서 쫓겨난 고이치로는 곧바로 아버지의 사설비서로 들어가면서, 결국 어떠한 법의 심판도 받지 않았습니다. 제 아내 말입니다. 마리카의 자살로 그만 정신을 놓아가던 아내는 야나이의 불기소 사실을 알자마자 절망에 빠져, 제가 잠시 한눈을 판 사이에 딸이 뛰어든 장소에서 전철에 몸을 던졌습니다."

아카리는 말을 잃었는지 입을 다물지 못하고 구쓰미를 바라봤다. 불행을 자랑할 생각은 전혀 없었지만 구쓰미는 어쩐지 화살을 되쏜 듯한 자학적인 우월감을 느꼈다.

지금까지 타인에게 가족 이야기를 한 적은 거의 없다. 부인이 딸의 뒤를 따라 자살한 직후에는 구쓰미도 넋이 나가서, 떠올릴 때마다 울부짖고 싶어지는 충동에 사로잡혔다.

원래 구쓰미는 집착하지 않는 남자로, 물욕에도 금전욕에도 그리고 명예욕에도 그다지 관심이 없었다. 다만 아내와 딸에게는 각별했다. 두 사람이 있어서 계속 일할 수 있었다.

두 사람이 웃으니 구쓰미도 웃을 수 있었다. 신줏단지를 모시듯, 소중하디 소중하게 지켜왔다.

그것을 한순간에 빼앗겼다.

본인이 상상할 수 있는 가장 악한 인간에게 가장 악한 형태로.

심지어 그 장본인은 처벌받지도, 돌을 맞지도, 멸시당하지도 않고 권력의 비호 아래 태평하게 살고 있다. 이런 말도 안 되는 일이 다 있다니.

수백 번의, 아니 수천 번의 밤을 저주했다. 구체적으로 어떻게 복수할지 정하지 못한 채 야나이 고이치로의 거주지를 수소문했다. 아버지와 함께 본가에 사는지 찾아보았지만 아무래도 집을 나와 혼자 사는 것 같았고, 일반인인 구쓰미에게는 그 이상 조사할 힘이 없었다. 애당초 고위 관료였던 야나이 고노스케의 집 주변에는 경호원이 깔려 있어서 쉽게 접근할 수도 없었다.

야나이 고이치로를 향한 증오는 나날이 심해져 갔다. 몸속에 독이 퍼지는 것과 같아서 토해내지 않으면 구쓰미 자신을 썩어 버리게 만들었다. 그래서 다른 사람에게 털어놓기 시작했다. 믿을 수 있는 사람에게만 생각이 아닌 사실만을 담담하게 알렸다. 감정이 크게 해소되는 것은 아니었지만 더 이상 사람들 앞에서 이성을 잃지 않게 되었다.

"그렇게 야나이 고이치로는 아내와 딸의 원수가 되었습니다. 무엇보다 고이치로가 아버지의 사설비서가 되었다는 사실은 한참 뒤에야 알았습니다. 그때까지는 혈안이 되어서 그의 행방을 찾아다녔습니다. 그래서 야나이 고노스케가 사망하면서 장남인 그가 후계자가 되었을 때는 미친 듯이 기뻐했습니다. 어쨌든 그놈의 직업과 주소가 대대적으로 알려졌으니까요."

아카리는 이야기를 다 듣더니 진의를 가늠하는 눈빛으로 구쓰미를 살폈다.

"말씀은 잘 들었습니다. 이후에 확인하도록 하겠습니다만, 구쓰미 씨의 최종 목적은 도대체 무엇인가요? 물론 야나이 고이치로에게 복수하는 것이겠지만 구체적으로 그를 어떻게 하고 싶은 겁니까?"

"없애 버리고 싶습니다. 그를 정계에서, 그리고 가능하다면 이 세상에서."

그리고 줄곧 궁금했던 것을 되물었다.

"반대로 제가 묻겠습니다. 쿄코 씨가 노리는 것은 도대체 무엇입니까? 그 인간을 곤경에 빠뜨려서 무엇을 얻으려는 겁니까?"

"글쎄요, 그건 저도 확실히 모르겠습니다."

아카리는 당당하게 대답했다.

"구쓰미 씨와 방향은 같아도 목적지는 다른 것 같네요. 그래도 이야기를 들을 수 있어서 좋았습니다. 쿄코 씨도 여자니까요. 야나이 고이치로가 그 '울트라프리 사건'의 숨겨진 주범이었다는 사실을 알면 더 몰입하지 않을까요?"

"아카리 씨도 모르는 게 있군요."

"쿄코 씨는 속을 알 수 없는 면이 있어서요. 제가 감히 그 속을 다 헤아릴 수는 없죠."

*

이틀 후, 구쓰미는 의원회관 사무실을 다시 찾았다. 이번에는 용건을 분명하게 밝히지 않으면서 야나이가 자리를 비웠을 때 아야카를 만나고 싶다고 요청했다.

"제게 개인적인 제안을 하시겠다는 말씀이신가요?"

— 그건 그렇습니다만 야나이 의원님과 관계가 있는 일입니다.

어딘가 수상쩍은 제안이었지만 의원회관 안에서 만난다면 이상한 행동을 할 수 없을 테니 승낙했다. 게다가 구쓰미의 말투에서 왜인지 절박함이 느껴졌다.

과연 구쓰미는 처음부터 침통한 표정이었다.

"갑자기 이게 무슨 일이죠?"

"정말 죄송합니다. 이런 일은 사키타 비서님밖에 상담할 사람이 없어서요."

"전화로는 할 수 없는 이야기입니까?"

"도청당하지 않으리라는 보장이 없으니……. 저기, 이 방에 몰래카메라나 도청장치가 설치되어 있을 가능성은 없겠죠?"

"장소가 장소이니만큼 정기적으로 확인받고 있습니다. 그런 장치는 없을 겁니다."

구쓰미의 불안과 의심이 아야카에게까지 전해졌다. 그래서 아야카도 눈치챘다. 후원회 사람이 이렇게까지 당황하는 경우는 한 가지밖에 없다.

"의원님의 스캔들과 관련된 일이군요."

"아뇨, 아닙니다."

뜻밖의 대답이 돌아왔다.

"의원님 본인의 스캔들이라면 의원님도 함께 있는 자리에서 이야기했겠죠. 이 스캔들은 의원님 사모님과 관련된 문제입니다."

"하쓰미 사모님이요?"

"백문이 불여일견. 우선 이걸 보시죠."

구쓰미는 주머니에서 스마트폰을 꺼내 사진을 한 장 띄었다.

"어떤 후원회 회원분이 우연히 찍어 보내 왔습니다."

사진은 어두운 곳에서 촬영된 것 같았지만 배경으로 지나치게 화려한 네온간판이 보이는 것으로 보아 호텔이 밀집된 구역임을 짐작할 수 있었다.

"장소는 마루야마초입니다. 그 회원은 마루야마초에 새 오픈한 라멘집에 갔다가, 도중에 그 광경을 우연히 목격했다고 합니다. 화면 가운데를 보세요."

구쓰미의 말에 따라 사진 한가운데로 시선을 옮겼다. 휘황찬란한 러브호텔의 문으로 한 쌍의 남녀가 막 들어가려는 순간이 담겨 있었다. 문의 네온 불빛이 역광이 되어 남자와 여자의 뒷모습만 보였다.

남자는 짧은 머리에 키가 컸고 여자는 긴 머리에 남자의 어깨까지 닿는 키였다.

"화면에는 뒷모습만 찍혔지만 목격한 회원의 말로는 남자는 민생당의 중진의원인 하타다 간지 의원이었다는 것 같습니다. 그리고 옆에 있는 여자는……, 사키타 비서님이라면 보신 적 있을 겁니다."

물을 것도 없다. 하타다와 팔짱을 끼고 있는 여자는 체형부터 자세까지 하쓰미와 매우 닮았다.

그렇지만 그 하쓰미가 하필이면 야당 의원과 밀회를 즐긴다니 있어서는 안 되는 일이었다.

"남자는 몰라도 여자는 잘못 보셨습니다."

"우리 후원회 회원이 사모님을 잘못 볼 것 같습니까?"

구쓰미가 반박하자 아야카는 할 말이 없었다. 선거 유세뿐 아니라 후원회 행사까지 야나이는 반드시 부부동반으로 참석한다. 부부 사이가 좋다는 점을 어필하면서 야나이의 이미지를 높이기 위해서다. 따라서 후원회 사람들은 하쓰미를 가까이에서 보기도 하고, 악수할 수 있는 거리까지 다가갈 때도 있다. 다른 사람과 착각할 가능성은 매우 희박하다.

"확인을 하고 싶은데, 야나이 의원님과 하타다 의원님, 혹은 하타다 의원님과 하쓰미 사모님 사이에 접점이 있습니까?"

"사모님은 몰라도 야나이 의원님과 하타다 의원님은 같은 국회의원 모임 멤버입니다."

"그뿐입니까?"

"그리고 지역 커뮤니티 재생 의원 연맹 멤버죠."

"그 접점에 하쓰미 사모님이 관련되었을 가능성은 없습

니까?"

아야카는 입을 다문 채 생각에 잠겼다. 야나이는 가능한 한 하쓰미와 동행한다. 초당파 모임으로 2차라도 갔다면 하쓰미와 하타다가 아는 사이가 되었다고 해도 이상하지 않다.

"하지만 구쓰미 씨. 제 눈에도 야나이 의원님과 사모님은 금슬이 좋아 보였는데요."

"그래서 비서님께 급히 알린 겁니다. 야나이 의원님을 누구보다 잘 아는 사키타 비서님께요. 요즘 부부 사이가 삐거덕거리는 낌새는 없었습니까? 야나이 의원님이 사모님의 불륜을 의심하는 것 같지는 않았습니까?"

짐작 가는 바가 없지는 않다. 야나이와 아야카의 밀회가 보도되었을 때도 하쓰미는 지극히 냉정했다고 했다. 이는 바꿔 말하면 부부사이가 냉랭하다는 사실을 의미하는 것 아닐까?

"만약 이게 사실이라고 해도 야나이 의원님 본인의 스캔들은 아닙니다. 하지만 금슬 좋기로 유명한 부부였으니 이미지 추락으로 이어질 우려가 있습니다."

확실히 그럴 가능성도 없지 않다. 하지만 아야카는 머릿속에서 다른 가능성을 찾고 있었다.

정말로 야나이와 하쓰미의 사이가 벌어져서 이 사진의 주인공이 하쓰미 본인이라고 한다면 파국을 맞을 가능성도 충분하다. 그렇게 되면 구쓰미의 지적대로 이미지 추락은 피할 수 없을 것이다.

그러면 아야카가 하쓰미의 자리를 꿰차고 앉을 가능성도 있는 것 아닌가.

아야카 속에 있는 여자가 갑자기 머리를 쳐들었다.

3

부부싸움은 개도 안 말린다는 속담이 있지만 공인에게는 통하지 않는 말이다. 국회의원이라면 아랫도리 사정으로 지위나 자리를 잃는 일이 더욱 비일비재하다. 공설비서인 아야카는 하쓰미의 불륜 의혹을 야나이에게 보고할 의무가 있다. 평소라면 내키지 않는 일이었다.

하지만 아야카는 이중적인 의미로 사명감이 생겼다. 하나는 야나이의 의원 생명을 지키는 것, 그리고 다른 하나는 야나이 고이치로 개인이 부인의 불륜을 어떻게 받아들이는지를 확인하고 싶은 마음. 그가 어떻게 대처하는지에 따라 아야카의 대처 방법도 달라질 가능성이 있기 때문이다.

사키타 아야카

다음 날, 사무실에서 대기하고 있는데 야나이가 얼굴을 내밀었다. 아야카는 인사도 하는 둥 마는 둥 하고 분위기를 바꿔서 말했다.

"의원님. 보여 드릴 것이 있습니다."

말투에서 심상치 않음을 느낀 듯했다. 야나이의 얼굴이 곧바로 굳었다.

"공적인 일? 아니면 사적인 일?"

"둘 다라고 판단됩니다."

아야카는 구쓰미에게 받은 하쓰미와 하타다의 밀회 사진을 꺼냈다.

"후원회 분이 마루야먀초에서 우연히 찍은 사진입니다."

사진을 들여다보는 사이 야나이의 얼굴이 점점 험악해졌다.

"하쓰미랑……. 이 사람은 민생당 하타다 의원으로 보이는데."

"저도 그렇게 생각합니다."

"언제 찍은 사진이지?"

"지난주 월요일이라고 들었습니다."

"나는 그때 어디 있었지?"

야나이의 일정이라면 메모를 보지 않아도 안다.

"국민당 나고야지부 강연회에 참석하신 뒤 그곳에서 하룻밤 묵으셨습니다."

즉 야나이가 자리를 비운 사이에 벌어진 정사라는 이야기다.

사진을 보던 야나이의 태도가 서서히 바뀌었다. 굳은 얼굴이 풀리고 입꼬리가 미세하게 올라갔다. 자조하는 듯한 표정이었지만 눈은 결코 웃고 있지 않았다.

"이 사진을 본 사람은?"

"촬영한 사람과 후원회장 대리입니다."

아직 후원회장 대리로 결정된 것은 아니지만 현재 맡고 있는 역할이나 능력을 고려하면 그렇게 소개해도 좋을 것이다.

젠장. 야나이가 작게 중얼거렸다.

"하필이면 민생당의 귀공자야. 그래도 남자 취향이 조금은 괜찮다고 생각했는데 말이야……. 목격자는 정말 그 두 사람뿐이지?"

"촬영자는 확실하게 입막음 해 두었다는 것 같습니다."

"그러니까 사진을 본 사람은 나와 자네를 포함한 네 사람이란 말이지. 그러면 됐어."

야나이는 사진을 가슴팍 주머니에 넣었다.

사키타 아야카

"이건 내가 맡아 두지."

"의원님, 주제넘은 참견 같지만 어떻게 하실 생각이십니까?"

"정말 주제넘군. 하지만 공설비서, 아니 자네 입장에서는 궁금하기도 하겠지."

야나이는 의미심장하게 웃었다.

"아무것도 안 해."

"네!?"

"아내를 추궁하지도 않을 거고, 하타다 의원에게 아내 맛이 어땠냐고 묻지도 않을 거야. 다만 증거는 확보해 두고 싶군. 아직 만난 적은 없지만 그 후원회장 대리는 믿을 만한 사람인가?"

"거만하지도 않고 눈에 띄지 않으려는 사람 같습니다."

"그거 잘 됐군. 이왕 이렇게 된 김에 추가 조사를 의뢰하도록 해. 그들이 어느 호텔에서 몇 시부터 몇 시까지 함께 있었는지. 숨겨 놓은 영상이라도 있으면 감지덕지겠지만……. 역시 그건 무리겠지."

"확실한 증거를 원하십니까?"

"분위기 좋은 투샷이 있으면 더할 나위 없을 텐데."

아야카는 야나이의 진의를 이해할 수 없어서 곤혹스러

웠다.

"이상하다는 얼굴이군."

"이유를 말씀해 주시면 감사하겠습니다."

"간단해. 상대에게 불리한 증거를 모아 두면 이혼할 때 유리하니까."

"이혼을 생각하십니까?"

"지금은 아니야."

야나이는 못박았다.

"지금은 회기 중이기도 하고, 집안 스캔들은 플러스 요인이 아니지. 아내가 불륜을 저질렀다고 해도 내가 매력이 없어서라는 둥 이야기라도 나오면 마이너스야. 이런 건 타이밍 문제라고."

"그건 어떤 타이밍을 말씀하시는 건가요?"

"자네에게 그런 설명이 필요한가? 물론 민생당 혹은 하타다 의원이 무언가 수작을 걸어 왔을 때잖아. 만약 우리에게 불리한 카드로 질타를 해 온다면 이런 스캔들은 유효한 패가 될 거야. 그리고 패로 사용할 경우, 내게 동정표가 모이고 비난과 모략의 목소리는 쑥 들어가겠지."

자신의 부인이 저지른 부정을 상대 진영을 공격할 카드로 사용한다. 일반인들은 이해할 수 없는 사고방식이지만 야나이라면 본인이 먼저 말을 꺼낼 법했다.

"세상은 금슬 좋은 부부라고 하지만 실은 부부 생활을 하지 않은 지 오래됐어. 그렇지 않았다면 자네와 이런 관계가 되지는 않았겠지."

야나이의 시선이 순간 음흉하게 아야카의 허리 부근을 핥았다.

"쇼윈도 부부니까 새삼스럽게 미련도 없고 욕도 나오지 않아. 다만 헤어지더라도 최고의 형태, 최고의 조건을 선택하고 싶어. 그러지 않으면 애써 결혼한 의미가 없잖아."

야나이의 말은 냉철 그 자체였다. 원래라면 아야카도 싱긋 웃었겠지만 얼굴 근육이 굳은 것처럼 마음대로 움직이지 않았다.

그 자리에 우뚝 서 있는 아야카를 보고 야나이는 비릿하게 웃으며 말했다.

"설마 하쓰미의 자리를 노리나?"

"아뇨."

"너를 고려하지 못할 것도 없지. 아내보다는 속궁합도 잘 맞고 말이야. 하지만 적어도 지금은 아니야."

그렇다면 언제? 목구멍까지 나온 말을 집어삼켰다. 아무리 그래도 이 자리에서 묻기에는 아야카의 자존심이 허락하지 않았다.

"밀회가 아니라 그 이상의 증거를 원해. 후원회장 대리에게 똑똑히 전해 둬. 만약 입수한다면 그에 걸맞은 답례를 하도록 하지."

"예, 알겠습니다."

아야카는 고개를 숙이며 입술을 깨물었다. 자신이 마치 코앞에 먹이를 놓고 주인의 명령을 기다리는 개 같다는 생각이 들어 견딜 수가 없었다.

야나이가 예산위원회에 출석한 사이, 아야카는 다른 비서 두 명과 별실에서 자료를 읽고 있었다.

"실례합니다."

벌써 몇 번이나 방문했는데도 구쓰미는 여전히 조심스러워하며 들어왔다. 아야카는 환영한다는 듯 일어나서 자리를 권했다.

"오시라고 해서 죄송합니다, 구쓰미 씨."

"아뇨, 후원회에 관해 부탁하실 것이 있다고 들었는데요……."

"실은 일전에 보여 주신 사진 말인데요."

하쓰미와 하타다의 밀회 사진을 보여 줬더니 야나이가

그 이상의 증거를 확보하라고 시켰다고 설명하자 구쓰미는 자못 이해할 수 없다는 표정을 지었다.

"사키타 비서님. 이 사진 한 장만으로는 어중간하니 좀 더 확실한 증거를 가져오라는 말씀이군요. 이해는 하지만 아무래도 야나이 의원님은 이것을 협상 카드로 사용하실 생각인 모양이죠?"

"그런 측면이 있다고 생각합니다. 아무래도 적과 아군이 분명한 세상이니까요. 나중에 화근이 될 수 있는 것에 미리 손을 써두는 것이 의원님의 방법입니다."

"의원님은 그걸로 됐다지만 비서님은 그걸로 충분합니까?"

구쓰미는 왜인지 안타까워하는 것 같았다.

"제가 뭘 말입니까?"

"비서님과 야나이 의원님이 롯폰기의 호텔에서 나오는 사진을 말씀드리는 겁니다."

"전 후원회장인 구라하시 회장님께도 해명했듯이 의원님의 지시로 호텔에 자료를 전달하러 갔을 뿐입니다."

잠시 아야카의 눈을 들여다보던 구쓰미는 한숨 섞인 말을 꺼냈다.

"저기요, 사키타 비서님. 나는 정치판에 대해 완전히 문외한이고 솔직히 공설비서와 사설비서의 차이점도 잘 모릅니다. 하지만 말이에요, 남녀 사이의 미묘한 사정이라면 조금 알아요. 아무리 비서라고 해도 그럴 마음도 없는 여자가 아무렇지 않게 유부남이 기다리는 러브호텔에 갈 거라고는 생각하지 않아요."

"그러니까 그건 오보라고."

"사키타 비서님은 이 일을 시작한 지 몇 년이나 됐습니까?"

"이제 12년 정도 됐는데요, 무슨 문제라도 있습니까?"

"비서라는 존재는 의원의 그림자니까 시키는 일은 그저 묵묵히 따르며 결코 거역하지 않는다더군요."

"그런 직업입니다."

"당신 같은 사람이라면 의원에 대해 생각하는 것도 바라는 것도 있을 겁니다. 하지만 당신은 그것을 계속 숨기고 12년을 지내왔습니다. 이제 그만 슬슬 자신의 생각을 밝히는 건 어떻겠습니까?"

대답할 말을 찾지 못했다. 상대를 걱정하는 부드럽고 자상한 마음을 느낄 수 있는 말투였다.

맞다.

비서로 임용된 이후 아야카는 항상 자신을 죽인 채 살았다. 언제나 의원을 최우선으로 생각하며 여자는 고사하고 인간성까지 버렸다. 가끔은, 조금쯤은 자신을 우선시해도 벌을 받지 않을 것이다.

아니. 아야카의 직업 정신이 약해지는 마음을 차단했다. 너는 그동안 벌을 받을까, 받지 않을까를 따지며 일했어? 너에게 정책비서가 그 정도밖에 안 되는 수준 낮은 일이었어?

"사키타 비서님."

구쓰미의 부름에 아야카는 간신히 반응했다.

"아아, 죄송합니다. 잠시 다른 생각을 했습니다."

"혹시 비서님의 마음을 어지럽혔습니까?"

"그런 거 아닙니다."

부정했지만 아야카는 마음 한구석이 찔려서 평정심을 되찾지 못했다. 놀림을 받을까 봐 경계했는데 구쓰미는 묘한 말을 꺼냈다.

"야나이 의원님과 사키타 비서님은 특정 종교를 믿으십니까?"

구쓰미가 도를 넘은 질문을 한 것은 아니다. 연예계, 스포츠계, 정계 등 실력 외에 운까지 필요한 세계에서는 종교를 가진 사람이 적지 않았다.

하지만 야나이와 아야카는 알고 지낼 때부터 지금까지 불신자고, 굳이 따지자면 쇼도관에 이름 정도는 빌려줬지만 그뿐이었다.

"의원님도 저도 천벌 받을 인간인지 그런 것엔 관심이 없습니다. 어디 어디 의원님들끼리 같은 신자라든가, 아시다시피 종교 단체를 근원으로 하는 정당도 있으니까 무시하지는 않지만요."

"그럼, 점 같은 건 어떻습니까?"

"선거 때는 그동안의 길조를 믿기는 하죠. 돈가스를 먹는다거나 첫 길거리 연설은 반드시 항상 했던 장소에서 한다거나 같은 거요. 그리고 일단 저도 여자니까 아침방송에서 별자리 점 코너 정도는 눈여겨보지만 그 정도입니다. 그런데 왜 그러시죠?"

"사실 제 지인 중에 신비한 매력을 지닌 여성이 있는데……."

"점쟁이 같은 분인가요?"

"아뇨 아뇨, 그런 오컬트 같은 이야기가 아니라 뭐랄까 마음의 탐정 같은 사람입니다."

"마음의 탐정이요?"

"그 사람과 대화를 나누면 사람들은 자신의 진짜 모습이 무엇인지, 자신이 진짜로 하고 싶은 일이 무엇인지 깨닫게 되죠."

"치료사입니까?"

"아뇨. 생활 플래너인데 파이낸셜 플래너 자격증도 가지고 있는 사람입니다. 하지만 그녀와 생활에 대해 이런저런 이야기를 하다 보면 자신이 무얼 바라는지 알게 됩니다."

"들어보니 정신과 의사 선생님 같네요."

"그것도 아닙니다. 정신과 의사는 왜인지 위압적인 느낌이지만 그 사람은 자연스럽게 이끌어낸다는 느낌입니다. 그녀와의 상담으로 인생의 전환기를 맞이했다는 사람도 적지 않다고 들었습니다."

"그 사람을 만나라는 말씀인가요?"

"만나, 라고 명령하는 건 아닙니다. 굳이 따지자면 한 번 만나 보셨으면 좋겠다고 간곡히 권하는 겁니다."

"어째서 구쓰미 씨가 저를 위해 그렇게까지 하죠?"

"고민이 있는 사람에게 조언하거나 훌륭한 사람을 소개해 주는 데 이유가 필요합니까?"

구쓰미는 다시 걱정스러운 얼굴로 사키타를 바라봤다.

"야나이 의원님을 서포트한다는 점에서 사키타 비서님과 저는 동지입니다. 의원님의 오른팔인 비서님이 능력을 충분히 발휘하지 못하시면 저도 곤란합니다."

"구쓰미 씨. 저는 정말로 괜찮습니다."

"만나 보기만이라도 하는 건 어떻겠습니까?"

구쓰미는 온화한 언행과 달리 의외로 고집스러웠다.

만나지 않을 이유가 없었다. 신비한 매력에 대해서는 아야카도 관심이 있었고, 그 여성이 많은 신자나 지지자를 거느리고 있다면 새 표를 얻기 위해 친분을 만들어 놓아도 손해는 아니었다.

결국 아야카는 구쓰미의 고집에 못 이겨 그 여성과 만나게 되었다.

"노노미야 쿄코라고 합니다."

상대가 건넨 명함에는 '노노미야 플래닝 스튜디오'라고 적혀 있었다.

노노미야 쿄코라는 여자는 한마디로 표현하자면 파악하기 힘든 인물이었다. 부드러운 미소로 상대방의 경계를 풀어 버렸는데, 사실 그녀의 얼굴을 본 순간 아야카는 십년지기 친구라도 만난 듯 친근한 느낌이 들었다.

쿄코의 뒤에서 그림자처럼 따르는 여자는 자신을 간자키 아카리라고 소개했다. 쿄코의 비서 같았는데 자신과 닮은 처지이기도 해 친근감이 싹텄다.

"구쓰미 씨께 말씀 들었습니다. 야나이 고이치로 의원님의 정책비서를 맡고 계시다고요. 정계에 몸담고 있는 분을 몇 분 알고 있는데, 눈뜨고 코 베어 간다는 말이 그야말로 잘 어울리는 세계라며 늘 감탄합니다."

"그건 사업 쪽도 마찬가지일 것 같은데요."

"아뇨, 사업은 따지고 보면 돈만 걸린 문제지만 권모술수가 소용돌이치는 정계에서는 권력을 잡아야 하죠. 돈과 권력 중에서는 역시 후자를 둘러싼 싸움이 치열합니다."

아야카도 오랫동안 그렇게 생각해 왔다. 처음 원내에 진입할 때 누구나 총리를 꿈꾸는 세계다. 아무래도 성이나 돈보다는 권력욕이 더 강하다. 간혹 성과 돈으로 물의를 일으키는 의원도 있지만 그것은 곁다리일 뿐이고, 그들을 움직이는 가장 큰 원동력은 역시 권력욕이다.

"여자 주제에, 라고 하면 같은 여자들에게 욕 먹을지도 모르겠지만 그런 분위기에서 쭉 정책비서로 일하고 있는 사키타 씨가 정말 대단하다고 생각해요."

여자 주제에. 아야카에게는 익숙한 말이었다. 남녀고용평등이니 여성의 사회적 지위 향상이니 부르짖지만 그에 비해 전체 국회의원 중 여성 의원의 비율은 서글프다 못해 웃기는 수준이다. 수의 논리가 지배하는 나가타초에서 남존여비 사상이 버젓이 통용되는 이유는 그런 사정 때문이다.

"정계의 중진이라고 불리는 분들이 모두 어르신들이니까요. 여자 주제에, 라는 말이 이만큼이나 어울리는 건 이 직업을 빼고는 스모 정도일 거예요."

세상 돌아가는 이야기를 얼마간 두서없이 이어갔다. 쿄코는 타인의 말을 잘 들어주는 사람답게 상대방이 하고 싶은 말을 경청하면서 상대가 원할 때 적절하게 맞장구쳐 준다. 기분이 좋다. 아야카가 무난한 잡담으로 시작해 이런저런 비서 업무 이야기를 떠들기까지 그리 오래 걸리지 않았다.

물론 초면인 사람에게 말할 수 있는 내용은 한정되어 있다. 그런데도 아야카의 입을 이 정도로 수다스럽게 만든 상대는 오랜만이라서, 노노미야 쿄코는 불가항력의 존재일지 모른다고 생각했다.

"껄끄러운 이야기지만 야나이 의원님과 찍힌 사진, 저도 주간지에서 봤습니다."

"남사스럽습니다. 제게 위기관리 능력이 있었고, 좀더 주의를 기울였다면 의원님과 사모님, 후원회 여러분께 누를 끼치지 않았을 텐데 정말 부끄럽습니다."

"직업 탓인지 모르겠습니다만 사키타 씨는 다른 사람들에게 폐를 끼치는 것을 극도로 꺼리시는 것 같네요."

"비서는 의원의 그림자니까요. 그림자는 본체를 따르지만

사키타 아야카

311

본체가 그림자를 따르지는 않잖아요. 그림자인 비서가 본체보다 눈에 띄는 일, 본체에게 누를 끼치는 일은 절대 있어서는 안 됩니다."

몹시 놀라든가 아니면 찌푸리든가. 아야카가 이런 이야기를 하면 대부분 반응은 둘 중 하나였다.

하지만 쿄코는 달랐다. 옳든 그르든 모두 부정하는 듯한 미소를 띠고 이해한 것처럼 천천히 고개를 끄덕였다.

"이 나라의 정치와 정치인들은 분명 사키타 씨 같은 사람들의 뒷받침으로 만들어졌을 테죠."

이런 이야기를 들은 적은 처음이어서 아야카는 몹시 당황했다.

"정계, 연예계, 스포츠계. 전부 국민들의 관심을 한몸에 받는 분야고, 그렇기 때문에 뛰어난 활약을 하면 눈부신 스포트라이트를 받습니다. 하지만 빛이 강하면 강할수록 그림자는 더욱 짙어지기 마련입니다. 빛이 닿지 않는 곳에서 묵묵히 일하는 만큼 당연히 다른 사람들이 볼 수 없는 비참함과 분노도 있겠죠. 하지만 그것을 밖으로 드러내는 것은 금물. 숨은 공로자니 내조의 힘이니 겉치레 인사를 하는 사람은 많지만, 사정을 모르는 사람은 분명 자신이 속 편한 이야기를 한다는 사실을 모를 겁니다."

구라하시의 앞에서 무릎을 꿇었던 것은 그나마 나은 상황이었다. 지방 유세에 나가면 상대 진영에서 민망한 야유를 퍼붓는 일이 비일비재하고, 선거 운동 중에 무례한 후원자들에게 성희롱을 당한 적도 한두 번이 아니다.

비서를 그만두려던 적도 몇 번이나 있다. 그래도 정책비서를 계속해 온 이유는 오로지 눈부신 미래에 총리 자리에 선 야나이의 모습을 꿈꿨기 때문이다. 여자를 대하는 태도는 다소 아쉬워도 역시 이 남자는 정치가의 자질이 있다. 구라하시는 고노스케와 이것저것 비교하면서 야나이에게 불만이 많았던 것 같지만, 성장 환경과 세대가 다른 사람에게 옛날 기질을 바라는 것은 가혹하다. 또래 의원들과 비교하면 출신도 좋고 현재 지위도 좋아서, 야나이가 앞으로 총리후보에 오르리라 예상하는 것이 결코 정책비서로서의 욕심만은 아니었다.

"빛나는 사람 몫까지 몸과 마음을 더럽히고 발판이 되어주어도 누구도 묵묵히 일하는 그런 사람들을 보려고 하지 않습니다. 저는 그런 사람들을 무조건 존경합니다."

부드럽지만 뼈가 있는 말이 가슴을 파고들었다. 스스로 감추고 있던, 감추고 있었기에 취약한 부분을 파고들었다.

"우정, 부모 자식 간의 사랑, 형제애, 그리고 연인을 향한 애정. 세상에는 사랑이라는 이름이 붙은 말이 많은데, 대가를 바라지 않는 무조건적인 사랑만큼 존중받아 마땅한 것도 없습니다. 사키타 씨, 당신은 멋진 여성입니다."

갑자기 눈시울이 붉어졌다.

지금까지 어떤 의원의 연설을 들어도 흔들리지 않았던 마음이 쿵 하고 크게 기울었다. 어떤 후원자에게 축하받고 감사를 받아도 흐르지 않던 눈물이 지금은 흘러넘칠 것 같았다.

이 사람은 자신이라는 존재를 인정하고 칭찬해 줬다.

여지껏 인정욕구라는 것은 미성숙한 어른의 퇴화라고만 생각했다. 타인에게 인정받는 것이 이렇게나 기쁜 일인 줄 미처 몰랐다.

"사키타 씨. 저는 이렇다 할 특기가 없는 사람이지만, 다른 사람보다 뛰어난 재능 한 가지는 있어요. 그건 눈앞에 앉아 있는 사람이 자신의 삶에 만족하는지 그렇지 않은지 분별하는 능력입니다."

틀림없이 그럴 것이라고 아야카는 막연히 생각했다. 그러한 쿄코의 인정을 받았기에 기뻤다.

"실례지만, 사키타 씨는 지금 자신과 자신의 생활에 만족하지 못하는 것 같아 보입니다. 정책비서라는 직함, 누구나

부러워하는 높은 급여. 아무리 그림자 같은 존재라고 해도 정권의 중심에 있을 의원의 비서라면 여성이라도 부러움의 대상이죠. 하지만 사키타 씨는 전혀 만족스럽지 않습니다. 그건 사키타 씨가 진정으로 원하는 것이 직함이나 높은 급여가 아니기 때문이죠."

그때, 아야카는 구쓰미가 했던 말을 선명하게 떠올렸다.

— 대화를 나누면 사람들은 자신의 진짜 모습이 무엇인지, 자신이 진짜로 하고 싶은 일이 무엇인지 깨닫게 되죠.

그의 말이 사실이었다. 이제야 마침내 자신다운 자신이 보였다. 자신이 바라는 것을 분명하게 깨달았다.

"당신은 가장 가까이에 있는 사람의 마음을 갖고 싶어 합니다. 그 밖의 것들은 모두 대상 행동에 지나지 않습니다. 그러니까 아무리 성공해도 아무리 감사 인사를 받아도 욕구가 충족되지 않는 겁니다."

"하지만."

자신의 목소리를 들은 순간, 견고했던 둑이 무너졌다.

"비서 신분으로 그건 바라지 말아야 할 일입니다. 그건 상대에게도 돌아가신 선대 의원님에게도 그리고 후원회 여러분께도 누가 되는 일이에요."

그러자 지금까지 침묵을 지키던 아카리가 무언가 떠오른

듯 끼어들었다.

"누를 끼칠까 봐 걱정하는 사람 중에 부인은 없군요."

지적을 받고 그제야 깨달은 아야카는 반사적으로 자신의 입을 꾹 눌렀다.

"부인은 안중에 없다니, 그건 이미 싸울 마음이 있다는 거 아닌가요?"

"아뇨, 그런 뜻이 아니에요."

"평소에 생각하던 거니까 순간적으로 입 밖으로 튀어나오는 거랍니다."

쿄코도 그렇고, 아카리도 그렇고 이 사무실에 있는 인간들은 어째서 이다지도 타인의 마음을 잘도 꿰뚫어보는 걸까.

쿄코가 아카리의 말을 이어 받아 말했다.

"아카리 씨가 말한 대로 사키타 씨는 여러 가지로 스스로를 속이고 있지 않습니까? 만약 의원님이나 다른 분들에게 누가 된다고 생각한다면 누를 끼치지 않는 사람이 되면 그만입니다."

쿄코의 말이 아야카의 마음을 덮고 있는 얇은 껍질을 다시 한번 벗겨냈다. 비서가 이혼한 의원의 후처로 들어가는 것이 아니라 재혼 상대가 우연히 비서였을 뿐이다. 이런 식으로 인식시키면 아무 문제도 없다. 아니, 지금까지 그늘에서 의원을 뒷바라지해 온 비서가 명실상부한 반려자가 된다면 정계의 반응도 상당히 호의적이지 않을까. 비서를 아끼는 의원들과 내심 자신의 처지를 비관하는 비서들에게도 축복을 받지 않을까.

"이렇게 말씀드리면 냉정해 보일지 모르겠지만, 일을 잘하는 남자, 세상을 바꾸는 남자에게는 그에 어울리는 배우자가 반드시 필요합니다. 만약 현재 야나이 의원의 부인이 적합한 자격을 갖추지 못했다면 남자의 운명도 언젠가는 끝을 맞이할 겁니다. 사랑하는 사람의 미래를 진지하게 생각한다면 도덕적으로 다소 의심받는 행위를 한다고 해도 어쩔 수 없는 노릇입니다. 이러쿵저러쿵해도 도덕보다 우선인 대의명분이 몇 개나 있으니까요."

그리고 쿄코는 결정적인 한마디를 날렸다.

"정치인에게 가장 필요한 것이 도덕은 아니겠죠?"

갑자기 어두운 열정이 솟구쳤다.

4

쿄코는 볼일이 있다며 자리를 떴고, 그 뒤를 이은 사람은 아카리였다. 쿄코에 비하면 어느 정도 대하기 편하지만, 결코 경박한 인상은 아니며 오히려 실무를 똑부러지게 해내는 유형으로 보였다.

"쿄코 씨의 수족 역할을 하는 행동대장이에요."

아카리는 그렇게 자신을 소개했다.

"이야기를 들으면서 깨달은 사실은 하쓰미 씨의 외도가 주간지 같은 곳에서 폭로된다면 더 이상 변명의 여지가 없을 정도겠네요."

이 정도까지 사정을 알게 되었다는 것은 전부 알게 되었다는 것이나 마찬가지다. 더욱이 아야카는 쿄코를 전적으로 믿게 되어 야나이의 반응까지 털어놓게 되었다.

"그건 즉, 부인과의 사이가 냉랭해서 이제 부인을 정치적인 이용 가치로밖에 보지 않는다는 뜻이군요."

"그렇습니다."

"그렇다면 차라리 하타다 의원과 하쓰미 씨와의 밀회 사진을 언론에 뿌리면…… 안 되려나. 이미 야나이 의원이 봤으니까 제보자가 누군지 눈치채겠죠."

"야나이 의원님이 본의 아니게 시끄러운 일을 겪게 하고 싶지 않습니다."

아카리는 잠시 생각에 잠긴 듯하다가 이윽고 무언가 생각이 난 듯 손가락을 세웠다.

"후원회 사람이 찍은 사진 말고 다른 사진이 있으면 되는 거죠?"

"무슨 뜻입니까?"

"하타다 의원과 하쓰미 씨의 밀회 현장을 다시 한번 찍어서 언론에 흘리는 거예요. 야나이 의원 입장에서는 수중에 있는 것과 다른 사진이니까 아야카 씨를 질책할 수 없겠죠. 게다가 두 번째 증거 사진이니까 결국 부인에게 정나미가 떨어질 겁니다."

그렇게 생각해서 그런지 말투가 신이 난 것처럼 들렸다.

"야나이 의원은 시기상조라고 생각할지 몰라도 세상에는 불륜 커플을 비난하는 사람이 압도적으로 많고, 그만큼 야나이 의원님은 이중적인 의미로 동정심을 살 수 있습니다. 부인에게 배신당했는데 그 부인을 빼앗아간 사람이 같은 바닥에 있는 적이니까요. 확실히 체면은 깎일지 몰라도 그 이상의 동정표를 얻을 수 있습니다. 그건 선거 때, 또는 국회에서 논쟁할 때 아주 유리하지 않을까요?"

아카리의 말에도 일리가 있었다. 정치는 논리가 아니라 감정으로 움직이는 경우가 종종 있다. 한 가지 예로, 집권당의 지지율이 매우 낮아 누가 봐도 불리한 총선이었는데, 총재가 병에 걸려 급작스럽게 사망하면서 선거는 갑자기 치열해졌다. 결국 결과는 집권당의 압승이었다.

그리고 이 스캔들이 그와 비슷하다. 아내의 외도는 남편의 불명예지만 상대가 누구냐에 따라 사안은 흑에서 백으로 변한다.

"국민들은 약자나 패자를 동정하는 경향이 있으니까 배신당한 사람이 유리한 것은 분명합니다. 하지만 그 사진은 후원회 사람이 우연히 찍은 한 장일 뿐입니다. 주간지 기자도 아닌데 다시 한번 그런 사진을 찍을 수 있을 것 같지는 않습니다."

"정말로 그 현장을 찍으려고 하면 그렇겠죠."

아카리는 꿍꿍이가 있는 듯 말했다. 짐작건대 정상적인 방법은 아닌 것 같지만 매우 흥미로웠다.

"굳이 진짜 하쓰미를 찍을 필요는 없잖아요."

"네!?"

도대체 무슨 소리인가.

"민생당의 하타다 의원이 국민당 야나이 고이치로 의원의 아내와 바람을 폈다. 이것이 진실이죠. 그 진실을 알리기 위해서라면, 어떤 사실을 재연한다고 해도 결과적으로 잘못된 일은 아닙니다. 하타다 간지라는 의원이 그럴듯한 여성과 뻔뻔하게 밀회를 지속한다는 사실만 있으면 돼요."

"설마 사진을 조작해 찍자는 건가요?"

"찍기만 하는 게 아니라 잡지에 보내야죠. 안 그러면 찍는 의미가 없습니다."

"그건 옳지 못한 행위입니다."

"사키타 씨. 그럼 되묻겠습니다. 당신이 있는 세상은 한 치의 부정도 존재하지 않는 깨끗한 세상입니까?"

"그렇다고 해서⋯⋯."

"외도는 용서받아도 부정행위는 용서받지 못합니까?"

카리스마 있는 인물 밑에서 일하는 사람은 윗사람의 영향을 그대로 받는 것일까. 아카리의 말투는 쿄코의 그것과 흡사했다.

"사키타 씨. 당신은 오랫동안 정책 비서로 일해 온 사람이니까 상식적이고 이지적이며 인내심이 강하죠. 아까 쿄코 씨와 대화할 때 그렇게 느꼈습니다. 정치 세계에서 비서라면 반드시 갖추어야 할 자질이죠. 하지만 사키타 씨 앞에 당면한 문제는 정치가 아니라 남녀 문제입니다. 그런 것에 상식과 이성, 인내심 같은 게 필요한가요?"

아카리의 말은 도발적이었다. 도발적이라는 것을 상대가 느낄 정도로 노골적이었다. 다시 말하면 도발에 응하지 않는 의뢰인은 상대하지 않는다는 뜻이다.

"······'물이 너무 맑으면 고기가 없다'는 속담이 있습니다. 사키타 씨가 말한 대로 정계는 깨끗하기만 해서는 살아남을 수 없는 세계죠. 하지만 스스로 더러워져도 된다는 뜻은 아닙니다."

"남녀 문제를 이성적으로 해결하려고 하니까 막히는 겁니다. 아까 쿄코 씨도 말했지만 세상을 바꿀 수 있는 남자에게는 그에 걸맞은 상대가 필요합니다. 바람이나 피는 아내가 그만 한 그릇일 거라고 믿나요?"

그렇게 물으니 대답을 할 수 없었다. 애당초 일의 발단은 하쓰미의 불륜이다. 아니, 그게 아니라도 그 여자는 야나이와 어울리지 않았다.

야나이 고이치로의 아내가 되려면 고요하게 가라앉은 정계의 바다를 유연하게 헤엄치며 어떤 유혹에도 어떤 돌발적인 상황에도 대처할 수 있는 의지가 필요하다.

그래, 바로 자신 같은 사람 말이다.

"하쓰미 씨에 대해서만 이야기하는 건 불쌍하니까 사키타 씨에 대해서도 심한 말을 해 보죠."

"뭐라고요?"

"다른 여자의 남편을 갖고 이런저런 생각을 한 이상 이미 당신도 진창에 온몸이 빠진 상태예요. 이제 와서 포장해 봤자 속이 뻔히 들여다보일 뿐이죠. 차라리 야나이 의원을 빼앗겠다고 선언하는 편이 깨끗해 보일 정도입니다."

"빼앗다니……."

"아무리 예쁘게 포장해도 결국 그게 현실이고 도덕과 상식으로 이해할 수 있는 연애는 어차피 그 정도라는 말입니다."

"잔인한 말씀이군요."

"연애가 잔인하다는 건 아야카 씨도 오래전부터 알고 있었잖아요."

뾰족하기는 하지만 한 마디 한 마디가 열기를 품은 말이었다. 그러니 가슴을 찌르면 고통뿐 아니라 열기까지 전해졌다. 양식과 규범으로 꽉 차 있던 벽이 서서히 허물어졌다.

"이왕 잔인해진 김에 좀 더 말하면, 사키타 씨는 이미 더러워졌습니다. 그러니까 앞으로 더러운 일에 손을 댄다고 해도 이전과 다르지 않습니다."

말 그대로 잔인하기 그지없는 말.

하지만 진실은 언제나 잔인한 면을 품고 있다. 아야카를 울린 쿄코도, 가차 없는 쓴소리로 가슴을 아프게 한 아카리도 근본은 같다. 두 사람 모두 진실만 말한다. 결과만 중시한다.

알고 있다. 두 사람의 말이 옳다는 사실은 아야카 본인도

사키타 아야카

323

알고 있다. 그래도 거부하는 이유는 체면에 얽매이기 때문일 뿐이다.

아야카는 감히 묻기로 했다.

"앞으로 더러운 일을 하라고 했죠. 그럼 제가 할 수 있는 일이 뭔가요. 잡지기자 흉내는 못 낸다고 분명히 말씀드렸어요."

"잡지기자 흉내는 낼 수 없어도 하쓰미 씨의 흉내는 낼 수 있지 않나요?"

그렇구나.

"저도 하쓰미 씨의 모습은 TV에서 본 게 전부지만 체형이 아야카 씨와 닮았더라고요. 만약 가발을 쓰고 뒷모습만 찍는다면 하쓰미 씨처럼 보이지 않을까요?"

밥상만 차려 주면 밀회 장면은 본인들이 촬영하겠다. 아카리가 약속했다. 역할 분담이라는 관점에서는 지극히 당연한 제안이었지만 한편으로는 아야카에게 각오를 강요하는 것과 마찬가지였다.

이미 각오는 되어 있다. 쿄코와 아카리의 독려를 받고, 야나이를 손에 넣기 위해서는 손을 한두 번 더럽히는 것쯤은 일도 아니라고 스스로를 세뇌시켰다.

밀회 사진을 연출하는 일도 아카리가 제안한 방법을 진지하게 검토했다. 외모를 생각하면 확실히 자신과 하쓰미는 뒷모습이 매우 닮았다. 어두운 장소에서 뒷모습을 찍으면 일단 분간할 수 없을 것이다.

문제는 어떻게 해야 하타다와 그럴듯한 장면을 연출할 수 있을까였다.

하타다 간지는 이혼한 적이 있다. 본인이 밝힌 적은 없지만 여자를 좋아하는 것이 원인이 아닐까 하는 소문이 정계에 돌고 있다. 실제로 초당파 모임에서 하타다와 몇 번 만난 적이 있는데 그 남자는 아야카에게 음흉한 시선을 던졌다. 그야말로 가슴 부근부터 발끝까지 핥는 눈빛이었다.

서른 줄에 접어들었지만 자신의 외모가 남자의 시선을 끌 정도라는 사실은 자각하고 있다. 아마 아야카가 접근하면 큰 어려움 없이 덫에 걸려줄 것이다. 정치인으로서는 어떤지 몰라도 남자로서의 하타다는 그런 사람으로밖에 보이지 않았다.

다행히 의원회관 안에는 하타다의 사무실도 있다. 정책비서라는 위치를 이용하면 본인과 직접 대화를 나누는 것은 그리 어렵지 않다.

약속을 잡고 적지로 들어갔다. 일단 초당파 의원 연맹과 관련된 건이라고 전해 두었으니 상대도 경계하지 않을 것이다.

사무실에서 아야카를 맞은 하타다는 우선 뜻밖이라는 얼굴이었다.

"이런. 야나이 의원님은 어떻게 되셨습니까? 모임 때문에 약속을 잡았다고 생각했는데요."

"죄송합니다만 다른 용건으로 찾아뵈었습니다. 그리고 야나이 의원님 본인에게는 비밀입니다."

호오, 하타다는 즉시 관심을 보였다. 야나이에게는 비밀이라는 말이 효과적이었던 것 같다.

"이것을 알고 있는 사람은 야나이 의원님과 저를 포함한 네 명뿐입니다."

미리 알려두고 마루야마초의 러브호텔 앞에서 하타다와 하쓰미가 사진을 찍혔다는 사실을 알렸다. 아니나 다를까 하타다는 매우 놀란 표정을 지었다.

"어처구니가 없군. 나와 야나이 의원의 부인이? 다른 사람과 착각한 게 분명해."

하타다의 반응은 이미 예측한 대로였다. 불륜 사실을 즉시 인정할 정도로 청렴한 남자가 아니었다. 그러므로 다루기 쉬울 것이다.

"네. 사진 한 장일 뿐이니 오해일 가능성이 크다고 생각합니다."

"사키타 비서도 비서 일을 오래 해 왔으니 알고 있겠죠. 정계는 복마전입니다. 틈만 나면 다른 사람의 발목을 잡으려는 어중이떠중이들이 항상 두 눈을 번뜩이고 있지요."

무엇보다, 라며 하타다는 덧붙였다.

"나도 취향이라는 게 있습니다."

그러니까 하쓰미는 자신의 취향이 아니라는 말인가. 러브호텔에 함께 간 남자가 한 말이라고 믿기지 않았다. 하타다의 인간성이 딱 그 수준이라는 방증일 것이다. 취향이 아니어도 마음이 끌린 여자는 시식하고 본다는 주의인 것 같다.

상대의 뻔뻔함에 학을 뗐지만 아야카는 준비한 말을 꺼냈다.

"밀회 사진은 다른 사람을 착각한 것일지라도 오해를 불러일으킬 정도의 내용이라면 반드시 이를 악용하려는 자도 생길 겁니다. 복마전에서는 아니 뗀 굴뚝에도 연기가 나는 법이니까요. 하타다 의원님을 끌어내리고 싶어 하는 사람들은 어떻게 해서든 그 사진을 입수하거나 그 이상의 증거를 찾아내려고 하겠지요."

"실제 사진은 야나이 의원이 가지고 있다고 말하지 않았습니까."

"네. 하지만 이번 사건으로 야나이 의원님도 추가 증거를 찾으려는 사람 중 하나입니다. 아무래도 당사자니까요."

그도 그렇겠지. 하타다는 이해한 얼굴로 끄덕였다.

"자신의 아내와 관련된 일이니까. 애처가가 아니라도 알고 싶겠지."

"사진을 내놓으려 하지 않습니다."

"당연한 일입니다. 제 식구 일이니까 본인도 망신이죠."

"이대로라면 증거도 없이 하타다 의원님이 스캔들에 휘말리게 됩니다."

"……도대체, 무슨 일을 꾸미고 있는 겁니까."

"하타다 의원님과 하쓰미 사모님의 밀회가 사실인지 아닌지는 관심 없습니다. 중요한 사실은 스캔들이 보도될 때 어떻게 대처할지 입니다. 즉 호텔 앞에서 찍힌 사진 외에 다른 증거가 존재하는가. 그리고 있다면 누가 확보했는가."

"이왕 그렇게까지 말한 거, 사키타 씨의 계획을 전부 알려주시죠."

하타다는 상체를 쑥 내밀었다. 아야카의 꼬임에 넘어온 것인가, 아니면 넘어온 척하는 것인가.

어느 쪽이든 이 남자를 꾀어내지 않으면 계획이 진행되

지 않는다.

"하쓰미 사모님이 누구와 같이 그곳에 갔는지는 몰라도 그런 관계라면 분명 호텔 내부에 설치된 CCTV에 찍혔을 겁니다."

"질이 나쁜 러브호텔이라면 룸 안에도 설치되어 있을지 모르고."

이런 상황에서도 음흉한 생각은 잊지 않는다. 이렇게까지 일관되게 행동하면 오히려 대단하다는 생각이 든다.

"그런데 이번 사건을 경찰이 수사하게 할 수는 없고, 야나이 의원님의 이름이 거론되는 것도 꺼려집니다."

"과연, 당사자로 지목된 내가 의혹을 벗는다는 명분으로 러브호텔에 CCTV 공개를 압박하면 정당성이 있겠군."

"그렇습니다. 그래서 이렇게 협조를 부탁드리고자 찾아뵌 겁니다."

"사정은 잘 알겠습니다."

하타다는 이해한다는 얼굴로 끄덕이며 참으로 당연하다는 듯 물었다.

"물론 사키타 씨도 동행하겠죠? 어쨌든 야나이 의원을 지키기 위해서니까."

이 남자와 함께 러브호텔 앞까지 가면 그대로 안으로 끌려 들어갈 것 같아서 겁이 났지만 거절할 수는 없었다. 그 정도 각오는 해야 밀회 사진을 찍힐 때 위화감이 없을 것이다.

"네, 제가 먼저 꺼낸 이야기니까요. 하지만 신원이 알려지면 곤란하니 가발 정도는 쓰겠습니다."

하타다와의 약속은 오후 8시. 밤의 장막이 내린 시각, 마루야마초의 러브호텔 거리는 음침하게 빛나고 있었다.

택시에 도보, 이용 수단은 제각각이지만 호텔을 찾는 커플들에게 죄책감 따위는 조금도 찾아볼 수 없었다. 마치 놀이공원에 온 손님처럼 거리낌 없었다. 당당한 관계로 보이지 않을 정도로 나이 차이가 나는 커플들조차 그러했다.

그러나 오히려 잠자리할 마음도 없는 자신은 매우 꺼림칙한 기분이었다. 원래부터 여성 편력이 화려해 불륜을 게임처럼 생각하는 하타다에게는 생리적인 혐오감만 들었지만 그래도 자신의 목적을 달성하기 위한 장기짝으로 삼는 것에 대해 미안한 마음은 있었다.

후원자 중 한 명이 찍었다는 해당 러브호텔의 위치에서 어떻게 찍으면 하타다와 하쓰미 커플로 보일까. 몇 번이나 시험해 마침내 촬영 위치를 막 결정한 참이었다.

아야카의 스마트폰이 라인(LINE) 메시지 수신을 알렸다.

발신자는 구쓰미였다.

─준비 완료. 언제든 들어가도 됩니다.

구쓰미는 이번에 촬영을 맡겠다고 나섰다. 호텔 거의 정면에 있는 드럭스토어의 손님들 사이에 섞여 들어가 디지털카메라로 호텔 쪽을 노리고 있었다. 미리 찍은 샷을 확인했는데 가발을 쓴 뒷모습이 하쓰미와 착각할 정도였다.

약속한 8시까지 앞으로 5분, 아야카는 초조해지기 시작했다. 하타다는 아무런 의심도 하지 않는 것 같았지만 포커페이스가 뛰어난 의원들이 적지 않다. 사무실에서는 협조하는 듯 보였지만, 사건의 내막을 파헤치려 하지 않는다는 보장도 없었다.

빨리 와라.

야나이를 기다릴 때와는 다른 기분으로 계속 기다리는데 8시 정각에 하타다가 모습을 드러냈다. 여성 편력이 화려한 남자는 약속 시간도 정확하게 지키나 보다.

"오래 기다렸죠?"

하타다는 회색 재킷과 바지를 입고 있었다. 어둠과 구분하기 어려운 색이지만 얼굴은 가리지 않아서 촬영에는 지장이 없었다.

"저야말로 협력해 주셔서 감사합니다."

"아니, 뭐. 하지만 사키타 비서님. 호텔 내부 CCTV에 찍히지 않았다면 사용했던 룸까지 들어갈 생각도 해야 합니다. 그 정도 각오는 해 둬요."

이 마당에도 자신을 방으로 끌어들이려는 속셈인가. 속이 뻔히 들여다보여서 웃음이 나올 뻔했다.

"제가 부탁드린 일이니 처음부터 그럴 생각이었습니다."

대답을 듣자마자 하타다의 눈빛이 음란하게 빛났다.

등에 소름이 돋았다. 한시라도 빨리 사진을 찍고 이런 짓은 끝내 버리자. 드럭스토어를 슬쩍 훔쳐보았더니 구쓰미가 카메라를 들고 있었다.

좋아, 촬영 시작.

"이런 상황에서 들어가는 거니 적어도 커플로 위장은 해야 할 것 같습니다."

아야카가 말하려고 했는데 하타다가 먼저 말을 꺼냈다. 친근해 보이지 않으면 함께 있는 사진이 찍혀도 설득력이 떨어진다.

"어쩔 수 없죠."

아야카는 하타다가 내민 팔에 떨떠름하게 팔을 감고 호텔 입구를 향해 한 걸음 내디뎠다.

바로 그때였다.

눈부신 섬광이 두 사람의 모습을 어둠 속에서 건져냈다.

요즘 디지털카메라의 플래시는 광량이 풍부하다고 엉뚱한 사실에 감탄하며 아야카는 당황한 척 연기했다.

"의원님. 방금 카메라 플래시 아닌가요?"

"그런 것 같군요."

하타다 역시 경계심을 드러냈다.

"저희가 이대로 호텔로 들어가면……."

"압니다. 이상한 오해를 살 수 있겠군요."

"죄송합니다. 조사는 미루는 게 어떨까요."

"좋습니다."

그 대답을 신호로 아야카는 하타다의 곁에서 재빠르게 떨어졌다. 이것으로 임무는 끝났고 다음 주가 되면 하타다 간지의 새 추문이 언론을 장식할 것이다.

사무실로 가는 길에 구쓰미와 합류했다.

"잘 찍혔어요."

구쓰미가 보여 준 화면을 확인하니 어둠 속에서 하타다의 옆모습과 아야카의 뒷모습이 선명하게 찍혀 있었다. 이 사진이라면 아는 사람이 보고 하쓰미라고 착각해도 비난할 수 없을 정도였다.

"당장 익명으로 각 언론사에 보내놓겠습니다."

부탁한다고 대답하려는 찰나, 나른한 쾌감이 온몸을 덮쳤다. 음모는 위험하고 비도덕적이지만, 그렇기에 쾌락을 불러온다는 사실을 깨달았다.

　이제 잘 익은 열매가 저절로 떨어지기만을 기다리면 된다고 생각했다.

　하지만 떨어진 것은 열매가 아니라 폭탄이었다.

　"이게 무슨 일인지 설명해."

　그날, 사무실에서 야나이가 펼친 주간지에는 어처구니없는 제목이 난무했다.

　민생당 하타다 간지 의원, 이번 불륜 상대는 초당파? 상대는 국민당 야나이 고이치로 의원의 정책비서!

　자신도 모르게 주간지를 떨어뜨릴 뻔했다. 이름을 밝히지 않고 눈을 검은색 띠로 가렸지만 하타다 옆에 찍힌 것은 아야카의 옆모습이었다. 야나이의 정책비서라는 설명만으로 이름은 적혀 있는 것이나 마찬가지, 옆모습이 실린 것은 확인사살이나 마찬가지였다.

　사진의 구도를 생각하면 거의 두 사람 옆에서 찍은 것으로 분명 구쓰미가 찍은 사진은 아니었다. 다른 사람이 그 자리에서 기다리고 있었다는 이야기다.

그 사람이 누구인지 추리할 여유는 없었다. 들려온 목소리에 얼굴에서 핏기가 싹 가셨다.

"내가 불륜을 탓할 입장이 아니라는 건 잘 알지만 왜 하필 상대가 그 사람이지?"

"이건 오해입니다."

"오해하게 만든 사람은 자네겠지."

야나이의 말은 신랄했다.

"이 기사가 나온 직후에 하쓰미에게 확인해 봤지. 맹세코 하타다와 몰래 만난 적 없다고 하더군. 이 사진을 보니 알겠어. 자네가 하쓰미로 변장했던 거로군."

"아닙니다. 이건."

"뭐가 아니지? 이 사진이 바로 확실한 증거잖아!"

아야카에게 침이라도 뱉을 기세였다.

"정책비서로는 부족해 아내를 모함하기로 한 거야?"

그 점은 사실이기에 반박할 수 없었다.

"이럴 거였으면 차라리 아내가 불륜 상대인 것이 낫겠어. 이 기사를 본 의원들이 비웃는 소리가 들리는군. 믿는 도끼에 발등 찍히다 못해 라이벌에게 길들여진 멍청한 놈이라고. 남자로서 체면을 떨어뜨린 걸로도 모자라 비서 관리 능력도 전혀 없는 바보로 보이겠지. 개망신에 신용과 인망도

사키타 아야카

335

잃었다고!"

야나이가 아야카의 멱살을 잡아 올렸다.

"대답해! 아내를 모함하려던 건 하타다의 지시야, 아니면 자네의 발상이야!?"

마치 길바닥의 똥덩어리를 보는 듯한 눈빛이었다.

문득 아카리의 목소리가 떠올랐다.

— 진실을 알리기 위해서라면, 어떤 사실을 재연한다고 해도 결과적으로 잘못된 일은 아닙니다.

아뿔싸, 그 말이 자신의 목을 조이게 되다니.

"그동안 정책비서로서 수고 많았어."

야나이의 목소리는 기계음처럼 감정이 없었다.

"불쾌해지기만 할 뿐이니 변명은 일체 듣지 않겠네. 물건 챙겨서 당장 나가도록 해."

최후통첩이 귓가를 떠나지 않았다.

개인 물품을 정리해 의원회관을 나왔지만 어디로 어떻게 걷고 있는지 아무런 생각도 들지 않았다. 그저 발길이 기억하는 곳으로 걷고 있을 뿐이었다.

야나이는 하쓰미와 하타다가 불륜 관계였던 적은 한 번도 없었다고 했다. 그럼 구쓰미가 헐레벌떡 가져왔던 사진은 도대체 무엇이었을까. 뒷모습이 하쓰미를 쏙 닮은 다른 사람이었을까.

아니, 이제 그런 것은 아무래도 좋다.

아야카는 직장을 잃었다. 모시던 의원이 낙선해서가 아니라 자신이 저지른 불미스러운 일 때문에 쫓겨났다.

의원 비서의 능력과 재치는 의원들 사이에서 늘 입소문을 탄다. 입이 가벼운 자와 행실이 가벼운 자는 어디서든 싫어한다. 하필 대립정당의 의원과 스캔들을 일으킨 비서를 도대체 어느 누가 고용한단 말인가.

재취업까지의 길은 너무나 멀어서 실업급여로 언제까지 생활할 수 있을지 몰라 막막했다. 서른넷, 미혼. 정치 세계밖에 모르던 여자가 다른 세계에서 살아갈 수 있을까.

후회와 불신, 초조와 낭패로 머릿속이 새하얘졌다.

더 이상 아무 생각도 할 수 없었다.

걸음이 휘청거렸고, 그곳이 보도인지 차도인지도 판단할 수 없었다.

그 순간, 커다란 경적 소리와 함께 등 뒤에서 달려온 택시의 범퍼에 부딪힌 아야카의 몸이 허공으로 떠올랐다.

야나이
고이치로

I

대좌* 위에 큰 대자로 누운 채 사지를 결박당해서 전혀 움직일 수 없었다.

여긴 어디지. 아니, 그보다도 당장 눈앞에 닥친 문제는 결박을 푸는 것이었다.

몇 번이나 손과 발을 잡아당겼지만 역시 1밀리미터도 움직이지 않았다. 자신이 실오라기 하나 걸치지 않은 알몸이라는 사실도 깨달았지만 그것까지 신경 쓸 상황은 아니었다.

갑자기 머리 위에서 꺼림칙한 소리가 들려왔다.

---

* 불상을 올려놓는 대.

덜그럭 덜그럭.

덜그럭 덜그럭.

심장이 몹시 두근거렸다. 어두워서 천장은 보이지 않았지만, 이상하게도 다가오는 것이 대형 단두대라는 사실은 알 수 있었다.

하지 마.

저리 치워! 풀어 줘!

하지만 아무리 소리쳐도 누구도 구하러 오지 않았다. 그 사이 어둠 속에서 단두대의 칼날이 크게 흔들리며 모습을 드러냈다. 먼저 왼쪽 허벅지부터 절단했다. 고통은 없었지만 절망은 있었다. 다음은 오른쪽 허벅지. 피가 엄청나게 흘렀지만 묶인 몸으로는 확인조차 할 수 없었다. 다만 몸에서 대량의 피가 흘러나오는 감각이 뇌로 전해졌다. 아무튼 양쪽 다리를 잃었다. 설령 결박을 풀어 준다고 해도 더 이상 도망칠 수 없다.

단두대는 가차 없이 오른팔로 다가왔다. 필사적으로 몸을 비틀어 봤지만 칼날이 팔을 정확하고 깨끗하게 잘라냈다.

감정이 닳아서 없어지는 듯한 공포 속에서 그나마 마지막 남은 한 팔이라도 사수하려고 했지만 전부 헛수고로 끝났다. 이번에는 눈앞에서 왼팔이 피를 뿌리며 떨어지기 직전……

야나이 고이치로는 침대에서 벌떡 일어났다.

아마 깨기 전에 소리를 지른 것 같았다. 현실에서까지 심장이 두방망이질 쳤다. 얼마 지나지 않아 옆방에서 하쓰미가 달려왔다.

"무슨 일이야, 이 밤중에."

"미안. 악몽을 꿨어."

"꿈? 그럼 다행이지만. 깜짝 놀랐잖아."

하쓰미는 졸린 눈을 깜박이며 자신의 침실로 돌아갔다. 정신을 차리고 보니 야나이의 얼굴이 식은땀으로 흠뻑 젖어 있었다.

화장실로 가서 찬물로 세수를 하니 비로소 마음에 안정이 찾아왔다. 순간 피로와 실망이 몸을 덮쳤다.

제길, 무슨 꿈이 이래. 하필 사지를 절단당하는 꿈이라니.

야나이는 속으로 욕설을 퍼부었지만 꿈의 내용에 대해서는 쓴웃음을 짓지 않을 수 없었다. 저명한 심리학자가 '꿈은 현실의 투영이고, 현실은 꿈의 투영이다'라고 말했다지만 방금 전 꾼 악몽은 그야말로 야나이가 처한 현실을 상징하는 꿈이었다.

사지는 글자 그대로 수족을 의미하며, 야나이에게는 '여성 사회활동 추진 협회'의 후지사와 유미, '쇼도관' 부관장인 이노 덴젠, 전 후원회장인 구라하시 효에, 그리고 정책비서 사키타 아야카가 이에 해당됐다. 네 사람 모두 야나이에게 중요한 협력자이자 소중한 자금단체의 책임자들이었다. 거대한 조직표와 자금은 세 단체가 책임지고 있었고, 선거전과 정계에서의 공작은 아야카의 조언 없이는 통하지 않았다. 요컨대 이 세 단체와 네 사람이야말로 국회의원 야나이 고이치로의 기반이었다.

그런데 올해 6월 이후, 네 사람이 잇달아 사망했다. 후지사와 유미는 야나이의 사무실을 비롯해 이곳저곳에서 1억 엔을 빌려 FX에 투자했다가 협회 빌딩에서 투신했다. 이노 덴젠은 은행에서 대출받은 돈을 갚지 못해 육교에서 뛰어내렸고, 직진하던 자동차에 치여 죽었다. 구라하시 효에는 부부싸움을 하다가 부인에게 살해당했으며, 비서 사키타 아야카는 야당 의원과 불륜 의혹이 보도되어 퇴직한 직후 교통사고로 유명을 달리했다.

자신의 수족이었던 사람들이 연달아 야나이의 곁에서 사라진 셈인데, 사지를 절단당하는 악몽을 꿨다는 이야기를 흘리기라도 하는 날에는 심리상담사는 분명 손뼉을 치며 좋아할 것이다.

연속된 네 명의 죽음을 전부 우연이라고 취급할 만큼 야나이는 바보가 아니다. 네 건의 사고 또는 사건은 누군가의 의지로 벌어졌다고밖에 생각할 수 없다.

네 사람이 사망하면서 야나이가 잃은 것은 헤아릴 수도 없다. '여성 사회활동 추진 협회'는 비자금 단체로, 회계 장부에 올라가지 않는 정치자금을 모으기에 매우 좋은 조직이었다. '쇼도관'과 후원회는 가만히 있어도 조직표를 모아주었으며, 사키타 아야카는 자신의 분신이라고 해도 좋았다. 하지만 후지사와 유미의 자살로 '여성 사회활동 추진 협회'는 공중분해되었고, 부관장 이노 덴젠의 죽음으로 '쇼도관' 신자들의 조직표는 민생당 의원에게 흘러 들어갈 우려가 생겼다. 선대부터 2대째 운영하고 있는 후원회도 구라하시의 죽음으로 빠르게 구심력을 잃었다고 들었다. 그리고 아야카가 없는 지금, 야나이는 사무실을 통제할 수 없게 되었다.

자금줄이 끊기고 표를 잃고 정신까지 좀먹었다.

누군가 국회의원 야나이 고이치로를 매장하려는 것일까. 자살에 교통사고, 배우자에 의한 우발적인 살해까지. 어떤 사건에서도 의심스러운 정황이 발견되지 않아 경찰이 계속 수사하고 있다는 소식도 들리지 않는다. 그래도 여전히 야나이는 네 건의 사건들이 의심스럽다.

의심스러우면 조사해야만 하고, 자신 정도의 지위라면 더욱 그렇다고 생각하지만, 공교롭게도 친분이 있는 경찰 관료가 없다. 동료 의원 중에 경찰 관료 출신이 없지는 않지만 계파가 다른 데다 경찰이 수사를 종결한 사건을 재수사하게끔 할 정도의 증거도 없다.

다만 확실히 이대로 두고 보기만 할 수는 없다. 이러다가는 사지가 잘리다 못해 가장 중요한 목까지 내놓게 생겼다.

불현듯 꿈속에서 느낀 공포가 되살아났다.

일련의 사건들은 야나이를 국회의원 자리에서 끌어내리기 위한 음모라고만 생각했다. 하지만 단지 의원 한 사람의 정치 생명을 끊어놓자고 사람 네 명을 실제로 죽이는 것이 있을 수 있는 일인가.

설마 야나이 자신의 목숨까지 앗아갈 생각은 아니겠지.

방금 닦은 이마에서 또다시 땀이 났다. 국회의원이 된 지 6년, 일을 제대로 하고 있다면 적도 생긴다. 당의 정책과 관련해서 일부 유권자들에게 미움을 사기도 한다. 하지만 살의를 품게 할 정도는 아니었을 터였다.

도대체 누가 무엇 때문에……. 야나이는 아침이 밝아올 때까지 몇 번이나 그 질문을 반복했다.

다음 날 아침, 수면 부족 상태로 의원회관 사무실로 출근하니 비서인 마쓰네가 새된 목소리로 인사를 건넸다.

"안녕하십니까, 의원님."

"아……. 좋은 아침."

평소에도 거슬리는 목소리를 수면 부족 상태에서 들으니 더욱 거슬렸다. 야나이는 자신도 모르게 인상을 썼다.

사키타 아야카가 그만둔 뒤 새 정책비서로 고용한 마쓰네였다. 일을 시켜 보니 확실히 자료 분석 능력이 뛰어나고, 한 걸음 물러서서 자기주장을 하지 않는 태도에 호감이 갔다.

하지만 그뿐이었다.

마쓰네에게는 아야카와 같은 신중함이 없었다. 야나이가 별다른 말을 하지 않아도 미리 준비해 두는 주도면밀한 면이 없다.

자세히 말하면 야나이의 단점을 알면서도 그것을 본인의 재략으로 커버하는 섬세함이 없다는 것이다. 자신이 많은 걸 바란다는 사실은 알고 있지만 아야카가 그만둔 직후인 만큼 비교하지 않을 수 없다.

지금에 와서 생각하면 아야카만큼 우수한 비서는 없었다. 야나이에게 부족한 부분, 야나이가 원하는 것과 생각하는 것을 야나이 본인보다 더 잘 알고 있었다. 마지막에는 하타다와 불륜을 저지른 것도 모자라 그 의혹을 하쓰미에게 덮어씌우려는 발칙한 짓을 했지만 공적으로든 사적으로든 편리한 여자였다는 사실은 틀림없다.

"손님이 기다리고 계십니다."

"진정 건인가?"

"아뇨, 그런 것 같지는 않습니다."

진정 관련이 아니라면 뭐란 말인가. 핵심을 알 수 없게 대답하는 마쓰네가 마음에 차지 않는다고 생각하며 집무실로 향했다. 아야카가 있을 때는 진정과 관련된 건은 전부 그녀에게 맡기면 그만이었다. 아야카는 손님 응대에 능숙해서 같은 진정 건이라도 검토해야 할 것과 그렇지 않은 것을 재빠르게 선별했다. 그런데 지금은 야나이 본인이 직접 상대를 해야 하는 상황이었다.

집무실에는 30대로 보이는 여성이 기다리고 있었다. 화장이 짙어서 촌스러워 보이는 여자였다.

"처음 뵙겠습니다. 간자키 아카리라고 합니다."

"야나이 고이치로입니다. 간자키 씨는 어떤 단체의 대표로 오셨습니까?"

말을 꺼내고 나서 후회했다. 빨리 용건을 끝내 버리고 싶은 마음에 단도직입적으로 묻고 말았다.

"아뇨, 특별히 어디의 대표는 아니에요."

국회의원인 자신의 앞에서 스스럼없는 말투로 말하는 아카리에게 흥미가 생겼다.

"진정을 하러 온 것도 아닙니다. 왜 찾아왔냐고 하면 급한 소식을 전하기 위해서랄까요."

"어디에도 소속되어 있지 않으신데 어떤 급한 소식 때문입니까?"

"다시 말씀드려야겠군요. 정확하게는 지금은 프리고, 이전에는 조직의 일원이었습니다."

"조직이라면 어떤?"

"'쇼도관'. 저는 관장님 곁에서 직접 시중을 들던 여자입니다."

생각지도 못한 고백에 야나이는 아카리를 찬찬히 응시했다. 관장인 이나오와는 연회 자리에서 여러 번 함께한 적이 있다. 성직자에 어울리지 않는 호색한 할아버지 같아 인상에 남았는데, 과연 그 남자라면 이런 여자를 뽑아 곁에 두었을 만하다고 묘하게 납득이 갔다.

"개인적인 사정으로 쇼도관은 탈퇴했지만 말이에요. 급히 할 말이라는 건 그때 입수한 정보입니다."

야나이는 아카리의 눈을 뚫어지게 응시했다. 정계의 이

매망량*들을 상대했던 경험 때문에 나름 사람을 보는 눈이 있다. 아카리의 눈에는 교활한 빛이 배어 있었다.

평소라면 수상한 이야기를 꺼낸 시점에서 그런 손님은 돌아가 주기를 바랐겠지만 아카리의 눈을 보니 예외를 용인할 만한 마음이 들었다.

말은 타 보고 사람은 사귀어 보라고 했다. 일단은 이야기를 들어보고 미심쩍은 이야기라면 쫓아내면 그만이다.

"그 정보라는 건 누구에게 좋은 이야기입니까?"

"물론 의원님이죠. 아니면 제가 평생 인연이 없는 의원회관까지 왔을까요?"

"내게만 유리한 이야기입니까?"

"물론. 정보를 팔고 싶어요. 그게 윈윈이라고 생각해요."

고작 이것이 교활함의 내막인가. 그렇다면 별일 아니군. 야나이는 대범하게 굴기로 했다.

"금액은?"

"지금부터 하는 이야기는 제공할 정보의 맛보기입니다. 그걸 듣고 의원님이 판단하시죠."

"어떤 정보입니까?"

---

* 산속 요괴와 물속 괴물 등 온갖 도깨비를 뜻하는 말로, 정당하지 못하고 남을 해치는 사람을 가리킨다.

"최근에 공설비서였던 여성이 사망했죠. 뉴스에서 봤습니다. 그 사건과 관련된 정보입니다."

허를 찔린 야나이는 동요했지만 겨우 표정을 수습했다.

"상황이 이해가 안 가는군요. 쇼도관 소속이었던 당신이 어떻게 사키타 비서의 정보를 갖고 있는 겁니까?"

"연결되어 있으니까요. 게다가 그 두 개뿐이 아니라……."

"……계속하시죠."

"현재 의원님 후원회의 대표는 누구인가요?"

"구쓰미 료헤이라는 사람입니다."

"어떤 사람인가요?"

"아직 직접 만나 본 적은 없지만 성실하고 믿을 만한 인물이라고 비서에게 들었습니다."

"그 구쓰미 씨, 예전에 쇼도관의 시종관이었어요."

"뭐라고요?"

"그뿐만이 아니에요. 이건 당연하다고 생각하실지 모르겠지만 전 후원회장이 사망한 뒤로는 구쓰미 씨가 후원회 대표로서 사키타 씨와 접촉했습니다."

즉 죽은 네 명 중 세 명이나 구쓰미와 관계가 있다는 이야기다. 한 사람만이라면 우연이라고 치부할 수 있어도 셋이 되면 그럴 수 없다.

야나이 고이치로

"상당히 흥미로운 이야기군."

"그렇다면 좀 더 흥미로운 이야기를 해 볼까요. 구쓰미라는 이름을 들어본 적 없나요?"

"아니……."

기억을 거듭 더듬었지만 구라하시의 후임이라는 사실 외에 짐작이 가는 것은 없다. 야나이의 모습을 지켜보던 아카리는 생글생글 여유롭게 웃어 보였다.

"그렇다면 구쓰미 마리카라는 이름은요?"

"마리카……? 아뇨, 기억에 없군요."

"구쓰미 마리카 씨는 구쓰미 씨의 외동딸. 울트라프리 사건의 피해자 중 한 사람이라고 하면, 기억이 나실까요?"

자신도 모르게 엉덩이가 들썩였다.

과거에 저질렀던 악행이 이런 상황에서 튀어나오리라 예상조차 하지 못했다. 잊고 있다고 생각한 죄, 없애고 싶은 역사였다.

"울트라프리에 대해 조사했습니까?"

"당시의 보도에 따르면 집단강간죄로 실형 판결을 받은 사람은 주범을 포함한 열네 명. 하지만 구쓰미 씨의 말에 따르면 원래 주범은 따로 있는 데도 교묘하게 법망을 피해갔다던데."

입이 바짝바짝 말랐다.

"설마 내가 그 주범이라고 협박할 셈입니까?"

"그럴 리가요."

아카리는 장난기를 가득 담아 고개를 절레절레 흔들었다.

"저, 그런 캐릭터 아니에요. 감히 국회의원을 협박하다니요. 그런 짓을 하면 후환이 두려운데요. 그저 정보를 팔고 싶을 뿐이라고요."

야나이는 다시 한번 아카리의 눈을 들여다봤다. 아무래도 상대를 떠보려는 것은 아닌 듯했다.

"잠깐 실례."

집무실 안쪽에 설치된 간이 금고. 속에는 약간의 현금이 있었다. 야나이는 금고에서 따로 묶여 있는 돈다발을 하나 꺼내 아카리 앞에 놓았다.

"백만 엔. 정보에 대한 대가로 타당한 금액이라고 생각하는데."

백만 엔은 정보 제공료인 동시에 입막음 비용이었다. 울트라프리 사건은 세상에 널리 알려졌지만 수사 당국의 협력으로 야나이 이름은 전혀 흘러나오지 않았다. 하지만 이름이 알려지지 않은 만큼 아직도 파급력을 지닌 발사되지 않은 탄알이었다. 특히 국회의원으로서 입지를 다진 지금이

야나이 고이치로

353

야말로 그 파급력은 열 배 스무 배로 늘어났다. 10년 전 사건이라고 해도 실질적인 주범이 야나이이며, 일당들을 팔아 불기소 처분을 받았다는 사실이 알려지면 틀림없이 의원직을 박탈당할 것이다.

아카리는 책상 위에 놓인 돈다발을 잠시 응시했지만 머뭇거리지 않았다. 의중을 알겠다는 듯 고개를 끄덕이고는 돈다발을 대수롭지 않게 가방에 집어넣었다.

그 행동을 보고 야나이는 확신했다. 이 여자는 돈에는 그다지 관심이 없는 것 같다. 그 증거로 지폐를 세려고도 하지 않았다. 그러면 돈보다 더 관심 있는 것이 무엇일까.

"계속하시죠."

"구쓰미 씨는 법망을 피해간 진짜 주범은 의원님이라고 믿는 것 같습니다. 확실히 사건이 드러났을 때 의원님은 해당 대학의 대학원생이었으니까 그 사람이 의심하는 것에도 어느 정도 신빙성은 있습니다. 그런데 다시 한번 여쭙는데, 구쓰미 마리카라는 여성이 정말 기억에 없나요?"

"내가 재학 중일 때 일어난 사건이라 나도 기억합니다. 분명 피해 여성이 4백 명이 넘었다지요."

4백 명 중 한 사람의 이름 따위를 기억할 리 없다. 그 사실이 태도에서 묻어나오자 아카리도 더 이상 추궁하지 않왔다.

"주범격 인물에게는 4백 명 중 한 명. 하지만 구쓰미 씨에게는 단 하나뿐인 딸이었습니다. 그런데 마리카 씨는 취재 전쟁 중 노이로제에 시달려 전철에 몸을 던졌습니다."

억 소리가 나올 뻔했다.

당시, 경시청에 체포되었지만 다른 멤버를 전부 밝히는 조건으로 불기소 처분을 얻어냈다. 물론 아버지가 대신을 지낸 인물인 데다 여당 최대계파의 우두머리였던 사정도 분명 불기소 처분을 받을 수 있었던 이유 중 하나였을 것이다. 그리고 피해 여성 중 한 명이 자살했다는 소식을 취조 중 형사가 알려 줬다.

그 여자인가. 자살한 여자가 구쓰미의 딸이었다니.

"그뿐 아닙니다. 마리카 씨가 자살하자 어머니도 우울증을 앓다가 결국 마리카 씨와 같은 장소에서 철로에 몸을 던졌다고 합니다. 그래서 구쓰미 씨는 결국 혼자가 되었습니다."

아카리는 안타깝다는 듯 말했지만 듣고 있는 야나이는 솔직히 성가시다고 생각했다. 폭행에 대한 죄를 물으면 어쩔 수 없지만, 세상을 등지고 죽은 건 본인의 선택 아닌가. 더구나 뒤따라 자살한 어머니의 몫까지 책임지라니 밑지는 장사다.

"그래서 구쓰미 씨가 나를 원망한다는 말입니까? 하지만 그가 쇼도관 부관장이었던 이노 씨, 전 후원회장인 구라하시 씨, 비서였던 사키타의 죽음에 관여했다는 이야기는 너무 넘겨짚은 것 같습니다만."

"아뇨, 그 세 명뿐 아니라 여성 사회활동 추진 협회 사무국장이었던 후지사와 유미 사건에도 관여했다면요?"

"……구쓰미 씨가 제 협력자들을 모두 제거했다는 말입니까? 하지만 경찰이 수사한 바로는 네 명은 각각 자살에 사고사. 구라하시 씨만 살해당했지만, 그것도 부인이 저지른 범행으로 수사가 종결되었다고 들었습니다. 그 어디에 구쓰미 씨가 개입할 여지가 있었습니까?"

아카리는 의미심장하게 웃었다.

"이다음은 회원님 한정으로."

"장난하지 마시죠."

"사실 계속 조사 중입니다."

"그러니까 새롭게 보고할 때마다 정보를 사라고 요구하는 겁니까?"

"이쯤 되면 의원님도 어렴풋이 짐작하리라 생각하지만, 저는 돈에 그다지 관심 없습니다."

아카리는 주눅 들지 않고 말했다.

"방금도 말했지만 이 건으로 의원님을 협박하려는 마음은 전혀 없어요. 그런 짓을 했다가는 언제 쥐도 새도 모르게 사라질지 참."

"싸구려 형사 드라마를 너무 많이 봤군요."

"그래도 협박당하는 사람이 협박하는 사람에게 살의를 품는 건 당연하잖아요. 지금 받은 백만 엔으로 충분하다고 할까. 현재 생활에 만족하니 분수에 맞지 않는 사치에도 관심 없습니다."

"욕심이 없다고."

"주제 모르고 욕심 부려 봤자 제 몸 망치기밖에 더하겠어요?"

"지당한 말씀이군."

"아, 이건 제가 한 말이 아니라 절 고용한 분의 말씀이에요. 죄송해요, 깜빡했네요. 저는 현재 여기서 일하고 있습니다."

서둘러 내민 명함에는 '노노미야 플래닝 스튜디오 사원 간자키 아카리'라고 적혀 있었다.

"이 노노미야라는 분이 대표입니까?"

"네. 제 정신적 지주시죠."

"이번 일을 노노미야 씨는 알고 계십니까?"

"음……. 그건 상상에 맡기겠습니다."

무심코 본심을 말한 것이다. 단독행동이면 단독행동이라고 답하면 그만인데 말끝을 흐리는 것은, 이 행동이 전부 노노미야 쿄코라는 인물의 지시라는 사실을 대변하는 것이다.

"이제 그만 본심을 이야기하시죠."

야나이는 서서히 상체를 내밀었다.

"정보 제공료는 백만 엔이면 충분하다고 했지만 그것만 받으려고 여기까지 온 건 아니겠죠. 구쓰미 아무개의 음모를 밝혀서 당신이 얻는 건 뭡니까? 아니면 혹시 당신 말고 이득을 얻는 다른 사람이 있는 건가?"

"여기 있잖아요."

아카리는 검지손가락으로 야나이를 가리켰다.

"후지사와 유미 씨, 이노 덴젠 부관장, 구라하시 효에 씨, 그리고 사키타 아야카 씨. 모두 의원님에게 협력했던 사람들이었습니다. 사키타 씨처럼 고용됐던 사람도 있지만 모두가 의원님의 팬이었잖아요? 그들과 마찬가지입니다. 야나이 씨가 마음껏 정치 수완을 발휘했으면 좋겠다. 그런데 그것을 방해하려는 존재가 있다. 그러니까 이런 정보를 제공했다. 이렇게 받아들이시면 되겠습니다."

야나이는 생각에 잠겼다. 눈앞에 앉아 있는 아카리는 야나이를 경외하는 마음이 전혀 없어 보였다. 하지만 그녀의 고용주인 노노미야라는 사람이 자신의 지지자일 가능성은 부정할 수는 없다.

아니, 부정할 수 없기는커녕 의외로 그것이 정답일 수도 있다. 아카리가 한 말은 아니지만 자신에게는 이해득실을 따지지 않는 자원봉사자들이 많다. 노노미야 아무개가 그중 한 명이라 해도 이상하지는 않을 터다.

"아까는 조사를 진행 중이라고 말했지만 실은 이미 대충 짐작은 하고 있습니다."

"호오. 말씀을 들어보고 싶군요."

"아직 증거라고 할 만한 건 아니랍니다."

"짐작하게 할 정도의 근거는 되는 거 아닙니까."

아카리는 잠시 입을 다물었지만 오래가지 못했다. 아마 천성이 주저하지 않는 성격인 것 같았다.

"그러면 조미료를 좀 섞어서 이야기해 볼까요."

이윽고 아카리가 풀어낸 추론은 야나이가 품고 있던 공포가 배가 되는 이야기였다.

"우선 이노 씨는 교단 운영자금을 늘린다는 명목으로 교주의 자서전 출판 계획을 제안했습니다. 그 비용은 은행에서 빌려서, 중간까지는 계획대로 진행됐죠. 교주가 반평생

동안 얻은 진귀한 교의를 감수하고, 그 말씀으로 깊은 깨달음을 얻는 내용으로 제작되었습니다. 그런데 배포용으로 대량 인쇄된 책은 온통 교단을 비판하는 내용이었고……."

편집 단계의 책임자였던 이노는 출가 신자 전체를 적으로 돌려 결국 육교에서 투신했는데, 그 자리에 신자들이 함께 있었던 것 같다고 했다. 게다가 그 시기에 이노와 가까운 곳에는 시종관이었던 구쓰미가 있었다. 아카리는 구쓰미라면 원고를 인쇄소로 보내기 직전에 원고를 바꿔치기할 수 있었다고 말했다.

"다음으로 구라하시 씨 말인데요, 그가 도의회 의원 선거에 출마하기로 결정했을 때, 사키타 씨를 통해서 친분이 있는 금융기관에서 선거자금을 빌렸지요."

"네. 신세를 지고 있는 후원회장의 부탁이니 무턱대고 거절할 수는 없지 않습니까."

"하지만 빌린 선거자금으로는 부족해 부동산 매매에 손을 댔습니다. 그런데 그것이 부동산 사기여서……."

거액의 빚을 져서 아내가 우발적으로 살해했다고 판단했는데, 그 부동산 투자를 강하게 제안했던 사람이 당시 구라하시의 측근이었던 구쓰미였다고 한다.

"사키타 씨의 경우는 좀 더 노골적이죠. 야나이 씨의 아내분이 불륜을 저지르고 있다고 이야기를 꾸며내려고 했던 모양인데, 그렇게 하도록 부추긴 사람 역시 구쓰미 씨로……."

"잠깐만요."

무섭게 밀려오는 가능성이라는 파도를 머리가 따라가지 못했다.

"각 사건에 구쓰미가 끼어 있었다는 주장이 가능성 있는 이야기일 수 있어도 너무 간 거 아닙니까?"

"아……, 하지만 꽤 사실 같아요. 아무튼 구쓰미 씨 본인이 자랑스럽게 떠들고 다니니까요."

"뭐라고?"

"아참, 깜빡하고 말씀을 안 드렸네요. 구쓰미 씨, 지금 저희 직원이에요."

아카리가 자리를 떠난 이후에도 야나이는 집무실에 혼자 틀어박혀 끊임없이 생각했다.

구쓰미 료헤이가 아카리의 직장 동료라는 이야기에는 매우 놀랐고, 아카리의 추론에 신빙성이 있었다. 동료가 된 과정은 이렇게 설명했다.

— 쇼도관에 있을 때, 저는 출가하지 않은 일반 신자로 근

무했습니다. 부관장이 그렇게 되고 교단 내부가 삐걱거리기 시작해 탈퇴했는데, 그때 구쓰미 씨를 스카우트했죠. 붙임성이 좋아서 영업 인재로 좋겠다고 생각해서.

아무튼 구쓰미가 떠벌리고 다녔다는 이야기에 신빙성이 있다는 점은 인정하지만 확실한 증거는 필요하다. 그의 딸이 '울트라프리 사건'의 피해자였다는 이야기도 확인해 둘 필요가 있다.

뒷조사는 아카리에게 맡기기로 했다. 본인은 돈에 관심 없다고 뻗댔지만 그래도 새 정보를 가져온다면 값을 쳐 줄 가치가 있다. 마침 구쓰미가 직장 동료라고 하니 네 사건에 그가 관여했다는 증거도 손쉽게 찾을 수 있지 않을까.

농간을 부린 구쓰미라는 남자 때문에 부아가 치밀었다. 스스로 목숨을 버린 딸과 부인의 원수를 갚겠다고 작심한 것 같은데 날벼락을 맞은 자신은 몹시 곤란해졌다. 자금원과 표를 잃었을 뿐 아니라 유능한 비서와 정보도 동시에 잃고 말았다.

이 죄는 만 번 죽어 갚아야 마땅하다. 무슨 일이 있어도 반드시 구쓰미 본인이 저지른 죄의 크기를 깨닫게 해 주지 않으면 울화통이 터져 견딜 수 없을 것이다.

아카리의 태도를 보면 노노미야라는 사람은 구쓰미를 탐

탁지 않게 생각하는 것 같았다. 그렇다면 당분간 아카리를 통해 구쓰미의 언행을 살핀다고 해도 노노미야가 방해를 하지는 않을 것 같았다.

그놈이 네 사람을 함정에 빠뜨렸다면 이번에는 자신이 계략을 꾸밀 차례다.

학창시절에 '울트라프리'를 주도했을 때 간계와 인맥을 이용해 자신의 제국을 만들었다. 부도덕한 것만 제외하면 그때 쌓았던 노하우는 정치활동에 도움이 되었다. 하지만 이제, 봉인해 두었던 부도덕도 행사할 기회가 온 것 같다.

자, 어떤 방식으로 구쓰미를 손볼까.

야나이는 오랜만에 어두운 열정으로 가슴이 끓어올랐다. 마치 사정 직전에 느끼는 흥분 같았다.

2

"도대체 어디 숨은 거야."

아소는 수사원이 모두 자리를 비운 형사부실에서 혼잣말을 중얼거렸다.

후지사와 유미 사건 이후, 노노미야 쿄코의 이름이 자신 앞에서 사라졌다. 아니, 사라진 것이 아니라 아소가 놓치고 있을 뿐이다. 가모우 미치루의 기질을 이어받은 여자가 평범한 일상을 보낼 리가 없다.

빨리 뭐라도 저질러라.

사건이 일어나기를 고대하는 것은 경찰관의 태도로는 전혀 아니지만, 노노미야 쿄코만은 별개다. 내버려 두면 둘수록 사회에 해악을 끼치는 인간이다.

초조해하는데 스마트폰의 착신음이 울렸다. 상대는 마루노우치 경찰서의 도가시였다.

"아소입니다."

— 도가시입니다. 안녕하셨습니까.

목소리 상태에서 사건과 관련된 전화라고 직감했다.

— 요즘 그쪽에 노노미야 쿄코와 관련된 사건이 있습니까?

"아뇨, 아직 없습니다."

— 실은 저도 신경이 쓰여서 계속 동태를 살폈는데요…….마음에 걸리는 사건이 한 건, 있습니다."

도가시는 얼마 전에 야나이 고이치로 의원의 정책비서였던 여자가 차도에서 비틀거리다가 차에 치여 즉사한 사건을 알렸다.

"그 사건이라면 알고 있습니다. 분명 민생당의 하타다 의원과의 불륜을 폭로당하고 해고된 직후에 차에 치였죠. 하지만 그건 분명한 사고라고 들었는데요."

— 네. 운전자와 현장에 있던 목격자의 증언으로도 본인이 차도로 뛰어들었다고 했습니다. 만약을 위해 부검했지만 체내에서 특별한 약물이 검출되지는 않아서 본인 부주의에 의한 사고로 사건성이 없다고 판단했습니다.

"그렇다면 아무 문제없는 거 아닙니까."

— 그뿐이라면 말이죠. 하지만 그녀의 스마트폰 연락처에 '노노미야 플래닝 스튜디오'라는 이름이 있었습니다.

자신도 모르게 휴대폰을 꽉 쥐었다.

— 물론 연락처만이 아니라 통화기록도 남아 있었습니다. 사고를 당하기 얼마 전에는 '간자키 아카리'와 '구쓰미'라는 인물과도 자주 통화한 모양입니다.

"그 전화번호, 지금도 살아 있습니까?"

— 아뇨. 혹시나 싶어 전화해 봤지만 이미 모두 없는 번호입니다.

후지사와 유미 때와 똑같다.

— 그래서 후지사와 유미와 죽은 사키타 아야카라는 비서 사이에 공통점이 있는지도 조사해 봤습니다. 이것 참, 알아보고 말고 할 것도 없이 후지사와 유미가 사무국장을 맡았

던 비영리법인 '여성 사회활동 추진 협회'의 이사장이 야나이 고이치로 의원이더군요.

"키워드는 야나이 고이치로인가."

— 사키타 아야카는 상당히 유능한 비서였던 것 같은데, 알고 지내는 정치부 기자에게 물어보니 불륜 보도는 아무래도 가짜 냄새가 난다고 귀띔해 주더라고요.

"가짜 냄새요?"

— 어찌됐든 처신이 신중한 여자니까. 독신이니 뭐 불륜도 아예 없을 법한 이야기는 아니지만, 하필 대립정당의 의원을 상대할 정도로 대책 없지는 않을 거라고.

정책비서 정도 되면 불륜 상대도 한정된다는 말인가.

"그러니까 사키타 아야카도 당한 거 아니냐는?"

— 그렇게 생각하는 편이 위화감이 없다는 이야기입니다. 그뿐만이 아닙니다. 야나이 고이치로와 관련해서 다른 사건도 발생했습니다.

"또 있습니까?"

순간 치욕스러웠다. 노노미야 쿄코를 쫓아야 할 자신에게 왜 관련 사건들이 보이지 않았던 것일까.

아소가 침묵하는 의미를 이해했는지 도가시의 목소리가 한층 낮아졌다.

— 제가 관련 사건들을 찾을 수 있었던 이유는 처음부터 야나이 고이치로라는 공통된 키워드를 알았기 때문입니다.

배려는 고맙지만 이런 식의 배려는 오히려 굴욕이다.

"계속하시죠."

— 야나이 고이치로의 후원회장이었던 구라하시 효에라는 남자가 아내에게 살해당했습니다.

"그것도 사건으로서는 정리됐죠."

— 데이터베이스에 남아 있던 건 간략하게 정리한 정보뿐이니까요. 진술 조서는 그쪽에서 찾아보시는 편이 상세하게 파악할 수 있으리라 생각합니다.

"도가시 순사부장. 솔직히 이건 완전히 남의 일인데……. 당신 일은 괜찮습니까. 지능범죄수사팀은 한가하지 않을 텐데요."

— 지능범죄수사팀이기 때문입니다.

도가시의 목소리에서 열기가 느껴졌다.

— 아소 경부님. 저는 지능범죄수사팀을 담당한 지 그럭저럭 10년이 넘었습니다. 선거 위반, 사기, 횡령, 배임 등 엔간한 사건은 모두 겪어봤습니다. 지능범은 머리를 써서 범죄를 저지르지만 결국 목적은 돈입니다. 범죄 성격이 간단명료합니다. 하지만 말입니다. 후지사와 유미 사건도 구라

하시 효에 사건도 주모자의 손으로 돈이 넘어간 정황이 없습니다. 두 사건 모두 사기인 건 틀림없는데 금전적인 손실은 제로. 다만 결과적으로 피해를 당한 자가 목숨을 잃었습니다. 심지어 자살 또는 자살로 착각할 만한 형태로.

목소리에 분노가 섞였다. 이 분노는 형사로서의 분노일까, 아니면 도가시의 개인적인 그것일까.

— 경부님. 이건 지능범죄로 가장한 최악의 범죄입니다. 돈은 전혀 거들떠보지도 않고 오로지 피해자들만 궁지에 몰아넣었습니다. 게다가 자신의 손을 더럽히지 않고 상대를 죽음에 이르게 했습니다. 오랫동안 이 일을 해왔지만 이렇게나 비정하고 악랄한 사건은 본 적도 들은 적도 없습니다.

아소도 동의했다. 이렇게 말하면 이상하지만 돈을 노린 범행은 차라리 애교였다.

머리를 짜내는 목적이 오로지 사람을 절망에 빠뜨리기 위해서뿐이라는 사실은 너무나도 비인간적이다.

"노노미야 쿄코는 무엇을 노린다고 생각합니까?"

— 틀림없이 야나이 고이치로와 관련된 것일 텐데, 아직 짐작도 가지 않습니다.

"이렇게 말씀해 주시는 건 계속 수사에 협조하겠다는 뜻으로 받아들여도 되겠죠?"

— 물론입니다. 경부님도 무언가 아시게 되면 연락 부탁드립니다.

도가시의 제의를 흔쾌히 수락하고 전화를 끊은 뒤 곧바로 구라하시 효에 사건의 기록을 가져오라고 지시했다. 관할서에서 발생한 남편 살해 사건. 가해자인 아내가 자진출두해 즉시 체포되었던 사건이었다.

얼마 지나지 않아 전달받은 사건 기록을 훑어보니 단순한 불화로 인한 범행이 아니었다는 사실을 알았다. 단순해 보이는 사건 뒤에 도사리고 있는 것은 부동산 사기라는 깊은 어둠이었다.

불만을 품고 있던 단카이 세대가 도의원 선거로 방향을 잡고 선거자금을 마련하는 과정에서 부동산 사기를 당했다. 아내는 노욕을 질타하고 제멋대로 만든 거대한 빚에 이성을 잃었다.

제삼자가 보기에는 우스꽝스럽기까지 한 사건이지만 만약 이 사건이 전부 계획된 것이라면 어떨까. 물론 부인이 몹시 화를 내리라고 예측할 수 있어도 살인으로 발전하는 것까지는 계산할 수 없다. 그러나 빚더미에 앉은 60대 남자가 망연자실해 삶의 의욕을 잃으리라는 것은 충분히 예상할 수 있다.

사건의 양상은 도가시가 가정한 그대로였다. 주모자는 돈을 챙기기보다 구라하시를 실의에 빠지게 하고 정신을 피폐하게 만드는 것을 우선시한 것 같다. 사기 수단으로 구라하시의 본업인 부동산 거래를 이용한 것도 그 증거 중 하나다. 본인이 잘 알고 있는 지식을 역이용해 속였다. 구라하시에게는 이만큼이나 굴욕적인 사기 수법도 없을 것이다.

아소는 사건을 담당했던 세타가야 경찰서에 연락했다. 보통 압수된 증거물은 사건이 종결된 뒤 원소유자에게 돌려준다. 하지만 구라하시 사건은 배우자가 피고인이다. 그 밖에 함께 살고 있는 친족이 없으면 압수물은 중간에 붕 뜨게 되는 경우가 많다.

역시 구라하시의 소지품은 압수된 채로 경찰서 자료실에 잠들어 있다고 했다. 아소는 만사를 제쳐놓고 서둘러 세타가야 경찰서로 향했다.

"구라하시 부부에게는 아들이 두 명 있지만 모두 오래전부터 왕래가 없었고 압수물을 가져가라고 연락했지만 찾으러 오지 않습니다."

세타가야 경찰서 자료실 관리책임자는 처음 만나는 사이인데도 그렇게 푸념했다.

"이미 장례가 끝났고, 유산은커녕 거액의 빚만 남겼으니까요. 빈 지갑이나 아버지의 휴대폰 같은 건 거들떠보지도 않았습니다."

욕심 사나운 가족이라서 오히려 다행이다. 아소는 속으로 쾌재를 불렀다. 평범한 효자였다면 고인의 유품을 모두 찾아갔을 터였다. 그렇게 되면 재수사에 애를 먹는다.

"이겁니다."

자료실 선반에서 꺼내 내려놓은 종이상자. 이 속에 구라하시 효에의 유품이 들어 있다.

"좀 보겠습니다."

이미 종결된 사건의 압수 물건이니 지문을 신경 쓸 필요는 없다. 하지만 만지기 전에 장갑을 끼는 버릇은 고칠 수 없었다.

빈 지갑과 휴대폰은 금방 눈에 들어왔다. 우선 휴대폰을 조사하다가 연락처에서 '노노미야 쿄코'와 '구쓰미'를 발견했다. 일단 전화번호를 적어놓았지만 걸어 봤자 이미 없는 번호일 것이다.

빈 지갑에는 동전과 카드 두 장밖에 들어 있지 않았다. 그 카드 사이에 명함 한 장이 끼어 있었다.

'노노미야 플래닝 스튜디오 대표 노노미야 쿄코'.

예상은 했지만 막상 들어맞으니 피가 차갑게 식었다. 노노미야 쿄코는 분명히 구라하시의 죽음에 개입했을 것이다.

문득 기시감이 들었다. 형사 노릇 몇 년 차인 자신의 간담을 서늘하게 하는 것. 비슷한 감각은 가모우 사건에서 지독하게 맛보았다. 본인의 손은 더럽히지 않고 교묘한 말로 상대를 지옥 밑바닥으로 유도했다. 그 교묘한 수법 때문에 교사라고 인정할 수 없어 결국은 본인 의사에 의한 범죄로 성립되고 말았다.

가모우 사건에서 살아남았던 노노미야 쿄코는 틀림없이 가모우 미치루의 후계자다. 범죄 스타일은 비슷하다기보다 그대로 베꼈다. 설령 미치루가 아직 살아 있다고 해도 전혀 위화감이 없을 정도다.

금전욕도 아니고 물욕도 아니고 복수도 아니다.

단지 쾌락을 이유로 타인의 인생을 농락하고 버린다.

등골이 서늘했다. 에어컨 때문이 아니다. 오랫동안 범죄자를 봐 왔기 때문에 그 위화감에 심신이 거부반응을 일으키는 것이다.

— 이건 지능범죄로 가장한 최악의 범죄입니다.

도가시의 떨리는 듯한 목소리가 머릿속에 되살아났다. 이에 비하면 적어도 직접 손을 더럽힌 엽기적인 연쇄살인범은 그만큼 양심적이라는 생각까지 들 정도였다.

아소는 증거 물품 중 몇 개를 빌려 경시청으로 돌아왔다. 운이 좋으면 지갑이나 휴대폰에서 다른 증거를 발견할지도 모른다.

처음으로 해야 할 일은 노노미야 쿄코, 간자키 아카리, 구쓰미 료헤이의 은신 장소를 파헤치는 것이다. 쿄코나 아카리는 차치하고 새롭게 나타난 구쓰미는 거처를 특정할 수 있을지 모른다.

국회의원 야나이 고이치로와의 면담도 빼놓을 수 없다. 쿄코 일당의 목표는 분명 야나이 주변에 있을 것이다. 야나이 본인을 해치려는 것인가, 아니면 야나이가 가진 무언가를 빼앗으려는 속셈인가. 어느 쪽이든 야나이 본인에게 직접 사정을 물어야 한다.

하지만 야나이의 사무실에 연락했더니 마쓰네라는 비서가 면담은 곤란하다는 식으로 대답했다.

— 지금은 회기 중이기도 하고, TPP 관련 위원회에 출석해야 하셔서 5분 단위로 일정을 소화하고 계십니다. 협박이든 뭐든 야나이 의원님과 확실하게 관련이 있다면 모를까, 현재로선 약속을 잡기가 매우 곤란하십니다.

무뚝뚝한 답변에 화가 치밀어 올랐지만, 확실히 지금 가지고 있는 증거와 정황만으로 누군가 야나이를 노리고 있다고 주장할 수 없었다.

절치부심하자. 아소는 이를 갈았지만 한편으로 야나이 사무실의 대응에도 의문을 품었다.

야나이를 둘러싼 관계자가 차례차례 사라지고 있다는 사실은 상대도 알고 있을 터였다. 설령 명확한 이유가 없다고 해도 보통은 경찰의 요청을 받아들이지 않나. 그런데 문전박대하듯 거절하는 데는 그럴 수밖에 없는 또 다른 이유가 있는 것 아닌가.

조금이라도 레이더에 잡히는 인간은 조사한다. 그것이 아소를 수사1과 반장답게 만드는 자질 가운데 하나였다. 아소의 관심은 야나이 고이치로의 과거로 향했다.

3

최근 아무리 개인정보보호를 강조한다고 해도 국회의원 후원회에 이름을 올린 사람이라면 거주지와 연락처 정도는 쉽게 구할 수 있다.

아야카라는 여자는 이 사실을 매우 잘 알고 있는 비서였고, 후원회 명단을 사무실 내부에 보관하고 있었다. 덕분에 구쓰미의 연락처를 그 자리에서 알아냈다. 자택은 맨션 하나, 연락처는 본인의 휴대폰. 근무지는 '노노미야 플래닝 스튜디오'.

야나이는 명단에 적힌 정보를 바라보며 회심의 미소를 지었다. 아카리가 이야기한 대로라면 구쓰미는 네 사람의 죽음에 얽혀 있다. 그러나 그들은 모두 자살이나 사고사로 처리되어 구쓰미가 당국에 쫓길 가능성은 제로에 수렴했다. 일종의 완전범죄다. 야나이의 입장과 지위를 이용해 경찰을 구슬려도 본격적인 재수사는 바랄 수 없다.

그렇다면 스스로 지킬 수밖에 없다. 국회의원 야나이 고이치로를 모함하려고 계획했다. 구쓰미도 분명 그에 상응하는 각오로 도전했을 것이다. 모처럼 싸움을 걸어 왔으니 그 각오가 어느 정도인지 지켜봐 줘야 하지 않겠는가.

구쓰미가 딸과 부인의 원수를 갚으려 한다면 야나이를 순순히 살려둘 생각은 없을 것이다. 그렇다면 그대로 되갚아 주면 그만이다.

회기 중에는 그 어느 때보다 시간적인 여유가 없지만 야나이는 시간을 만들어 본가에 들렀다.

"무슨 바람이 불었을까?"

본가에 혼자 살고 있는 미야코는 아들의 갑작스러운 방

문에 놀랐다.

"농림부회를 맡고 나서는 새해 정도에만 얼굴을 비추지 않았니."

죽은 남편이 정치가였기에 미야코는 아들이 본가를 자주 찾지 않아도 불평하지 않았다. 오히려 회기 중에 얼굴을 내민 것이 이상하다는 표정이었다.

"여기 남겨 둔 자료가 있어서."

변명조로 설명했지만 미야코는 납득하지 못했다.

이제 곧 칠순을 바라보는 나이에도 미야코의 예리한 촉은 조금도 무뎌지지 않았다. 특히 아들이 간교한 계획을 꾸밀 때는 눈치가 한층 더 빨랐다.

"너도 이제 책임이 막중한 신분이니 경솔한 행동은 그만두거라."

"그런 거 아니야."

국민당 농림부회의 부회장을 맡고 있는 남자가 어머니에게 어린아이 취급을 받고 있다. 유권자와 후원자가 이 모습을 본다면 도대체 어떻게 생각하겠는가.

야나이는 계단을 올라가 대학생 시절까지 사용했던 자신의 방으로 들어갔다. 입학 전에는 맨션을 빌려 혼자 사는 것이 꿈이었지만 "아들을 혼자 살게 하면 불안해서 못 견디겠다"는 미야코의 의견 때문에 집에서 통학하게 되었다. 처음에는 고등학교의 연장선 같아서 싫었지만 나중에 '울트라프리'를 주도할 때는 도움이 되었다. 동아리를 음지에서 지배하던 시절, 대신을 지낸 현직 의원 밑에 살고 있는 학생이었기 때문에 당국이 수사를 진행할 때 야나이 본인이 재빨리 수사협조를 신청해 가택수색까지 당하지는 않았다. 만약 수사당국이 본가에 손을 뻗었다면 틀림없이 여죄를 추궁당했을 것이다.

방안에서 문을 잠근 뒤 소리를 죽이고 책상을 앞으로 비켜 놓았다. 드러난 벽에는 야나이만 알고 있는 비밀의 문이 있었다. 세로 15센티미터, 가로 20센티미터. 고등학교 시절, 장난스러운 마음에서 만든 것인데, 원래부터 손재주가 좋아 교묘하게 숨겨진 비밀 금고가 되었다. 평소에는 책상에 가려져 있어 먼저 알아차리는 사람은 없었다.

문을 열고 꺼낸 것은 기름종이로 감싼 덩어리였다. 슬며시 펼치자 권총이 모습을 드러냈다.

동아리 활동 말기에 야나이의 귀에 피해 여성뿐 아니라 그들의 가족과 지인들의 원망이 들려왔다. 개중에는 폭력단에게 복수를 의뢰했다는 소문까지 돌 정도였다. 그래서 어둠의 연줄을 이용해 입수한 것이 바로 이 권총이었다.

야나이 고이치로

여자를 속이는 데는 능숙해도 권총을 다루는 데는 초보다. 의원의 아들이라도 쓸 수 있는 돈에는 한계가 있었다.

입수한 물건은 토카레프라는 구소련의 군용 권총으로 공산권 국가에서 대량으로 만든 복제품이라고 했다. 특히 밀수입된 중국산 토카레프는 폭력단으로 대거 흘러 들어갔는데, 대충 만들어진 싸구려였다. 학생 신분인 야나이가 손에 넣을 수 있었던 이유도 오로지 저렴한 가격 때문이다.

오리지널 토카레프는 안전장치조차 생략된 철저하게 실용 지향적인 권총이었다고 한다. 구조가 단순해서 대량으로 생산할 수 있고, 내구성과 탄환의 관통력 또한 우수하다. 다만 저렴한 중국제는 신뢰도가 떨어지고, 개중에는 폭발하는 것도 있다고 한다. 그래서 야나이가 시험 삼아 동아리 부하를 시켜 발사해 봤는데, 탄환은 무사히 발사됐다.

야나이는 조심스럽게 권총을 쥐었다. 기름종이에 꽁꽁 싸아 놓은 덕분에 표면에 녹슨 흔적은 보이지 않았다. 비밀 금고에 넣어 둔 지 몇 년, 지금도 사용할 수 있을지 확인해야겠지만 야나이는 일단 만족했다.

그 동아리 활동에서 생긴 원한으로 자신을 겨눈 자는, 역시 같은 사건 때문에 입수한 권총으로 상대하는 것이 도리일 것이다.

간자키 아카리가 알려준 주소는 신주쿠 3번가 뒷길이었다. 지은 지 20년 정도 된 주상복합빌딩. 그 6층에 '노노미야 플래닝 스튜디오'가 입주해 있었다.

평소라면 그림자처럼 어디든 따라다니는 마쓰네도 오늘은 없다. 비서에게도 비밀로 해야 할 의뢰이니 당연한 일이지만 오랫동안 혼자 낯선 곳을 방문할 일이 없었기 때문에 약간 불안한 마음이 드는 것은 사실이었다.

사무실에는 세 사람이 야나이의 방문을 기다리고 있었다. 한 사람은 아카리, 다른 한 사람은 말로만 들었던 노노미야 쿄코일 테지.

쿄코의 첫인상은 아카리의 말을 듣고 느꼈던 이미지와 거의 다르지 않았다. 나이는 야나이와 비슷하거나 약간 연상. 생긋 미소 짓는 모습은 기업인이라기보다 믿음이 가는 상담사 같았다.

남자가 좋아할 외모로 침대에서 안으면 분명 기분이 좋겠다고 야나이는 엉뚱한 상상을 했다.

다른 한 사람은 50대로 추정되는 남자로, 매우 딱딱한 표정으로 야나이를 바라봤다. 십중팔구 구쓰미겠지. 표정이 굳어 있는 이유는 분명 야나이를 향한 증오를 필사적으로 감추고 있기 때문일 것이다. 보통 덩치에 보통 키, 성실해

보이는 것만이 장점인 외모, 어디에나 있을 법한 피로에 찌
든 회사원 같은 남자였다.

"처음 뵙겠습니다. 구라하시 회장님이 돌아가신 뒤 후원
회 대표를 맡고 있는 구쓰미라고 합니다."

"저야말로 만나서 반갑습니다. 아카리 씨에게 구쓰미 씨
이야기를 들었을 때는 이 무슨 기묘한 우연일까 하고 놀랐
습니다. 결국 정식으로 인사드리지도 못하고 크게 실례했습
니다."

"아닙니다. 구라하시 회장님이 그렇게 돌아가시는 바람에
모든 게 워낙 급작스러워서……."

이런 남자에게 겁을 먹었다고 생각하니 스스로에게 화가
났다. 지금 당장 구쓰미의 얼굴에 침을 뱉어 주고 싶은 충동
에 휩싸였지만 간신히 억눌렀다.

구쓰미의 얼굴을 자세히 살폈지만 역시 그의 생김새만
보고 피해 여성을 특정하기란 무리였다. 어쨌든 손을 댄 여
자가 너무 많은 탓이다.

감정을 겉으로 드러내지 않으려고 하지만 눈은 야나이에
게 고정되어 떨어질 줄 몰랐다. 딸을 농락하고 자살로 내몬
남자를 어떤 기분으로 마주하고 있을까.

야나이를 때리고 싶을 것이다. 아니, 때리는 것으로 모자

라 저 창문 밖으로 던져 버리고 싶을 것이다.

야나이는 구쓰미를 보면서 발끝에서부터 솟아오르는 쾌감을 참을 수 없었다.

네 놈이 아무리 증오에 불타도 국회의원에게는 손을 댈 수 없을 것이다. 사건은 이미 예전에 종결되었고, 야나이는 기소도 되지 않았다. 남은 것은 불법적인 수단을 이용한 복수뿐이니 이런 번거로운 복수 방법을 생각해 냈겠지만 지금부터 천천히 깨부숴 주지. 어차피 힘없는 자, 사회 밑바닥에서 사는 자는 권력자에게 맞설 방법이 없다는 사실을 깨닫게 해 주마.

먼저 말을 꺼낸 사람은 쿄코였다.

"'노노미야 플래닝 스튜디오'의 대표 노노미야 쿄코라고 합니다. 오늘은 여기까지 발걸음해 주셔서 감사합니다, 야나이 의원님."

"이런, 저는 의뢰하는 입장입니다. 그 의원님이라는 호칭은 떼고 말씀하시죠."

일단 자신을 낮추는 방법은 야나이가 익힌 몇 안 되는 처세술 중 하나다. 사람은 첫인상으로 상대를 평가한다. 처음에 사람 좋은 척 연출해 두면 앞으로의 이야기도 원활하게 진행된다. 야나이는 정계에서 대부분의 처세술을 갈고 닦았다. 특히 정치판에서 목숨을 부지하려면 많은 선배 의원들 앞에서 먼저 겸손한 척 자신을 낮춰야 했다. 그러던 사이에 습관이 본성처럼 되었지만 일반인을 상대할 때도 효과가 있어서 굳이 고칠 생각은 없었다.

야나이의 제의를 호의적으로 받아들인 듯 쿄코는 상대를 두근거리게 할 만한 미소를 지었다.

"TV에서 뵙는 것보다 훨씬 매력적인 분이군요. 의원님께 한 표를 행사할 수 있는 지역구 분들이 부럽네요."

"이런. 전 아직 멀었습니다."

"겸손하시기까지."

"아닙니다. 6년 차 의원은 정치판에서는 애송이 같은 존재죠. 밤낮으로 공부하고 또 공부하고 있습니다."

"하긴 평범한 사람은 감당하기 힘든 일이니까요."

"그건 그렇지요. 이매망량이라고 할까요, 지옥의 우두마두*라고 할까요. 도무지 인간이 아닌 것 같은 분들이 버티고 계시니까요. 저 같은 평범한 사람은 남보다 다섯 배나 열 배는 연구하고 노력해야 그나마 따라갈 수 있습니다."

떠들다 보니 몸이 근질거렸지만 정계 윗자리를 차지하고

---

* 불교 용어로, 소의 머리나 말의 머리에 사람의 몸을 한 지옥의 최하급 옥졸.

있는 원로의원들이 요괴 같다는 생각은 본심이다. 예전에는 자신의 아버지도 그중 한 사람으로 꼽혔던 사실을 생각하면 묘한 기분에 사로잡힌다.

생각해 보면 아버지 고노스케는 머리끝부터 발끝까지 국회의원다운 남자였다. 철이 들 무렵부터 아버지를 집에서 본 기억이 거의 없고, 아버지답게 말을 건 적도 없다. '울트라프리' 사건이 발각됐을 때도 야나이의 미래보다 자신의 자리를 지키기 위해 경찰과 거래했다. 법망을 빠져나왔다고는 하지만 떳떳하지 못한 과거를 지닌 야나이를 쫓아내지 않고 자신의 사설비서로 숨겨준 일도 역시 아버지로서의 애정에서 비롯된 행동이 아니다. 요즘 들어 국회의원으로서 위험을 피하기 위해서였을 것이라는 생각이 들었다.

야나이 고이치로는 과연 국회의원으로서 아버지를 뛰어넘을 수 있을 것인가. 이번 사태를 어떻게 부숴 버리느냐가 그 시금석이 될 것 같다는 생각이 들었다.

"그래서, 제게 의뢰하려는 건은 뭔가요?"

"쿄코 씨는 생활 플래너 일을 하고 계신다고 아카리 씨에게 들었습니다. 일반적인 생활 조언뿐 아니라 자금 투자나 선거 대책과 같은 의뢰도 받고 계시다고요."

"맞습니다. 특정 전문 분야에 특화되기보다 여러 분야에 걸쳐 있는 편이 많은 의뢰가 들어오니까요."

"실례되는 말씀이지만, 개중에는 상당히 위험한 의뢰도 있지 않습니까?"

"법에 저촉되는 것을 뜻하시나요?"

"노노미야 씨가 준법정신이 투철하다고 해도 의뢰인이나 의뢰 내용까지 그렇다고 할 수는 없겠죠."

그러자 아카리가 입을 열었다.

"확실히 위험한 의뢰도 있지만 법을 어기지 않으면서 고객들을 만족시키는 것이 저희 일이라고 생각합니다."

"제 의뢰를 받아주실지 모르겠군요."

야나이의 계획을 성공시키려면 무슨 일이 있어도 쿄코가 의뢰를 수락해야 한다. 그래서 윤활유 역할을 하도록 아카리에게 사전 작업을 해 두었는데, 성실하게 제 역할을 하고 있는 모양새였다.

"그러면 부끄러움을 무릅쓰고 말씀드리겠습니다. 사실 처분해 주셨으면 하는 권총이 있습니다."

나란히 앉아 있던 세 사람은 역시 생각지도 못했다는 반응을 보였다.

"권총을 입수해 달라는 것이 아니라 처분해 달라고요? 처분만이 목적이면 경찰에 신고하면 되는 것 아닌가요?"

"경찰에 처분을 맡기려면 반드시 입수 경로를 밝혀야 합니다. 그게 곤란해서요."

지금까지 손님용 소파에 몸을 깊게 묻고 있던 야나이는 몸을 조금 내밀었다. 상대의 관심을 높이는 방법으로 선배 의원에게 전수 받은 계획적인 연기였다. 의외로 효과가 있어서 일반인을 상대로도 시험해 봐도 좋을 것이다.

"제 아버지도 국회의원이셨던 사실을 아십니까?"

"물론이고말고요. 저희 서민들 사이에서도 인기가 많았던 분이셨으니까요."

"처분을 부탁드리고 싶은 권총은 아버지 야나이 고노스케의 물건입니다."

"돌아가신 분의 유품이라면 더욱 처분하기 쉬운 것 아닙니까?"

"평범한 분들이라면 그렇겠지만 공을 세우고 이름을 알린 사람들에게는 사후에도 평가가 따라다닙니다. 관 뚜껑을 덮고 난 뒤에도 이러쿵저러쿵 사람들 입에 오르내리면 본인 입장에서도 견디기 힘들 겁니다."

"사정을 말씀해 주시죠."

"야나이 고노스케는 대신을 세 번 지냈을 뿐 아니라 국민당 내 주류파의 중심 역할을 했습니다. 당시 반대파들은 국민당의 정책 기조에 전혀 동의할 수 없었죠. 그중에서도 극단적인 무리는 매일같이 협박문을 보내와 집에서도 편히 쉴 수 없었습니다."

실화였다. 야나이는 아직 학생이었지만 일주일에 몇 번씩이나 괴문서가 날라와 우편물을 확인하던 비서가 매번 경찰을 불렀다. 그러나 정작 당사자인 고노스케는 전혀 동요하지 않았고 어린아이의 장난 정도로만 취급했다.

지금부터가 구쓰미를 말려들게 할 지어낸 이야기다.

"몇 번인가 집 벽이나 문에 총탄이 박힌 적도 있습니다."

"습격 사건 아닙니까?"

"네, 분명히 그렇죠. 하지만 테러에 굴복하지 말라는 것이 아버지의 모토였고, 습격 사건을 공개하면 그들이 우쭐해진다며 경찰관계자들에게 함구령을 내렸습니다. 또 그들의 행위에 대한 의견을 질문받으면 그들이야말로 망국의 무리라고 매도했습니다. 국민당 지지층에게는 분명 통쾌한 광경이었겠죠. 실제로는 끊임없이 생명을 위협받았기에 아버지도 제정신이 아니었습니다. 그래서 호신용으로 불법 총기를 입수했습니다. 국민에게는 당당했던 정치인이 사실은 남몰래 자신을 지킬 수단을 불법으로 마련했던 겁니다."

그렇게 설명하자 앞에 앉은 세 사람은 이해한 듯했다.

"대담하고 이중적이지 않은 모습이 야나이 고노스케의 장점이었기 때문에 호신용이라고 해도 몰래 입수한 권총은 고인의 오점밖에 되지 않습니다. 지금은 옛날과 달리 유명인의 명예를 떨어뜨리고 싶어 하는 어중이떠중이들이 사방팔방에서 눈을 번뜩이고 있습니다. 그 권총을 함부로 처분하지 못하는 이유가 바로 그 때문입니다."

"정치인 야나이 고노스케의 명예를 지키고 싶다는 말씀이시군요."

"이건 국회의원으로서가 아니라 고노스케의 유족으로서 의뢰하는 겁니다."

"그런 이유라면 거절할 수가 없군요."

의뢰 수락. 야나이는 속으로 주먹을 불끈 쥐었다.

"우선 보수를 정하시죠. 불법 물건을 처리하시니 나름의 성의는 표시하겠습니다."

그렇습니까, 라고 쿄코는 아카리를 돌아봤다. 작은 목소리로 무언가 상의를 한 뒤 다시 야나이 쪽으로 돌아섰다.

"그럼 3천만 엔은 어떠십니까. 권총 처리 비용치고는 비싸지만 이곳에 있는 세 명의 입막음 비용이 포함된 금액이라고 받아들이시면 적절하다고 생각합니다."

"좋습니다. 권총은 제 사무실에 보관하고 있는데, 될 수 있으면 그쪽으로 와 주시면 좋을 것 같습니다. 그렇지, 여성에게는 위험한 일이니까 구쓰미 씨에게 부탁드리고 싶군요. 제 사무실에 몇 번 오셨었다고 이전 정책비서였던 사키타 비서에게 들었는데요."

구쓰미는 쿄코를 마주 보고 무언의 승낙을 받은 뒤 딱 한 번 고개를 끄덕여 보였다.

그리고 머뭇머뭇 질문했다.

"저기……. 보안은 어떻습니까? 몇 번 의원회관에 갔을 때는 매번 보안 검색을 하던데요. 의원님에게 권총을 받았는데 밖으로 가지고 나가지 못하면 소용없지 않습니까?"

질문을 받고 나서야 떠올랐다.

야나이 같은 의원이나 비서는 배지를 달고 있기 때문에 소지품을 하나하나 검사받지 않는다. 권총을 사무실에 보관하고 있는 것은 사실이지만 집에서 사무실로 쉽게 가져올 수 있었던 이유도 야나이의 특권 때문이었다.

하지만 구쓰미는 후원회 사람일 뿐, 평범한 일반인이다. 보안을 빠져나가는 것은 불가능하다.

어떻게 해야 할까. 야나이는 당황했다. 처음부터 구쓰미를 사무실로 불러들이기 위해 꾸민 가짜 의뢰지만 실현 가능성이 없으면 계획 자체가 성립되지 않는다.

궁리를 하는데 쿄코가 도움의 손길을 내밀었다.

"보안을 뚫는 방법은 저희 쪽에서 생각해 보죠. 계획을 세우는 것도 보수에 포함된다고 생각하니까요."

"고맙군요. 그럼 빠를수록 좋겠죠. 내일 오후 7시, 사무실로 오세요. 기다리고 있겠습니다."

볼일은 끝났으니 오래 머물 필요가 없다. 야나이는 가볍게 인사한 뒤 자리에서 일어났다.

그런데 사무실 문을 열기 직전, 아카리가 따라왔다.

"엘리베이터까지 배웅해 드리라고 하셨습니다."

이상한 말을 한다고 생각했다. 사무실을 나가면 바로 앞에 엘리베이터가 있다. 일부러 배웅할 필요는 없다.

분명 의아한 표정을 짓고 있을 것이다. 자신이 느끼는 위화감을 꿰뚫어본 듯 아카리가 귓속말을 했다.

"쿄코 씨가 전하라고 했습니다. 구쓰미 씨가 자리를 비우면 연락드릴 테니 다시 한번 방문해 주십사 한다고."

"왜죠?"

"쿄코 씨니까, 분명 야나이 씨의 계획을 간파했을 거라고 생각합니다."

야나이는 깜짝 놀라 사무실 문을 바라봤다.

문 저편에서 쿄코가 웃고 있을 것만 같았다.

4

다음 날 오후 6시 50분, 구쓰미는 약속대로 의원회관 앞에 도착했다.

야나이 고이치로의 후원회에 들어가고 나서 이곳에 몇 번이나 발을 디뎠을까. 일반인이었던 자신이 의원회관에 이렇게 자주 드나들 수 있게 된 것도 전적으로 구라하시와의 친분 덕이었다. 노인 냄새를 여기저기 흘리듯 인정욕구를 흩뿌리던 경박한 남자였지만, 그 점만은 고마워하지 않을 수 없었다.

춥지도 않은데 몸이 덜덜 떨렸다. 흥분과 설렘으로 떨린다는 것이 이런 것일까. 공포나 망설임은 전혀 없었고, 그저 흥분됐다.

어제 사무실에서 야나이를 마주했을 때도 같았다. 증오와 원한보다 마침내 원수를 만났다는 기쁨이 앞섰다. TV와 인터넷에서 몇 번이나 눈에 새겼던 얼굴을 정면에서 마주 보고는 동요를 감추느라 얼마나 많은 인내심이 필요했는지. 어쩌면 야나이에게는 표정이 딱딱해 보였을지도 모른다.

뭐, 상관없다. 아무튼 적이 이렇게 자신을 기다리고 있다. 기꺼이 초대에 응하면 된다.

구쓰미는 정문을 지나 방문접수처에서 면회증을 제시했다. 이곳에서 금속탐지기로 소지품 검사와 간단한 몸수색을 받는다.

"지나가셔도 됩니다."

보안 검색마저 통과하자 원하는 사무실을 찾아가기만 하면 됐다. 따지고 보면 보안이 철저한 것은 접수할 때뿐이고 관내에서는 거의 자유롭게 행동할 수 있다. 비상사태에 대비하기에는 큰 문제가 있어 보이지만 어쨌든 구쓰미가 신경 쓸 문제는 아니다.

사무실마다 인터폰이 없어서 문을 두드리기만 하면 된다. 사무실 앞에 서서 두 번 노크하자 곧바로 야나이가 얼굴을 내밀었다.

"아, 기다리고 있었습니다."

야나이가 직접 마중 나왔다는 이야기는 비서나 직원이 자리를 비웠다는 뜻일 것이다. 실제로 사무실 안에는 야나이 혼자였다.

"의원님 혼자 계시나 보군요."

"당연하죠."

즉시 집무실로 자리를 옮겨 소파에 앉았다. 야나이는 방 안쪽에 있는 금고에서 권총을 꺼내 탁자 위에 올려놓았다.

기름칠을 했는지 총신이 검게 윤이 났다. 보기만 해도 묵직했고, 만지고 싶은 욕망과 만지고 싶지 않은 거부감이 동시에 일었다.

"상당히 크네요, 진짜는."

"원래는 구소련제 총이니까요. 덩치 큰 소련 군인의 체격에 맞춰 만들어졌거든요. 직접 무게를 확인해 보시죠."

야나이의 말에 총목을 쥐어 봤는데 확실히 무거웠다.

"혹시 실탄이 장전되어 있습니까?"

"당연하지요. 언제 폭한에게 습격당할지 모르잖아요."

"위험하지 않습니까."

"언제라도 발사할 수 있는 상태로 해 놓지 않는 편이 훨씬 위험하다고 생각해서요. 여덟 발 장전할 수 있지만 일단 절반인 네 발을 넣어뒀습니다."

"확인해도 됩니까?"

"원하시는 대로 하시죠."

안전장치도 장착되어 있지 않아 신중하게 탄창을 뺐다. 야나이가 말한 대로 탄환 네 발이 장전되어 있었다.

"토카레프는 폭력단끼리의 전쟁에서 즐겨 쓴다던데요."

"중국제는 싸서 대량으로 사들일 수 있기 때문이죠."

"그럼 제가 잘 전달하겠습니다."

야나이는 구쓰미가 탄창을 장착하는 모습을 미동도 하지 않고 지켜보았다.

"어떻습니까, 구쓰미 씨. 권총을 들어 보니 쏘고 싶지 않습니까?"

야나이는 히죽히죽 웃었다.

"역시 남자에게는 사냥 본능이 있고, 그럴 마음이 없어도 일단 권총을 쥐면 뭐라도 쏘고 싶어지죠."

"위험한 이야기네요."

"특히 저를 앞에 두고서는 더더욱 그런 생각이 들지 않습니까. 어쨌든 따님의 원수인데."

야나이의 목소리에 조소가 섞여 있었다.

"……무슨 말씀이시죠?"

"새삼스럽게 시치미를 뗄 작정입니까? 제가 학생 때 울트라프리의 주모자였던 사실은 알고 계시겠죠. 그러니까 당신은 믿지도 않는 쇼도관에 들어가고, 지지하고 싶지도 않은 내 후원회에 잠입했겠죠. 모두 나와 맞설 기회를 만들기 위해서요. 제 말이 틀립니까?"

본인이 먼저 말을 꺼낸 이상 추궁할 수고를 덜었다. 구쓰미는 얌전한 양의 탈을 벗기로 했다.

"스스로 말을 꺼냈다는 건 사죄할 마음이 있다는 말인가?"

"사죄? 이상한 소리를 하는군. 강간은 친고죄지. 당신 딸은 고소하지 않았고. 그러면 강간죄도 성립하지 않아. 어째서 성립도 하지 않은 죄로 사죄를 해야 하는 거지?"

야나이도 건실한 국회의원의 가면을 벗어던졌다.

"강간만 당한 게 아니야. 딸은 죽었어."

"스스로 죽은 거잖아."

"원인이 없었다면 죽음도 없었어. 내 딸을 죽인 건 바로 너야."

"구질구질하군. 직접 죽인 범인은 전철이잖아. 그러면 전철을 부숴 버려. 뭐, 그럴 수 있을 정도였다면 끈질긴 집념으로 나를 노리지도 않았겠지만."

"그걸 알면서도 권총을 내 앞에 둔 건가? 게다가 실탄까지 넣어서."

"당신은 사람 못 죽여. 죽일 거였으면 딸이 전철로 뛰어들었을 때 죽였겠지."

"그때 너는 아버지와 경찰의 그늘에 숨었어."

"아, 그러고 보니 그렇군. 하지만 지금도 똑같아. 나를 만나러 온 사람이 당신 한 명이라는 사실은 접수 기록에 남아 있으니까. 나를 쏴 죽이는 데 성공한다고 해도 곧바로 경찰에 붙잡힐 거야. 아직 앞길이 구만리 같은데 인생을 망칠 셈

이야? 딸처럼 조금은 목숨을 소중히 여기라고."

"뭐라고?"

"상대했던 사람이 너무 많아서 당신 딸이 어떤 여자였는지 상황은 어땠는지 기억나지 않지만, 어쨌든 하고 있는 와중에 혀 깨물고 죽으려는 여자는 없었어. 개중에는 중독돼서 아예 동아리에 틀어박혀 살았던 여자들도 있었지. 의외로 당신 딸도 그런 부류였던 거 아니야?"

"닥쳐!"

야나이는 노골적으로 도발했다. 구쓰미의 반응을 살피면서 끊임없이 히죽히죽 웃었다. 퇴로를 찾아 도망가려는 사냥감을 가지고 노는 포식동물 같았다.

"전철에 뛰어든 이유도 본인에게 직접 묻지 않으면 모르잖아. 새 남자친구에게 차여서 괴로워했을 수도 있고. 아니면 몸에 흠집이 났는데 아무런 도움도 되지 못한 아버지에 대한 복수였을 수도 있지."

도발이라는 것을 알아도 인내심이 한계에 다다랐다.

구쓰미는 앞에 있는 토카레프로 손을 뻗었다. 그와 동시에 야나이가 엉덩이를 뗐다.

싱글액션*. 무거운 슬라이드를 당기자 총탄이 장전되는 것이 느껴졌다.

"자세만큼은 익숙해 보이네. 당장이라도 쏠 것 같은데."

총구를 앞에 두고도 야나이의 안색은 조금의 변화도 없었다. 오히려 상대를 더욱 부추기는 듯 조소를 지어 보였다.

"하지만 당신은 방아쇠 못 당겨. 딸이 죽었을 때도 아내가 뒤따라 자살했을 때도 가만히 손 놓고 구경하기만 했던 당신은 그렇게 총을 겨누는 게 고작일 거라고."

야나이는 서서 구쓰미와의 거리를 재는 모습이었다.

"당신은 못 쏴. 절대로."

"닥쳐!"

"떠들고만 있는 인간도 못 쏴?"

조준하고 방아쇠를 당긴다. 바로 앞에서 세세한 부분까지 보고 있을 야나이지만 그의 얼굴에 두려움은 없었다. 그저 구쓰미의 원한과 결의를 비웃을 뿐이었다.

끝장을 내주겠어.

"그렇게 신경을 긁고 싶은 모양이군, 야나이. 그러니까 넌 아무리 시간이 지나도 아버지를 넘어설 수 없는 거야."

그 한마디가 야나이의 여유를 순식간에 앗아갔다.

야나이는 안색을 바꾸고 앞으로 뛰어나갈 것처럼 자세를

---

* 총기 작동 원리 중 하나로, 총을 발사할 때 공이치기가 장전된 상태에서 방아쇠를 당기는 방식.

취했다.

지금이다.

구쓰미는 야나이에게 달려들어 그 입에 총구를 쑤셔 넣었다.

야나이의 얼굴이 경악으로 일그러졌다.

방아쇠를 당겼다.

다음 순간, 둔탁한 소리와 함께 야나이의 머리가 터졌다.

야나이의 입속이 소음기 역할을 해서 총성은 크게 들리지 않았다. 하지만 대신 입천장과 코가 완전히 사라지고 양쪽 안구가 흐물흐물 흘러나왔다.

벽과 사무 집기가 가릴 것 없이, 흩뿌려진 피와 살점으로 온통 얼룩졌다.

야나이의 몸이 주르륵 무너져 내리는 것과 동시에 구쓰미의 오른손에 극심한 통증이 엄습했다.

토카레프가 바닥으로 떨어지며 소리를 냈다. 폭발해서 총신이 부서지고 변형된 상태였다. 입속에서 제대로 폭발해 야나이의 머리 반쪽이 날아갔다.

토카레프를 쥐고 있던 구쓰미의 오른손 역시 심각한 부상을 입었다. 구쓰미는 상의를 벗어 손가락 몇 개가 끊어진 부분을 감쌌다.

야나이가 내놓았던 토카레프가 폭발하는 것은 이미 정해진 수순이었다. 원래부터 폭발하기 쉬운 중국제 토카레프 총신에 균열을 내는 것은 간단했다. 총구에 충전재를 박아두어도 충분한 효과를 기대할 수 있었다. 그렇게 장치한 뒤 상대방의 앞에 놓아두었다. 상대가 감정이 격해졌을 때 방아쇠를 당기는 순간 스스로를 해치게 된다는 계획이었다.

그런데 구쓰미가 의표를 찔렀다. 폭발하리라는 사실을 알면서도 자신의 손이 망가지는 것과 야나이의 몸을 부숴 버리는 방법을 맞바꾼 것이다. 틈만 생기면 옆구리든 사타구니든 좋았다. 방금은 때마침 상대가 입을 벌리고 있어서 총구를 쑤셔 넣었을 뿐이다.

바닥에 쓰러진 야나이의 머리에서는 아직도 피가 뿜어져 나왔다. 때때로 휘휘 들리는 소리는 숨소리일까. 야나이의 목숨이 아무리 질기다고 해도 머리를 절반 가까이 잃고도 살아남을 리 없다.

사체를 내려다보고 있으니 갑자기 공포와 성취감이 엄습했다.

드디어 해냈다.

딸과 아내의 원수를 갚았다.

무언가 지혈할 만한 것을 찾으러 사무실 안으로 뛰어 들어갔다. 약품 종류는 발견하지 못했지만 거울에 비친 자신의 얼굴을 보고 놀랐다. 야나이의 피인지 자신의 피인지 피를 잔뜩 뒤집어써서 온전한 피부색을 찾아볼 수 없었다. 황급히 물로 닦아내고 오른손에서 느껴지는 고통을 참으며 사무실을 나왔다.

한 손을 윗도리로 감싼 것 말고 의심스러운 점은 없을 것이다. 구쓰미는 온몸에서 땀을 흘리며 접수처를 통과했지만 운 좋게 경비원에게 들키지 않았다.

의원회관을 나오자마자 누군가 말을 걸어왔다.

"구쓰미 씨."

소리가 나는 쪽을 돌아보니 자동차 운전석에서 아카리가 얼굴을 내밀었다.

살았다. 구쓰미는 간신히 조수석으로 미끄러져 들어갔다.

"구쓰미 씨, 그 손……."

"예상했던 바입니다. 큰 부상 아닙니다."

"병원으로 가죠."

"그러는 사이에 경찰이 움직이겠죠."

"야나이 씨는……."

"얼굴이 반쪽만 남았습니다. 저승에서 피해자들을 만나도 그 낯짝을 내밀기는 어려울 겁니다."

구쓰미는 메마른 웃음을 흘렸다. 아카리는 아무런 대답도 하지 않았다.

"아카리 씨. 당신에게 감사하고 있습니다. 총이 폭발하는 계략을 미리 알려주지 않았다면 내가 죽었겠죠. 아니, 죽지 않았다고 해도 중상을 입고 테러범이라는 오명까지 뒤집어 썼을 겁니다."

"저는…… 쿄코 씨의 폭주를 막겠다는 일념 하나로……."

이번에는 구쓰미가 입을 다물었다.

아카리가 은밀히 할 이야기가 있다며 불러낸 것은 야나이가 쿄코의 사무실을 떠난 직후였다. 아카리가 불안에 떨며 들려준 이야기는 구쓰미의 따귀를 후려갈기기에 충분한 내용이었다.

구쓰미의 신분을 눈치챈 야나이가 상담을 요청해 쿄코가 총을 폭발시킬 계획을 제안했다는 이야기였다.

왜, 쿄코가 그런 제안을 했을까. 구쓰미는 지금까지 쿄코의 계획에 협조한 동료였는데.

"쿄코 씨는 평범하지 않아요. 일반인의 상식이나 감각 따위는 통용되지 않죠. 그 사람은 그저 자신이 직접 손을 쓰지 않고 다른 사람이 상대를 끌어내리거나 죽이는 것을 보고 싶어 할 뿐이에요."

설마 했는데, 평소 쿄코의 언행을 떠올리자 부정할 수 없었다.

세상에 쾌락을 위해 살인하는 부류가 존재하듯 쿄코라는 여자는 쾌락을 위해 계획을 짜는 인간이라고 할 수 있었다. 특별한 동기도 없고 상대에 대한 증오도 없으면서 아무렇지 않게 타인의 삶과 생명을 앗아가고 목적을 달성하면 아이가 새 장난감을 찾듯 또 다른 사냥감을 찾기 시작한다.

언젠가 쿄코를 메뚜기 떼 같다고 생각한 적이 있다. 메뚜기 떼가 곡창지대를 습격하는 이유는 생존본능 때문인데, 쿄코가 희생자를 망치는 이유 역시 생존본능 때문일지 모른다.

그 여자는 다른 사람을 불행하게 만들지 않으면 살아갈 수 없는 것이다.

그리고 아카리는 더욱 놀랄 만한 사실을 고백했다.

"쿄코 씨, 노노미야 쿄코가 아니에요. 사실 가모우 미치루라는 여자예요."

구쓰미는 잠시 입을 다물지 못했다.

"복잡한 이야기인데 예전에, 체포되었던 사람이 범인인 가모우 미치루의 얼굴과 똑같이 성형한 노노미야 쿄코였다는 사실이 재판에서 밝혀지면서 검찰은 공판을 계속 진행할 수 없었죠. 하지만 법정에 섰던 사람은 역시 가모우 미치루 본인이 맞았습니다."

즉 자기 자신인 척 꾸며서 경찰과 검찰, 그리고 세상을 이중으로 속였다는 이야기다. 복잡한 방법이라서 관계자 모두가 감쪽같이 속아 넘어간 것이다.

"저도 그 사실을 최근에 알아채서……. 갑자기 쿄코 씨, 아니, 미치루 씨가 무서워졌어요."

당연한 이야기다. 지금까지 그저 머리가 좋고 다른 사람의 인생을 망치는 게 취미인 사람이라고 생각했던 고용주가 사실은 과거에 살인을 저질러 체포되었던 사람이었다. 스런 사람이 주변에 있는데 무섭지 않은 사람은 없을 것이다.

오른손의 고통이 전혀 수그러들지 않았다. 구쓰미는 윗도리의 소매로 지혈했지만 이미 피를 상당히 많이 흘려서 의식이 흐릿해지기 시작했다.

"그녀는 지금, 어디에 있습니까?"

"이 시간이면 틀림없이 사무실에 있을 거예요."

"미안한데 그쪽으로 데려다주지 않겠습니까."

"병원에 가지 않아도 되겠어요?"

"아직, 할 일이 남아 있습니다."

아카리는 평소에 잘 보이지 않는 겁먹은 얼굴이었다. 생각해 보면 아카리도 가모우 미치루의 마력에 홀린 희생자일지 모른다. 잔혹하기까지 한 그녀의 두뇌와 포용력 있는 미모에 꽁꽁 묶여 스스로 판단할 힘이 마비된 것이다.

어지러워지는 의식으로 갑자기 한 줄기 빛이 들어왔다.

자신은 방금 전 사람 한 명을 죽였다. 딸과 아내의 복수를 한 것이지만 그래도 분명한 살인이다. 결국 자신은 사법 당국에 붙잡혀 법의 심판을 받게 된다.

하지만 그와 반대로 가모우 미치루는 아무런 심판도 받지 않는다. 결과적으로 다섯 명이나 되는 사람을 죽음으로 내몰았는데도 그 여자를 법정에 세울 수 있는 법은 존재하지 않는다. 몇 가지 사기 혐의는 있겠지만 가모우 미치루라면 다른 사람에게 죄를 뒤집어씌우고 혼자서 법망을 빠져나갈 것이다.

그리고 또 새 먹잇감을 찾아 그 사람의 인생을 빼앗겠지. 현대사회에 서식하는, 여자의 모습을 한 메뚜기 떼다.

아카리는 가모우 미치루의 폭주를 막고 싶다고 했다. 하지만 안타깝게도 아카리에게는 그럴 만한 힘이 없다.

미치루의 폭주를 막기에 그녀는 너무 무력하다.

미치루는 동료였던 구쓰미의 인생까지 농락하려고 했다. 그렇다면 자신에게도 그녀를 막을 권리가 있다.

야나이 고이치로

403

"아카리 씨. 지금부터 내가 하는 일을 눈감아 줘요."

"무, 무슨 말을 하는 거예요. 일단 병원으로 가요."

"나를 사무실 앞에 내려 줘요. 내려 준 다음에는 뒤도 돌아보지 말고 서둘러 수도권을 떠나요. 여러 가지 일이 벌어지겠지만 세간의 관심이 식기 전까지는 절대로 돌아오지 말아요."

아카리가 말한 대로 사무실 안에는 자신을 쿄코라고 소개한 여자가 혼자 있었다.

"무슨 일이에요, 구쓰미 씨. 얼굴이 새파랗게 질렸어요."

"의원회관에 가기 전에 갑자기 몸이 안 좋아져서요."

구쓰미는 불안한 발걸음으로 그녀에게 다가갔다.

"그럼 아직 야나이 의원에게 권총을 받지 못했습니까?"

"면목 없습니다. 그래서 차선책을 급히 논의하려고 돌아왔습니다."

상태가 어지간히 나빠 보였나 보다. 쿄코가 달려와 구쓰미를 살펴려고 했다.

"죄송합니다, 쿄코 씨. 바깥 공기를 쐬고 싶네요. 창문을 활짝 열어 주시겠습니까?"

기세에 눌린 쿄코는 벽으로 가서 미닫이창을 활짝 연 뒤 돌아왔다.

"정말 괜찮은가요? 얼굴이 땀으로 흠뻑 젖었는데요."

"그럼 실례지만 부탁을 하나만 더. 시원한 물을 한 잔 가져다주시겠습니까?"

"그럼요, 일도 아니죠."

자리를 비운 지 얼마 지나지 않아 쿄코는 종이컵 가득 물을 따라왔다. 구쓰미는 종이컵을 받고 나서야 마침내 쿄코의 얼굴을 똑바로 응시했다.

"쿄코 씨는 다정하시군요."

"……갑자기 무슨 말씀이세요?"

"당신을 칭찬하고 싶어지네요. 당신은 사람과 이야기할 때 언제나 그렇게 자애롭게 웃어 주죠. 고객이 괴로운 처지를 호소할 때도 마치 신처럼 받아들여 줍니다. 그 안도감 때문에 사람들은 모두 당신에게 전부 털어놓고 말죠."

"비행기 그만 태우세요."

"당신 옆에 있다 보면 잘 알게 됩니다. 지금까지 쿄코 씨가 상대해 온 고객들은 이노 씨든 구라하시 씨든 사키타 씨든 마음속에 어둠을 품고 있는 잠재적인 죄인들이었지요. 분명 다들 신부님에게 고해성사하는 심정으로 당신에게 고민을 털어놓았을 겁니다."

"신부님이요? 저는 무교랍니다."

"가끔 이런 생각을 합니다. 신자들의 참회를 듣는 신부님은 도대체 어떤 심정일까요. 길 잃은 어린양의 고뇌에 대해 신을 대변할 것인가, 아니면 자신의 일처럼 같은 시선으로 괴로워해 줄 것인가. 그도 아니면……."

"그도 아니면, 뭐죠?"

"스스로는 열 수 없었던 지옥의 문을 억지로 열게 할 것인가."

그 말을 하자마자 구쓰미는 종이컵에 있는 물을 쿄코의 얼굴에 뿌렸다.

"앗!"

순간적으로 눈을 감은 쿄코는 무방비 상태가 됐다. 구쓰미는 앞뒤 가리지 않고 쿄코를 한 팔로 껴안고 활짝 열려 있는 창문으로 끌고 갔다.

"구, 구쓰미 씨. 이게 도대체 무슨 짓입니까!"

"당신은 길 잃은 어린양을 몇 마리나 지옥의 문으로 인도했어. 이번에는 내가 당신을 지옥으로 보내 주겠어."

"그만둬!"

"그 와중에 야나이와 한통속이 되어 나까지 보내 버리려고 했지. 이제 와서 당신에게 거부권은 없어."

"당신은 뭔가 착각하고 있어. 나야말로 그 남자가 증오스럽다고!"

소름이 끼쳤다. 그러면 자신을 처리한 뒤 야나이에게도 마수를 뻗칠 계획이었단 말인가.

역시 이 여자는 이 세상에 살아 있어서는 안 될 인간이다.

그래, 나와 함께 가자.

"멈춰. 하지 마!"

"걱정하지 마, 쿄코 씨. 이렇게 길동무가 된 것도 어떤 인연이겠지."

여자를 안고 창밖으로 몸을 내밀었다. 창틀이 허리에 닿았다. 앞쪽으로 중심을 옮기면 두 사람은 허공으로 떨어진다.

"나는 쿄코가 아니야!"

"아아, 아까 아카리 씨에게 들었어. 저승에서는 진짜 이름을 대도록 해."

이것이 쿄코에게 거는 마지막 말이었다.

구쓰미가 다리를 뻗는 순간 창틀을 중심으로 두 사람의 몸이 크게 기울었다.

여자는 눈을 부릅뜨기만 할 뿐 소리도 지르지 못했다.

마지막의 마지막 순간에는 좋은 일을 했군. 구쓰미는 몹시 편안한 기분으로 여자의 몸과 함께 허공으로 떨어졌다.

5

신주쿠 3번가 주상복합빌딩 밑에서 추락한 남녀 사체가 발견됐다는 신고를 받은 아소는 현장으로 급히 출동했다. 의원회관 안에서 야나이 고이치로의 참살 사체가 발견된 직후, 접수처에 남아 있던 면회증으로 알아낸 구쓰미의 연락처가 남녀 사체가 발견된 현장의 연락처였던 것이다.

면회증에 기재된 것은 '노노미야 플래닝 스튜디오'. 지난 며칠 동안 아소의 팀원들 모두가 찾아 헤맸던 바로 그곳이었다. 그런데 찾아낸 동시에 새 사체가 두 구나 널브러져 있었다. 기분 나쁜 예감이 아소를 괴롭혔다.

현장에 도착하자 신주쿠 경찰서 수사관과 미쿠리야 검시관이 아소를 애타게 기다리고 있었다.

즉사입니다. 미쿠리야는 아무 감응 없이 말했다.

"6층 사무실에서 서로 붙어 있는 상태로 추락했습니다. 두 사람 모두 뇌좌상에 의한 즉사입니다."

미쿠리야의 발치에는 남녀 사체가 가지런히 놓여 있었다.

"검시관. 남자는 뇌좌상 외에 오른팔도 다친 것 같은데."

"추락과 직접적인 연관은 없습니다. 오른손 손가락 세 개가 잘려나갔고 주장골이 복구할 수 없을 정도로 망가졌는

다시 비웃는 숙녀
408

데, 전부 사망 전에 입은 부상 같습니다."

야나이 의원의 사무실에는 얼굴이 반쯤 날아간 사체와 폭발한 토카레프가 발견되었다. 남자의 오른손 부상은 토카레프의 폭발과 관련 있다고 봐도 좋았다.

"두 사람의 신분은."

먼저 도착한 신주쿠 경찰서 수사원이 앞으로 나왔다.

"사체의 옷에서 각각의 신분증과 명함이 나왔습니다. 남자는 구쓰미 료헤이 55세. 면허증에 적힌 주소는 아다치구지만, 최근에는 여기 사무실에서 지낼 때가 많았다고 합니다. 다른 층 입주자에게 목격증언을 얻었습니다."

야나이 고이치로가 과거 '울트라프리'라는 강간 동호회를 주도했던 사실은 곧바로 찾아낼 수 있었다. 흔하지 않은 성씨여서 같은 동아리의 피해자 중에 구쓰미의 딸이 있다는 사실과 사건이 세상에 드러난 뒤에 딸과 아내가 자살한 사실도 알아냈다.

구쓰미가 야나이에게 복수하기 위해 노노미야 쿄코와 손을 잡은 것은 분명하다. 의원회관에 남아 있던 기록에서도 야나이를 죽인 범인이 구쓰미라는 사실을 의심할 여지는 없었다.

아소와 팀원들은 큰 실수를 저질렀다. 야나이 의원을 노린 사람과 동기를 모두 특정했지만 사전에 살인을 막을 수는 없었던 것이다. 하필 살해당한 사람이 국민당 농림부회 부회장을 맡고 있는 의원으로, 부친이 한 세대를 풍미한 인기 정치인이었다. 언론에 사실이 새어나가면 또다시 경찰 비판의 장이 열릴 것이다. 벌써부터 앞날이 걱정됐다.

"여자는?"

"명함이 있었습니다. '노노미야 플래닝 스튜디오 대표 노노미야 쿄코'. 빌딩 관리인 조회에도 뜨고……."

"이봐, 잠깐만."

아소는 자신이 잘못 들었다고 생각했다.

"다시 한번 말해 봐. 이 여자가 노노미야 쿄코라고?"

"네. 다른 직원들도 그렇게 불렀다는 증언이 있습니다."

"무슨 개소리야!"

자신도 모르게 큰소리가 났다. 그 덕분에 주위에 흩어져 있던 수사원들이 일제히 아소를 돌아봤다.

"이 여자가 노노미야 쿄코일 리 없어. 나는 법정에서 노노미야 쿄코를 몇 번이나 직접 봤으니까 확실하게 말할 수 있다고. 이 여자는 전혀 다른 사람이야. 똑같이 미인일지는 몰라도 노노미야 쿄코와는 전혀 닮지도 않은 남이라고!"

에필로그

　구쓰미와 여자의 사체가 발견되기 조금 전, 추격을 따돌린 그녀는 세이부이케부쿠로 본점 여자 화장실에 있었다. 지금부터 화장을 끝내고 세이부이케부쿠로선을 타고 한노 방면으로 향할 예정이었다. 당장의 목적지는 특별히 정하지 않았다. 지금은 일단 현장에서 벗어나는 것만 생각하고 있다.

　고마운 구쓰미 씨, 라고 마음속으로 중얼거렸다. 그가 마지막에 발휘한 희생정신 덕분에 자신이 도망갈 시간을 벌었다. 어느 정도는 계획했지만 구쓰미가 노노미야 쿄코를 처리하는 데 그렇게까지 집념을 불태운 것은 기분 좋은 계산 착오였다.

그녀는 구쓰미에게 감사 인사를 중얼거리며 촌스러운 화장을 지웠다. 방금 전까지 간자키 아카리였던 여자는 순식간에 자취를 감추고, 화장 밑에 숨어 있던 고혹적인 눈과 인형 같은 이목구비를 지닌 여자의 용모가 드러났다.

예전에 보도되었던 사건의 사진을 기억하는 사람이 봤다면 틀림없이 말문이 막혔을 것이다. 바로 법정에 서서 노노미야 쿄코라며 무죄 석방을 받아낸 가모우 미치루의 얼굴이었기 때문이다.

미치루는 거울 속 자신에게 미소를 지었다. 간자키 아카리의 촌스러운 화장과도 당분간 이별이다.

진짜 간자키 아카리는 어차피 지금 아라카와 하천 부지에서 다른 노숙자들과 지내고 있든지, 아니면 마지막으로 만났던 모습으로 미루어 보아 이미 길에서 쓰러져 죽었을지도 모른다.

아카리에게 5천 엔을 주고 신분증을 샀다. 사흘이나 굶은 아카리에게 5천 엔은 분명 큰돈이었겠지. 그 꼴을 보면 2천 엔만 더 줬으면 분명 피까지 팔았을 것이다.

신분증만 손에 넣으면 신분을 위조하는 것은 지극히 간단했다. 아름다운 얼굴도 화장으로 촌스럽거나 못생기게 만들 수 있다. 예쁘게 꾸미는 것만이 화장의 전부는 아니다.

다음은 고객으로 방문했던 여자를 노노미야 쿄코로 만드는 것뿐이었다. 미치루만큼은 아닐지언정 그녀도 사람들의 시선을 끌 정도의 미인이었기 때문에 효과적인 속임수가 되었다.

그녀의 본명은 다케무라 요시미였다. 처음에는 불안한 생활 때문에 '노노미야 플래닝 스튜디오'를 방문했다.

"하루하루를 보내면서도 사소한 계기로 옛날에 불행했던 사건이 떠올라서 정신이 불안정해져요. 그러면 일이 전혀 손에 안 잡힙니다."

불행했던 사건은 우애 좋았던 여동생의 자살이었다. 그 옛날 '울트라프리'라는 강간 동아리의 희생자가 되어 여동생은 자살했다고 했다. 미치루도 들어본 적 있는 사건이었는데, 뒷조사를 해 보니 4백 명이 넘는 피해 여성 중 정신병을 앓는 사람이나 결국 목숨을 끊은 여성도 적지 않았다. 또 피해 여성의 증언으로 진정한 주모자가 야나이 고이치로 의원이라는 사실도 알아냈다.

다만 이것만으로는 미치루의 마음이 동하지 않았다. 그러나 미치루는 야나이가 처음 당선되었을 때 한 인터뷰 영상을 우연히 보자 갑자기 흥미를 느꼈다.

에필로그

— 이번에 여러분 덕분에 당선된 야나이 고이치로입니다. 아직 천지분간도 못하는 애송이지만 다만 한 가지, 이것만은 분명하게 말씀드릴 수 있습니다. 앞으로 우리나라의 미래는 여성의 지위 향상을 빼놓고는 이야기할 수 없습니다. 저는 무엇보다 여성의 지위와 명예를 지키기 위해 분골쇄신하며 정치활동을 하겠습니다.

연설을 듣자마자 미치루는 필사적으로 웃음을 참았다. 불과 몇 년 전만 해도 4백 명 이상의 여자를 농락한 남자의 포부로서 이보다 더 모순된 연설은 없을 것이다.

하지만 당선 후, 야나이는 눈에 띄게 두각을 나타내며 국민당의 중심인물로 자리 잡았다. 야나이의 과거를 모르는 세상은 그를 호의적으로 받아들였고, 겉과 속이 같은 유망한 젊은 의원이라며 칭찬했다.

미치루의 마음이 움직였다. 야나이가 국회의원으로서 체면을 차리는 것에도, 과거의 악행을 숨기는 것에도 특별한 조바심은 없었다. 유권자를 향해 선한 사람의 얼굴을 하는 것도 그다지 신경 쓰이지 않았다. 미치루는 원래 정의감도 없고 불의를 봐도 화가 나지 않는다.

다만 가학심은 있다. 과거를 필사적으로 숨기고 정계의 정점을 목표로 애태우는 남자의 인생을 으스러뜨리고 싶은 충동에 휩싸였다.

그것은 미치루에게는 거슬리는 날벌레를 짓눌러 죽이는 것과 같은 행위였다.

함께 여동생의 원수를 갚아 주자며 제안하자 요시미는 눈물을 흘리며 동의했다. 만약의 경우를 생각해 노노미야 쿄코인 척을 하라고 했는데 요시미는 복수를 위해서라면 좋다며 흔쾌히 수락했다.

정말이지, 요시미만큼 다루기 쉬운 꼭두각시도 없었다. 고객을 응대하는 방법, 대답하는 방법, 말투, 표정을 사전에 전부 전수했고, 만족스러울 때까지 연습시켰다. 잠깐이지만 요시미가 카리스마를 발휘할 수 있었던 이유는 미치루의 가르침과 요시미의 순수함이 시너지 효과를 냈기 때문이다.

그리고 미치루는 계획의 첫 단계로, 간자키 아카리라는 이름으로 '여성 사회활동 추진 협회'에 들어갔다.

국회의원 야나이 고이치로의 자금원과 인맥을 하나씩 망가뜨렸다. 조금씩이지만 확실히 계획을 실행하던 중에 구쓰미라는 기대 이상의 동료를 얻었다. 야나이에게 가족을 빼앗겼다는 점에서 요시미와 구쓰미는 같은 처지였지만 미치루는 두 사람 사이를 가로막아 서로 정보를 공유하지 못하게 했다. 마지막에 두 사람이 서로를 의심하도록 유인해 공멸하는 것이 목표였기 때문이다.

지금 생각해 보면 요시미도 구쓰미도 참 순수했다. 너무나도 가족의 복수를 하고 싶은 마음에 아카리라는 인물에게 지나치게 방심했다. 어리석다고 생각했다. 복수 따위 한 푼 도움도 안 되는데.

화장실을 나와 스마트폰으로 뉴스를 확인하니 신주쿠 3번가의 주상복합빌딩 아래에서 추락한 남녀의 사체가 발견되었다는 기사가 눈에 들어왔다. 아무래도 구쓰미가 기대 이상으로 활약해 준 것 같다. 설마 요시미를 저승으로 가는 길동무로 삼았을 줄이야.

다른 사람의 인생을 가지고 노는 데 직접 손을 더럽힐 필요는 없다. 이번에도 자신은 손가락만 까딱했을 뿐인데 일곱 명의 목숨을 없앴다. 사람 목숨이란 얼마나 값싸고 허무한지.

백화점을 나오자 슬슬 가을로 향하는 바람에 미치루의 머리카락이 흩날렸다.

미치루는 갑자기 유쾌해져 북적이는 인파 속에 있는 것도 개의치 않고, 오랫동안 나지막하게 조롱 섞인 웃음을 쏟아냈다.

악녀인 듯 악녀 아닌 악녀 같은 그녀

　우리는 종종 '드라마보다 더 드라마 같은 현실'이라는 말
을 하고는 합니다. 또 '드라마는 현실의 반영이다'는 말도
하죠. 그러나 이것은 비단 드라마에만 국한된 말은 아닙니
다. 소설 또한 마찬가지입니다. 소설을 읽을 때, 꾸며낸 이
야기지만 완전히 허무맹랑하지만은 않다고, 현실보다 더 현
실 같은 이야기라고 누구나 한 번쯤 생각한 적이 있을 것입
니다. 저는 특히 나카야마 시치리의 작품을 읽을 때 그런 생
각을 합니다. 일본의 대표적인 사회파 미스터리 작가답게
허구지만 정말로 있을 법한 이야기로 느껴질 정도로 현실
을 생생하고 신랄하게 비판합니다. 여기에 반전의 제왕이라
는 별칭답게 매번 허를 찌르는 반전을 선사해 미스터리의
묘미와 재미까지 선사합니다. 작가의 이런 강점들은 장르를
가리지 않고 발휘됩니다. 그렇게 탄생한 작품이 전작인 『비

웃는 숙녀』입니다. 기존의 이야미스 장르에 나카야마 시치리만의 색채를 입혀 작가만의 매력적인 이야미스를 선보이면서 독자들에게 또 다른 가능성을 시사했습니다. 또한 나카야마 시치리 월드에 '가모우 미치루'라는 새 여성 캐릭터를 등장시키며 독자들의 마음을 사로잡았습니다. 그리고 마침내 가모우 미치루가 돌아왔습니다. 전작에서 모두를 비웃으며 유유히 사라졌던 악녀이자 성녀. 그녀가 새 먹잇감을 노리며 다시 나타났습니다.

『다시 비웃는 숙녀』는 전작과 마찬가지로 옴니버스 형식으로 진행됩니다. 그러나 각 장에 등장하는 사건끼리의 유기성이 크지 않았던 전작과 달리『다시 비웃는 숙녀』에서는 스토리를 관통하는 최종 목표가 정해져 있습니다. 전작에서는 각 장들이 마지막 반전을 위한 복선 역할을 했다면, 이번에는 각 장들이 마지막 최종 보스를 제거하기 위한 계단 역할을 합니다. 그리고 그렇게 계단을 오르는 과정에서 가모우 미치루는 이번에도 사람들의 마음속에 숨겨져 있던 욕망을 자극하고 그들을 조종해 자신의 목표를 이뤄갑니다.

이번 무대는 정계입니다. 전작에서는 사회 각계각층의 다양한 인간상을 등장시키며 우리 사회 곳곳에서 벌어지는 무겁고 어두운 여러 사건을 절묘하게 풀어냈습니다. 이번에는 국회의원을 중심으로 정치 이면에 존재하는 사람들을 등장시키며 그들을 둘러싼 욕망, 부정, 모략, 이기심을 그려 냈습니다. 최종 목표를 위해 주변 인물들을 서슴없이 희생시키며 올가미를 점점 조여 가는 미치루. 이번 편에서는 목적을 달성하기 위해서라면 사람, 수단, 방법을 가리지 않고 누구든 희생시키는 여전한 모습을 부각하는 한편, 수많은 억울한 희생자를 만들고도 법망을 빠져나간 인물을 심판하는 심판자의 역할을 부여했습니다. 그러면서 작가가 전작에서부터 고수해온 '성녀'와 '악녀' 사이 어디쯤에 존재하는 '숙녀' 미치루로서의 정체성을 지켰다고 생각합니다. 그러니까 미치루는 누가 봐도 악녀 같지만, 또 "이런 나쁜!" 하고 한없이 욕만 하기에는 어딘가 복잡 미묘한 감정이 들게 하는 변함없이 매력적인 캐릭터입니다.

한편 비영리 단체를 통해 불법 정치자금을 수수하고, 특정 단체를 이용해서 조직적인 투표를 하며, 조작된 사실로 상대 모함하고, 권력자의 비호 아래 범법자가 사법부의 심판을 피해가는 등 『다시 비웃는 숙녀』에는 다양한 정치적 상황과 권력형 비리가 다수 등장합니다. 이 작품을 읽으면서 더욱 몰입할 수밖에 없는 이유는 이와 같은 상황들이 비단 다른 나라에서만 벌어지는 일이 아니라 실제로 우리 사회에서도 빈번하게 일어나고 있기 때문일 것입니다. 누구나 공정하고 청렴한 사회를 꿈꾸지만 아직도 곳곳에서 벌어지는 비리들에 우리는 분노합니다. 여전히 이러한 일들이 벌어지고 있는 씁쓸한 현실을 다시금 되새기게 되는 작품이 아닌가 생각합니다.

『비웃는 숙녀』와 『다시 비웃는 숙녀』를 번역할 때, 내내 마음이 무겁고 착잡한 기분이 들어 마음의 평화와 인류애를 잃지 않으려고 〈베토벤 교향곡 9번〉을 무한 반복했던 기억이 납니다.

자, 미치루는 이번에도 모두를 비웃으며 포위망을 유유히 빠져나갔습니다. 다음에는 또 어떤 이야기로 신선한 충격을 줄 것인지, 과연 누가 가모우 미치루의 행보를 막을 수 있을지, 나카야마 시치리 월드에서 누구와 마지막에 맞붙게 될지 몹시 기대됩니다.

2020년 여름
문지원